U0799914

獄之語

张建秋/著

法律出版社
LAW PRESS·CHINA

有温度的探求者

——《狱之语》序

高　文*

建秋兄来电，让我为他的散文随笔集《狱之语》作序。我很惶恐，自感这方面鲜有成果，分量不足，作序不太合适，但建秋兄坚持，说作序不需分量，只需才情。建秋兄的抬爱让我汗颜，好在与建秋兄在很多方面志趣相投，又拜读了集子里的全部作品，深为作品中的情怀所感动，就不由地忆起了与建秋兄相交的点点滴滴。

仔细想来，与建秋兄相识已有20余年。那时，我俩都在办刊物，印象中最初认识建秋兄，就是通过他在江苏省劳改局办的《江苏劳改战线》，也就是今天的《江苏警视》。那时候，他办的那本刊物虽是一本内部资料，但非常有特色，在

* 高文，现任司法部预防犯罪研究所副所长，研究员，作家，享受政府特殊津贴专家，《犯罪与改造研究》月刊主编和《黄丝带》月刊主编，中国监狱协会教育改造学专业委员会、狱政专业委员会和监狱文化专业委员会委员。出版个人学术专著1部，文艺作品2部，主编学术专著9部，发表学术论文50余篇；长篇小说《狱城之恋》（再版名为《劳改农场》）获司法部金剑文学创作一等奖。

江苏乃至全国监狱系统深受读者欢迎。

大约1998年年初，司法部监狱局决定创办《中国监狱》，那年春末，司法部监狱局在山东青岛召开办刊工作专家论证会，我和建秋兄都被邀请参会。那几天，我们的话题从如何办好刊物逐渐向监狱工作的理论与实践方面转移。我惊讶地发现，除去办刊，建秋兄对我国的监狱理论研究与实践有许多独到的见解，我当即向他约了稿。这之后，建秋兄就成为《犯罪与改造研究》的重点作者，一段时间里，刊发的好几篇在读者中引起强烈反响的重头文章都是出自建秋兄之手。

在青岛会议后不久，建秋兄即被借调到司法部监狱局，具体负责《中国监狱》的创办工作。这样，我们就有了更多交集。

2000年年底，建秋兄又回到江苏工作，担任《法学天地》杂志社社长、总编辑。这是一份由江苏省司法厅主管主办的综合性法制期刊。杂志版式设计新颖、文字优美、内容丰富、可读性强，我很是羡慕，因为我办的《犯罪与改造研究》是纯理论刊物，文字过于严肃。后来，我创办了《黄丝带》月刊，从版面设计到内容风格，许多方面都借鉴了建秋兄那时办刊的成功经验。

2005年夏天，建秋兄调任南京监狱，担任分管改造工作的副监狱长。我习惯性地以为，在基层一线，事务缠身，应该没有多少精力从事理论研究：许多年来，我见过太多监狱系统内很有理论素养的作者，一走上基层领导岗位就再也见不到他的文字了。可建秋兄不同，他经常给我打来电话，讨论在具体工作中遇到的问题，征求我对他在解决这些问题过程中的一些思考和对策建议，往往一个问题的探讨，我俩会通好几次电话，每次通话时间都很长。我对基层监狱很多情况的了解以及对监狱改革与发展的很多思考，都是在与建秋兄的交流中获得的。

建秋兄是个非常有思想同时又非常勤奋的人，在南京监狱任职的那些年，理论研究成果一个接着一个。2008年，出版了他的第一本个人专著《个别谈话——沟通心灵的艺术》;2011 年,他的第二部专著《危机四伏——罪犯危机管理:从概念到实证》面世。同时有多篇高质量论文在核心学术期刊发表。他的这些成果,观点鲜明,思考深刻,又紧密地结合了监狱的实践,因此极具前瞻性和应用性,很受我国监狱理论研究者和实践工作者的欢迎。

建秋兄的理论文章思想性是一个方面,另一个方面是文笔清新流畅,常常能够用浅显易懂的语言轻松地将很多原本较晦涩的理论解释清楚,我想这也应该是他的理论文章非常受欢迎的一个重要原因。

2010 年下半年的一天,我收到建秋兄寄来的新作,以为是学术专著,打开一看,竟是他在陕西人民出版社新出版的散文集《小镇上店——我记忆中的江南老家》。我这才明白,难怪建秋兄文笔如此好,原本他就是一个散文写作的高手!

再后来,读建秋兄的作品多了,我突然又有了重要的发现,建秋兄的作品之所以容易引起读者的关注或者共鸣,在于他的所有作品都充满了人文关怀。无论是他的理论研究还是散文随笔,作品的原点和终点都彰显了建秋兄的人文关怀,浓浓的人文关怀。2014 年出版的长篇法制报告文学《我的囚犯我的兄弟》就是在读者中产生广泛影响的代表作。到今天为止,我认为应该让建秋兄成为第一位也还是唯一一位倡导将所管教的罪犯以"兄弟"地位对待的监狱管理者和研究者。据说,这部作品后来获得金陵文学奖。我想,人文关怀应该是获得评委们首肯的重要因素。

当然,我理解建秋兄所说的兄弟地位不仅仅意味着应当给予罪犯以平等相待,还意味着监狱民警应当给予罪犯"兄弟"般的情感来接纳和包容他们。只有这样,罪犯的灵魂才能得以救赎,改造罪犯的目标才能真正得以实现。我以为,这种超越监狱实践部门很多同志想象的观点,背后就是出于对"人"的关怀,这种关怀体现的应该就是人类社会进入 21 世纪的文明表征。

有了这种认识,再读手头的这本《狱之语》,无论写监狱的还是写社会的，所有的作品，出发点和落脚点都是出于对“人”的思考和关怀。我感觉，这种对“人”的关怀如春雨润万物般，会慢慢沁入读者的心灵，给人以温暖，让人心生感动，然后跟着这种感动，去关怀和影响更多的人。

因此说，《狱之语》尽管不是一部恢宏巨著，但是一部短小精悍的作品，简单清新的文字，深入独到的思考，丰富温润的情感，表现出来的是建秋兄对人世间美好生活的向往与追求。

《狱之语》，让我再认识建秋兄！

目 录

CONTENTS

人之为人

有无相生

雪泥飞鸿

远山近水

人之为人

学会感动

近日读报，看到一则图片新闻，内容是2006年4月29日清晨，江苏如皋市邮政局"爱心邮路"事迹报告团成员来到天安门广场观看升国旗仪式。仪式结束后，知道"爱心邮路"事迹的一外籍女游客，特意跑到报告团成员中间，向"爱心邮路"乡邮员、全国邮政系统劳动模范姚泽民献上一吻。

看了这则报道，我是很受感动的——为感动着人的人感动，更为感动着的人感动。

姚泽民所在的如皋市邮政局，137名邮递员抱着"当好人，行好事"的平常心，8年来义务帮助216名孤寡老人，他们不仅是绿色的信使，更是爱心的传播者和实践者。他们的事迹虽然平常，却因为平常而更显得深沉、崇高和不平凡，因而是令人感动的。

我为感动着人的人所感动，但更为感动着的人感动。看了这幅图片，猛然想起那幅堪称经典的照片《胜利之吻》。1945年8月14日，一名美国水兵在听到日本无条件投降的消息后，欣喜若狂，在纽约时代广场上将一名素不相识的女护士拥入怀中，忘情亲吻。这经典的一幕谁不为之动容呢！所有的苦难，所有的憧憬，所有的愤恨，所有的幸福，所有的泪水，所有的欢笑，都让这名勇敢而多情的水兵表现得淋漓尽致，你能不感动？

诚然，和伟大的反法西斯战争的胜利相比，爱心使者的事迹真的太过平常，甚至微不足道。他们只是在按时为客户送报递信的同时，为独居的、多病的、困难的老人多一份关爱、帮助和温暖，换煤气，扛大米，打扫卫生，甚至聊聊家常，说说街谈巷议的新闻旧事、家长里短，这当然不能和血雨腥风的战争相提并论。但我想我们不能因为他们的平常而不被人们所关注，不能因为他们做的是小事而无人感动、无人喝彩。正是有姚泽民们的平常人，抱着“做好人，行好事”的平常心，做平常事，才使我们的生活如同早春温暖的阳光一般灿烂，才使我们的日子如同醇厚幽香的美酒一般甘甜。并且，只有当我们在沐浴着阳光、畅饮着美酒的同时，更进一步地去体会、感受乃至感动这阳光和美酒，才会使我们理解生活的丰富内涵。那位金发女郎正是用她西方式的感动来表达了对姚泽民们的敬意的。我为她的感动而感动，不仅因为她来自异国他乡，不仅因为她热烈的表达方式，而是因为她真正懂得，在我们波澜不惊的生活中，如同阳光美酒般的“做好人，行好事”所蕴含的深刻含义。

这看起来是一件非常简单的事，但事实并非如此。

前不久，《扬子晚报》刊登一篇杂谈《你凭什么说丛飞是“病态”》。文章对我们有些网民说“丛飞的善良有病态”的观点进行了批驳。读罢，同样让我心生感慨。一个“感动了整个中国”的人物，我们有些人不仅没有感动，甚至还以自己的阴暗心理去猜度他人的善举——而且，他刚刚离我们而去。我不明白，他们的这般猜度究竟出于什么样的动机、目的或心态。于是，我想我们是否该补补如何感动这一课呢？即使不去亲吻姚泽民粗糙的脸，我们是否也应该从内心深处有所触动进而有所感动并有所行动呢？

有句很有哲理的名言,说生活中并不缺少美,关键在于发现美。同样如此,生活中其实并不缺少感动,关键是我们要学会感动,发现感动,进而实践感动。只有这样,生活才会更甜蜜,社会才会更和谐,人间才会更美好。

2006 年 5 月

生存之美

自从2008年过冬前那盆榆树送进监狱的花房后，我已经好久没见到它了。中间曾去探望过一两次，像一位垂死的老人，一动不动地躺在角落里。原先茂盛的叶子全掉了。徐志摩说过，“我可以把我的思想比作树上的叶子，时期没有到，他们是不很会掉下来的；但是时期到了，再要有风的力量，他们就只能一片一片的往下落”。

我不知道这盆榆树上的叶子到底是枯死的，还是“时期到了，一片一片的往下落”。光秃秃的枝丫，宛如老人身上暴露的青筋，弯弯曲曲地展示着生命最后的活力。花房里侍弄花草的两名犯人见我过去，惶恐不安地说：“没事的，没事的，明年春天能活的。”

看他们说话的样子，好像是他们弄死了这棵榆树似的。其实与他们无关，只因为他们是“犯人”，说话就低三下四。见他们这样，我常常想起社会学家贝克尔的“标签”理论来。标签的力量真大，一旦贴上，揭下来很不容易。一个人贴上了标签，也就给了他相应的社会地位，并有了相应的社会价值——与自由市场上标明了价格的青菜萝卜一般。

犯人说得这样肯定，我却半信半疑。我当然希望榆树能转危为安。可如此这般的枯死状还能活过来？大概只有天晓得。后来一忙也就不管它了，时间久了就慢慢淡忘了，像多年的老友，如果不常联系，也会在记忆中消失一样。

我挺喜欢盆景。小小的盆景中，常常能让人有无限的遐想。有意无意间，点上一支烟，呷上一口茶，听上一曲“班得瑞”或钢琴王子理查德·克莱德曼的《致爱莉丝》，看着那些本不起眼的根、枝、叶、花、草、石，在花匠们的精心培育下，有的层峦叠翠，郁郁葱葱；有的壁立千仞，一枝独秀；有的曲径通幽，回味无穷；有的嫩芽初上，生机勃勃……细细地看，慢慢地品，幽幽地想，真是一种超凡脱俗的感觉。

盆景虽然好看，可伺候盆景是个细活，对此我一无经验二无耐心。所以每次去花卉市场，看到入眼的，我总是先问是否好养。花农或盆景贩子则一律说好养、好养，一周浇一次水，不会死的。我不知深浅，买回家去，美美地欣赏起来，但用不了多久，原本光鲜的景致便日渐黯淡，眼巴巴地看那些鲜活的生命凋零、枯萎，心痛不已。

一次次碰壁我却痴心不改。2008 年的五一劳动节，又去花卉市场转悠，看到一盆榆树，眼睛一下亮了起来。我照例问师傅，这榆树好养吗？花农上下打量我一番，知道来了个外行，连声说，榆树最好养啦，一周给它喷点水，偶尔见见太阳，我这盆榆树养了七八年了，你看多好。

眼前的这盆榆树造型并无特别之处，吸引我的是它的一石一根，还有树枝上绿油油的嫩叶。石与根相互依存，石托树根，根依青石，宛如一对相依为命的兄弟，默默地搀扶着、提携着。这简单的组合演绎着生命中最朴素的美——生存之美。黑黢黢的榆树根粗壮、遒劲，稳稳地扎在泥土里。开裂的树洞看上去深不可测，颇有些饱经风霜的沧桑。这硕大的老树根，让我想起童年时光，伙伴们围坐在村头的老槐树下，听隔壁大鼻头伯伯讲述鬼子进村的故事。

我二话没说,当即掏钱买下,回到家放在案头,有滋有味地欣赏着。然而,没过多久,嫩叶有些发暗,我的心就提了起来。单位同事提醒我,放在办公室,万一不行,就送花房里保养一下。这主意不错——既不影响我观赏,又能延长盆景的寿命,一举两得。榆树被放置在了我的办公桌上,在我忙碌的间隙,偶尔抬头欣赏一下这简单的风景和风景背后想象的空间,心中不免得到些许的宁静。就这样,榆树安然地陪我度过了我们相遇后的第一个春天、夏天和秋天。

我以为,我们能就此平静地相伴下去。

一个深秋的早上,进办公室后发现桌上掉了好多淡黄的榆树叶,盆景上的叶子也是蔫蔫的,心想大概又是该"时期到了,一片一片的往下落"了。我便把榆树送进了花房。然而,以前三五天就能保养好的榆树这次没能回来,一个星期后,我去花房,原本充满着生存之美的榆树,只剩几片残叶孤零零地挂在树枝上,等待最后的归宿。我心里凉了半截。我不怪别人,包括那个花农,只怪自己——只知道欣赏而不会打理、养育,也许我真不该去触摸那些脆弱的生命。

经过漫长的冬天,我早已忘却了那盆榆树。那天上午,2009年春上难得的晴好天气,参加完监区的"周分析会",我和管教二部的民警一起查看犯人伙房,顺便看看花房里的花花草草。花房里的犯人见到我们依然谦卑地堆满了笑。我也向他们点头微笑。不经意间,我看到角落里那盆榆树,好像在静静地等候着我的到来。我不敢相信自己的眼睛:这就是那盆榆树吗?分明已经枯死了的老榆树,仿佛一夜之间,又充满了生的活力,在这个温暖的春的季节里,榆树从上到下到处流淌着生命的音符:树根四周铺展着绿的青苔,枝头上挂满了绿的嫩叶,上下交相辉映,洋溢着春的气息;青石一如往昔,支撑着老树根,信守着不变的诺言;老树根则矗立在天地间,老而弥坚,展示着生存的力与美。

看到这里，我的内心涌动着暖意与满足。这种暖意与满足来自榆树的起死回生，它让我感到一个哪怕非常柔弱的生命却一样蕴含着坚强的生存之美；这种暖意与满足还来自花房里犯人们辛勤劳作后的收获，我能想象他们一冬来对这盆榆树的精心呵护与付出。我想，人世间之所以可爱，就因为谁都可以在我们平凡甚至艰辛的岁月中编织美的梦想，创造美的世界——不管他是“自由人”还是“狱中人”。这也许是真正的、永恒的生存之美。

2009 年 3 月

“知之为知之”

被人记住多半是幸福的。所以教师不仅是太阳底下最光辉的职业,也该是最幸福的人。

离开师专快三十年了。许多在师专读书时的往事,以及关于往事的点点滴滴,都在春花秋月、夏风冬雪的更替中变得遥远而依稀。而在岁月的过滤下,笪远毅先生的形象却总是如此清晰地留在我的记忆深处,并常常浮现在眼前,恍如昨日。

笪老师在师专教古汉语。三十年前,他和我现在年龄差不多,四十多岁,有些显老,瘦瘦的,中等个子,穿一件那个年代常见的中山装,宽宽的脑门下架着一副浅色的近视镜,下巴窄窄的,嘴巴还有些瘪,语速却和他走路一样,很慢。

第一次听笪老师的课是那个秋天的上午,阳光从寿丘山东边的树林中斜照进教室,笪老师几乎一路小跑走进来,胳肢窝里夹着厚厚的讲义。师生互致礼数后他就自我介绍起来,说“姓笪名远毅”,然后在黑板上工工整整地写了大大的“笪远毅”三个字。初次见面,就让人感觉到笪老师是个直性子,说话做事都很干脆的那种。

接着他把一摞讲义发给我们。笪老师说,因为教材没到,先用讲义代替。

讲义是手写油印的,散发着淡淡的油墨味,上面摘录了先秦散文中的经典名句,诸如出自《论语·学而》篇的"学而时习之,不亦说乎？有朋自远方来,不亦乐乎？人不知而不愠,不亦君子乎？"出自《论语·为政》篇的"学而不思则罔,思而不学则殆";出自《左传》的"多行不义必自毙";等等。有些学过或听说过,大部分是陌生的。

笪老师对着讲义逐句讲解,如数家珍,时而娓娓道来,时而慷慨激昂,时而又在黑板上疾书。笪老师的精彩讲解一下吸引了我们,印象最深的是那句"知之为知之"。

"知之为知之,不知为不知,是知也"——

笪老师利索地一连读出五个"知"字,直听得我们晕头转向,读到"是知也"中的"知"字时,突然放慢半拍,加重语气,还不紧不慢地把头往后仰了仰,那模样颇有些过去私塾老先生讲到得意处的神态,憨态可掬,让人忍俊不禁,靠后几个胆大的同学"吃吃"地笑起来。

本以为笪老师会不高兴,毕竟初次见面,那样对老师很不礼貌。但他似乎并不介意,而是眨着近视度数不低的小眼睛,轻轻问我们,"同学们,你们知道这里五个'知'中最后一个'知'的含义吗？"

大家被笪老师突如其来的提问给问住了,教室里顿时安静下来。很多同学赶紧把头转向别处或干脆把眼睛盯在讲义上,唯恐被他揪住,拎出来回答问题。

过了片刻,亲爱的笪老师终于没有为难大家,而是自己给出了答案,大声道:

"是智慧啊同学们!"

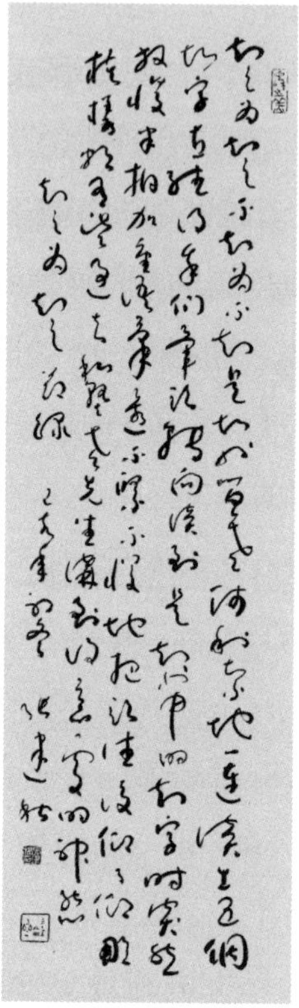

书法条幅(张建秋书)

我一向胆怯,老师提问时心里“怦怦”一阵乱跳。如果真要我回答问题,不用说根本不懂“知”的意思,怕是读都读不下来,要用一口地道的武进土话去读“知之为知之,不知为不知,是知也”,那一定非常滑稽。

接着,笪老师用平缓而真切的语调对这句话作了完整的解释:这是出自《论语·论政》的名言,是孔子对他学生仲由说的,意思是一个人的知识总是有限的,知道就知道,不知道就不知道,切忌不懂装懂,这才是真正的聪明人。当然,这句话也告诉我们另外一层道理,就是诚实做人,表里如一,还要不断学习。知不足,然后自反也,知困,然后能自强也……

笪老师声情并茂、深入浅出的讲解,让我记住了这些经典名句和名句蕴含的深刻含义，还让我对《古代汉语》慢慢亲近起来，渐渐产生了浓厚的兴趣。

相对于《古代文学》，《古代汉语》既难教也难学。内容枯燥乏味，还需要大量考证，无论语法还是注音或者虚词、实词的用法，都常常弄得人云里雾里、烦琐不堪，就像“是知也”中的“知”，按照现代汉语的理解，明明是知识的“知”，却假借为“智慧”的“智”，连读音都应该是去声。

但《古代汉语》是中文专业的主课。师专学制三年，很多课程的课时比四年制本科少，《古代汉语》却用了整整一个学年，和本科一样，可见《古代汉语》在中文专业中的地位。

不久教材发了下来，是语言学大师、北京大学王力教授主编的《古代汉语》，一共上下两册，每册又分两个分册，实际是厚厚的四本书。虽然难学，我的古文基础也不扎实，但因为喜欢，通读了四本书的全部内容，特别是上册第一分册，老师说这是古文基础的基础，我把大部分篇目背了下来。大一期末的《古代汉语》考试中，有一道题目是翻译孟子的名篇《舜发于畎亩之中》：

“舜发于畎亩之中，傅说举于版筑之中，胶鬲举于鱼盐之中，管夷吾举于士，孙叔敖举于海，百里奚举于市。

故天将降大任于斯人也，必先苦其心志，劳其筋骨，饿其体肤，空乏其身，行拂乱其所为，所以动心忍性，曾益其所不能。”

这篇精短而隽永的散文，典故多、寓意深，出现在《古代汉语》第一分册的最后，当时老师没在课堂上作过专门讲解。面对考卷，很多同学只能“不知为不知”了，我却因为背诵过，掌握了文章的基本内容，算是拣了个便宜。

笪远毅老师教了一学年的《古代汉语》，听他的课是一种享受。我们在获得古汉语知识的同时，更从笪老师身上汲取了充满活力的进取精神和人文力量，感觉读书人就应该如此：率性而真诚、无私也无畏，不畏权贵又充满草根情怀。

笪老师的课程结束后我们并无更多联系，毕业后更是断了音信。

2009年国庆节，镇江师专1979级中文专业的同学举办进校三十年聚会，终于又见到了敬爱的笪老师。远远地看他居然还是老样子——一个年轻时的老头子、年老时的壮小伙。凝神转目间，仿佛时光倒流，回到了久远的岁月。

当时人多，我们几个没有主动过去打招呼。不一会儿，笪老师快步走来，我们赶紧迎上去。笪老师和我们一一握手致意、寒暄。在和我握手时，他一口报出了我的名字，这使我颇感意外。那么多学生，以为他早不记得我了，接着他又说，有一年我们在常州的新华书店还碰见过呢。

老先生的提醒更让我暗暗吃惊并紧张起来，感觉一如当年他要提问我一样。书店邂逅这样一件无足挂齿的小事，老师居然还记着，而我早已忘却。看着老师匆匆离去的背影，我心生愧疚却又泛出阵阵暖意来——被人记住多半是幸福的，尤其是被老师记住的学生！

2009年12月

偶 遇

人生会有很多偶遇。他乡遇故知是偶遇,冤家路窄也是偶遇。本山大叔骑驴进城偏偏碰到了“老冤家”范伟哥,于是两人又演绎了一段精妙的段子。范伟哥问:“吃饭了吗?”本山大叔说:“吃了!”范伟哥不无得意地说:“我问驴呢,你插什么话!”本山大叔转身抽了驴两耳光,骂道:“城里有亲戚也不说一声。”

这是笑话,自不必当真,更何况把人和驴搅和在一起,这笑料终究是不能笑到心里的。

最近我也有一次偶遇。不是人和驴的故事,是人和车的故事,当然,归根结底还是人和人的故事。

2014 年 6 月 12 日去省级机关医院体检,担心拥堵便赶了个早,上午 7 点多一点就到了江苏路,路上行人稀少,车辆也不多,这是一天中难得的空当。我很快把车停好,从江苏路的南头往北走,到江苏路和山西路的交叉路口时,和另一小伙一前一后过斑马线。走了一半,不远处有两辆公交车缓缓驶来。速度不快,可那气势犹如金刚,我们不由得止住脚步,习惯性地礼让“金刚”先走。但很快,让我颇有些惊讶的事发生了:走在前面的公交车在离斑马线 5 米左右的地方停了下来。我愣在那里,压根没反应过来。公交车师傅朝我挥挥手,示意我先走,我这才明白,是公交车主动避让斑马线上的行人。

走过斑马线,我的内心油然升起阵阵暖意——虽然,6 月的南京已经很有些夏的味道,身边并不缺乏温度,但这种发自内心深处的暖意到底是不同于这夏日的气温的。我赶紧回头,记下车牌号:8 路车,8327。那位不知名的、留着板寸头的圆脸师傅,与这初夏的、大街小巷都透着绿的南京城,一同定格在我的记忆里。

这次偶遇,还让我想起多年前在美国类似的一次经历。

2003 年 3 月,我参加一个司法考察团去美国。第一天,我们住在洛杉矶郊外的小镇上。那里环境优美,空气清新,非常安静。一早起来,我和同事任国平先生在酒店附近散步,走到一小路口,左侧不远处一辆小车朝路口驶来。路口未设信号灯,地上也没斑马线,见有车过来,我们便在路边停下脚步,让小车通过。小车继续缓缓前行,在离我们几米远的地方也停了下来。司机是个 20 岁左右的黑人小伙,在车内朝我们释放着友善的微笑,示意我们先过路口。我们则比画着打手势,告诉他先走,黑人小伙的笑容灿烂起来,露出一排整齐而洁白的牙齿。我们只得遵命,先行通过。

这事已经过去十多年。黑人小伙的笑容和那一排整齐而洁白的牙齿,至今让我常常想起。

这两次偶遇,我想我都将难以忘却。这不仅在于我的“被尊重”,更在于这种“被尊重”背后,无论是美国的黑人小伙,还是那位我们身边的圆脸师傅,他们所共有的现代社会中人性之向善与规则之把握的完美结合。孟子说“敬人者,人恒敬之”,记住别人对你的好是一种修为,同样,作为现代人,假如我们都能像圆脸师傅和黑人小伙那样,自觉地将人性之向善与规则之把握完美地结合在一起,并表现在日常生活的点点滴滴中,那便是一种真正的修为。

2014 年 6 月

任性与樊迟问仁

“有钱可以任性”本是一句颇具调侃味的网络语，但既然能成为流行语，就不仅仅是新媒体本身在起作用了，想来与当今社会的某种现象契合才会如此发酵，这如同旗袍与超短裙一样，民国时期，再潮的新女性大概也是不敢着太过暴露的服饰招摇过市的。

“有钱可以任性”的玩味之处在于“任性”。作为一个现代词汇，任性的含义不难理解，无非是指某人喜欢率性而为，言行不太守规矩。那么有钱是否就可以任性呢？答案是明了的。但是，当下国人中的任性举动可以说俯拾皆是。比如，几位帅哥靓妹在天桥上群殴；去泰国旅游，爱干净的女游客如厕后把美脚放到洗手池里刷了一把；济南一美女醉酒后驾车上路，车胎爆了，撞断的护栏横插在前挡风玻璃上，她居然照样前行；32 岁的上海司机孙某，一时的“任性”生生将同龄的上海交警芮某拖行而死，其行为和德行实在让人不齿；而“毕姥爷”的任性则更是引起了国人的愤怒与鄙视。

人都是有个性的。德国哲学家莱布尼茨说过，世上没有完全相同的两片叶子。正是每个人与众不同的个性及其行为活动，才让我们的生活充满了鲜活的生命样态和不一样的感受——无论这种感受是苦的甜的，还是酸的辣的，都是我们生活中不可或缺的元素，就如同春花秋月、风霜雨雪一般。人有了个性就难免任性，但这般任性一定是有限度、守规矩的，既无伤大雅，更无关大局。但有的人一旦任性，犹如打开了魔盒的潘多拉，在非理性的欲望和理念支配下，一些失范的、不得体的、不着边际的举动，无所顾忌地暴露在众人面前"一任群芳睹"，有的甚至造成严重后果。

被誉为最后的儒家的梁漱溟先生认为，中国文化的核心要义乃"人之所以为人"，这是他在20世纪初研究中国文化时得出的结论。如何做人在我国传统文化中始终居于最主要的地位。从经典的经史子集到儿童启蒙读物《千字文》《三字经》《增广贤文》《颜氏家训》等，莫不如此，此所谓"自天子以至于庶人，壹是皆以修身为本"。古代先贤因何要把修身做人置于如此重要地位？因为不能修身，无以齐家；不能齐家，无以治国；不能治国，何以平天下！

樊迟是孔子七十二弟子之一。据记载，他先后三次向孔子讨教"仁"的含义。其中一次的文字是这样记载的："樊迟问仁。子曰：居处恭，执事敬，与人忠。虽之夷狄，不可弃也。"①这段话的意思是，樊迟向老夫子请教他怎样做才算是"仁"。老夫子说，日常起居要态度端庄，担任工作要敬慎认真，和人交往要忠心诚恳。就算到了未开化的蛮夷地区，也不可背弃这些做人的原则和道理。这就是"樊迟问仁"的典故。

据说，在老夫子的弟子中，樊迟并不是他最得意的弟子，尤其对"仁"的理解和修炼都不如子路、颜回等人，因而老夫子对樊迟的回答比较直率且道理浅显。是不是因为樊迟喜欢农桑耕作乡下人的缘故，我不得而知。在老

---

① 《四书译注》，乌恩博译注，吉林文史出版社1990年版，第151页。

夫子眼里,“居处恭,执事敬,与人忠”这三条大抵不难做到,或者是一个人成仁达义、做一名谦谦君子的基本功。

人生在世做人最难,但既然为人,就不得不律己修身、学会做人。唯其如此,一个人才能堂堂正正地自立于世,更不用说“齐家治国平天下了”。但是,当下的人们往往少了些扪心自问的勇气,却把太浮的心气、太多的戾气、太盛的怨气,连同忘乎所以的任性表现在众目睽睽之下。这般任性,自然不会有那种率真的亲切与可爱,而只有堵在胸口的憋气和撕裂般的疼痛。

“居处恭,执事敬,与人忠”——2000 多年前老夫子之所言,对于今天太过任性的国人来说是不是有耳提面命、脊背冒汗的感觉呢?

2015 年 4 月

宽恕的力量

无论如何,宽恕都是一件很难很难的事。

法国解构主义大师德里达说过,“不可宽恕者是宽恕存在的前提”。对这句带有明显语言解构色彩的话语,我一下没明白其中含义,但仔细揣摩,尤其是对照伊朗母亲玛雅姆和中国父亲郑德富身上的故事,我终于对这比较拗口的逻辑判断有所理解并全然接受。

的确,如果一个人的罪过非常容易得到宽恕者的宽恕,那宽恕是不会让人如此感动——哪怕感动得热泪盈眶,唏嘘不已也一点不过分的。

玛雅姆的儿子是在2007年的一次街头斗殴中被人杀害的,当时只有17岁,而凶手也是名不到20岁的小伙子。7年后的2014年4月,凶手将被执行绞刑。按照惯例,在刑场上,受害人的父母会踢开绞刑架下面的椅子完成死刑执行,但就在执行绞刑前几秒,玛雅姆作出了一个惊人的举动:她站在另外一个椅子上扇了凶手一个耳光,然后高声说“你被原谅了!”随后和自己的丈夫将处以绞刑使用的绳圈从死囚的脖子上摘下。见此情景,本已经放弃希望,瘫坐在地上的死囚母亲前来和玛雅姆抱头痛哭,在场的人群中爆发出一阵热烈的掌声和欢呼声。

和玛雅姆的儿子比,郑德富的儿子死得更惨、更冤枉。

有报道称,2013 年 7 月 26 日晚,郑德富的儿子郑某约了本村的朋友尤洪湧和侯某一起到郑家喝酒吃饭。席间,因为侯某给尤洪湧倒酒他没有喝,侯某心中不悦,就开始言语相激,已经有些醉意的尤洪湧面露不悦之色。晚上 10 点多,尚未离开的尤洪湧帮郑某收拾碗筷,一旁的侯某仍在不停埋怨尤洪湧不给面子,两人因此争吵,尤洪湧冲向厨房要拿菜刀砍人,被郑某拦住劝回了家。到家后,尤洪湧仍未消气,操一把东洋刀回到郑家,先对劝架的郑某乱刺,又朝侯某猛砍,两个好朋友随即倒在血泊中。眼前的惨状让尤洪湧清醒过来,赶紧打电话报警,并帮郑某按着伤口止血,但为时已晚,侯某当场死亡,郑某也因伤势过重 4 天后死亡。

一场惊天惨案就此发生。

对于这样一起案情并不复杂、后果十分严重的命案,作为被害人的父亲郑德富该如何面对,对凶手该提出什么样的要求,大概是不难想象的。但是,郑德富没有那样做,相反,他作出了一个常人难以置信的决定。法庭上,他替凶手求情,请求法官从轻发落,刀下留人。

在央视《新闻 1 + 1》的镜头里,年过半百的郑德富,脸上的皱纹就像皲裂的黄土地,让我陡然想起罗中立那幅著名的油画《父亲》。一看就知道,这中年汉子日子过得不容易。

记者的提问单刀直入:“为什么要原谅杀害你儿子的凶手?”

面对央视记者带着理性与不解的提问,郑德富的回答憨得和邻居大老爷们唠家常似的:“没想那么多。我的儿子没了,当然恨。想了一个星期,一下想过来了,要是老龙家的儿子也没了,不也和我一样?他的后半辈子谁来养?”

这样的回答足够简单，简单得让人难以置信；也足够震撼，震撼得让人潸然泪下，甚至我相信再凶残的罪犯都会为之动容。其实，我知道，郑德富如此淡然的回答，恰恰是他“想了一个星期”，用不能承受生命之重的痛切感受凝练而来的。他已经感受到失子之痛，他不想让另一个父亲遭受同样的打击——即使他儿子罪有应得。这也许就是德里达所言的宽恕，郑德富在宽恕着一个不可宽恕者。

据说，宽恕是上帝的特权，我等庶人是无权宽恕的，因为宽恕意味着赦免别人的罪过，拥有这样的特权自然不会是普通人。但玛雅姆和郑德富，一个是极普通的伊朗妇女，一个是极普通的中国农民，他们的举动，除了“宽恕”我实在想不出更恰当的词来表达。而他们用宽恕所迸发出来的伟大人格力量，我想远不只是挽救了两个原本应该走向生命终点的死囚。

2015 年 9 月

坚守，生命的常态

“世界那么大，我想去看看”，一位年轻的女教师因为写了这样一封极具个性化与感染力的辞职信和这句直白而率性的大实话而迅速蹿红网络。她自个儿压根儿还没来得及看看她所向往的大千世界，大千世界却把目光投向了她——这，大概是她始料未及的。人们热议的背后，我想，远不仅仅是其独具一格的表达方式，而是在一定程度或一个侧面契合了当下很多人，尤其是年轻人的生存状况、生存意愿乃至对现实人生与现实世界的想法、看法和做法。

人同此心，心同此理。人世人世，“人”和“世”本不能两分，这犹如鱼水一般，鱼儿离开了水无法生存，水里没有鱼则是一潭死水。向往外面的世界，多与外面的世界亲密接触，这几乎是人与生俱来的天性，是一个人不断成长和成熟的主要路径，也是一个人选择某种生存方式的基本权利。因此，别说“80 后”“90 后”的小年轻，就是我这个“60 后”的老东西还想着在“60”以后，背起行囊，迎着晚风，披着夕阳，唱着我们那个年代的流行歌曲一路远去，看看外面的世界——世界那么大，不看来不及。

然而——在这里我不得不“然而”，人生在世，有很多人也许可以“挥挥手，作别西天的云彩”去远行，但更多的人却在坚守——这份坚守，或许是出于无奈，比如说迫于生计，他不得不坚守；或许是出于责任，比如说工作需要或重任在肩，他必须得坚守；或许是出于一种兴趣、一种意志、一种觉悟，或许还出于别的什么缘由，他觉得应当坚守。总言之，坚守，是生命的常态，是守望家园的哨兵，是拼出全身气力在拉纤的纤夫，是“不到长城非好汉”的登山勇士。因为坚守，我们的田野才有收获的希望；因为坚守，我们的工厂才有合格的产品；因为坚守，我们才有强大的国防，让国门外觊觎我们美丽家园的强盗和小偷不敢轻举妄动；还是因为很多很多人的坚守，才能让青青的校园有琅琅书声，让老母亲的等待不再遥远，让有情人能“相约黄昏后”，让多年未见的老朋友喝上一杯醇香的酒……

古往今来，关于“坚守”的动人传说不胜枚举，但这里我要说的是一位普通监狱民警在工作岗位上坚守的故事。

老陈是南京监狱的一名老民警，在我离开南京监狱前他已经退休，但老陈的音容笑貌和他坚守岗位、无怨无悔的精神品质也许一辈子都会让我时时记起。

中等个子的老陈，微微发福，慈眉善目，半秃的大脑门上头发稀疏花白，一顺溜地倒向后面。老陈平时言语不多，见人总是善意地点头微笑。人们常说，要是混得好，头发往后倒。可“往后倒”的老陈似乎混得“不咋地”，他只是一名普通的带班民警，几乎一无所有——无官、无职、无地位，连荣誉也常常谦让给了年轻人。但“一无所有”的老陈从未对单位、对工作说过一句怨言，无论把他调整到哪个监区，和谁在一起工作，他都淡淡一笑，愉快接受。老陈原来在 13 监区工作，这是半老残犯监区，工作相对轻松。退休前两年又把他调到 8 监区，这是一个普通监区，押犯人数多且犯情复杂，工作时间长，监区民警包括监区长、教导员在内大多正值年少、年富力强。老陈和这群年轻人在一起摸爬滚打，带班、值班、找犯人谈话处理疑难杂症一样不落。带值班时，老陈从来都是穿戴齐整，警容严正，按要求佩戴的“六件套”无论秋冬还是春夏，都一件不少。因业绩突出，那年，8 监区获得了团中央和司法部联合命名的“青年文明号”荣誉称号。年近花甲的老陈成为这个年轻群体中别样的风景。大概是 2012 年秋天，老陈即将退休，按惯例他可以提前个把月在家等待办理退休手续，但老陈要求监区给他正常排班。有一天我去监区巡查，见到老陈在带班，感到奇怪，问他还有多久回家了？他笑笑说没几天了。我说那还不回去歇息？老陈依然淡淡一笑，说，干了一辈子的劳改工作，舍不得，以后想干都没机会了。几天后的一个上午，我在监狱办公楼一楼大厅又邂逅老陈，老陈说来办手续了，手里的布袋装着他刚刚换下的警服——直到退休前一天，老陈依然坚守在工作岗位上。

没有豪言壮语，没有惊天动地的伟业，有的只是默默的坚守与付出。面对老陈和老陈这样的监狱民警，我觉得所有的溢美之词都显得苍白而多余。他们就像茫茫原野上的一棵大树，深深地扎根大地，坚守着不变的诺言和努力向上的人生追求！

2015 年 5 月

人之所以为人

艾恺（Guy Salvatore Alitto），美国芝加哥大学历史教授，当代最活跃、最有影响力的汉学家之一。1980年8月的一天，年仅38岁的艾恺来到北京，见到了仰慕已久的当代大儒梁漱溟先生，在梁家进行了长达十余次的访谈与对话。尽管当时梁漱溟先生已是87岁高龄，但思维敏捷，博闻强识，依然保持着他数十年来“独立思考，表里如一”的纯粹文人品格，无论对人、对事，还是对家国、对社会、对党派纷争，抑或对国学和西学、对儒学和佛学、对生命和宇宙、对过去、现在和未来……总之，对他所知道的一切，都毫不隐讳、毫无保留地表达出来。此后，该访谈经整理摘录约4万字收入《梁漱溟全集》第8卷，2005年，“一耽学堂”将全部访谈录音整理成文，以《这个世界会好吗》为名公开出版。10年后的2015年年初，赶在龙江新城市广场的先锋书店即将停业之前，我去闲逛偶得此书，一口气读完，有意思；又读，还有意思。如是者三，直至书页脱落，权当册页再读之，依然意犹未尽。

作为访谈录，《这个世界会好吗》一书并没有明确的主题和完整严密的逻辑结构,甚至,在访谈之初,我想他们这一老一少、一中一外的文化学者就没有打算围绕某一主题来谈。艾恺在给《这个世界会好吗》一书所作的序言中谈了拜见梁漱溟的动机:"我是历史研究者,自然会希望多多保存历史资料,而梁先生是所知的最后一个健在且头脑清明的人,曾经亲身经历参与过这几十年中国文化剧变,并且和许多重要知识分子相知相交过。"①

梁先生愿意接受一个外国学者的访谈则另有打算。伴随着20世纪的中国一路走来的文化巨擘,已届耄耋之年的他,数十年来尽管说了很多真心话,写了很多真心书,做了很多真心事,尽管因为说真话、写真书、做真事而遭了很多罪,但他依然希望能在有生之年有所表达——在适当的场合、适当的对象和适当的时机中表达。在1980年8月,一个美国学者的到来,这一切都具备了:场合有了,就在自己家中,而且梁老先生一家刚搬进了"部长楼",和以前住在胡同里相比宽敞许多;对象有了,研究中国文化,尤其是对他本人有深入研究(艾恺在哈佛大学的博士学位论文就是以梁漱溟为研究选题的,1979年以《最后的儒家》为名公开出版)的西方人;时机有了,20世纪80年代的中国已经进入改革开放的第三个年头,用梁漱溟的话说,一切都在好起来。但是,梁漱溟不想对太多的人和事进行评论、评价,而更想把自己的思想向这位西方人交个底,让西方更多地了解中国乃至东方文化的精髓,这应该是梁老先生的初衷和本意,所以,两人见面后不久,梁先生就对艾恺说了这么一段话:"我的意思啊,我们彼此谈话,我还是希望你了解我的思想的根本,我的思想的根本就是儒家跟佛家……我的意思是把我们的谈话重点放在这个地方,而不是重在我个人的事情。"②

可是,对于艾恺来说,这样的机会实在难得,能够深入了解梁漱溟的内

① 梁漱溟:《这个世界会好吗》,天津教育出版社2011年版,第4页。

② 梁漱溟:《这个世界会好吗》,天津教育出版社2011年版,第7页。

心世界和思想根本固然必要,但如能从这位与世纪同行的老者身上为后代挖掘出更多活生生的、原汁原味的历史史料也许更加迫切和必要——毕竟,当时梁漱溟已经87岁高龄了。事实也是如此。《这个世界会好吗》留给我们后人能看到的史料,短短的三十多年过去,足以体现出它存在的价值。比如,梁老先生对当时苏联和中国的比较,说他是预言家一点不为过。他说:“……现在的苏联,从赫鲁晓夫到勃列日涅夫,它算不上什么社会主义,在我看来是一种变态,而这种变态是合于它的历史的,合于俄国的历史的。这种变态往下走,不会这样子稳,我看它是一个变态的,不是一个正常的,所以底下它可能要翻案。像是勃列日涅夫他们这种党的专制,恐怕底下不是可以维持很长久的,会要起变化。这种统治,我想也许它要维持不住了……不像中国这样子,中国底下没有多大变化。”①谁能想到,仅仅过了11年,苏联这个庞然大物在全世界人的愕然中轰然倒塌。遗憾的是老先生于1988年以95岁的高龄仙逝,未能看到这一天。能作出如此准确的预言,并非空穴来风,完全是建立在老先生对人类历史发展长河,尤其他所经历的20世纪世界社会发展形态之剧变深刻洞察与潜心思考的结果。随着时间的推移,相信书中的很多观点、很多史料更加弥足珍贵。

正是出于不同的动机和目的,于是,两位学者在整个访谈中,艾恺机智地问他想问的问题,老先生则从容不迫,娓娓道来,论古今,探身心,识人察世,辨儒释道。全书读来,不能不说是一顿丰盛的“饕餮大餐”。

我对儒释道知之甚少,也不作历史方面的研究,购买并阅读此书完全是出于兴趣和对梁漱溟先生的好奇,并且我想,来自一位西方学者的访谈实录,应该能从中看到一个更真实、更客观和有血有肉的“最后儒家”。读完之后,掩卷而思,这种感受似乎更加强烈。“人之所以为人”,这是梁先生的经

① 梁漱溟:《这个世界会好吗》,天津教育出版社2011年版,第108页。

典名言。梁漱溟用自己“纯粹的”中国文人品格和一生的言行诠释并求证着这个简单、朴素而又耐人寻味的结论。比如说真话,不妄言;比如做实事,不敷衍;比如存善心,不诿过,如此等等,不一而足。这些道理,说起来不难,做起来就不那么容易了,而要坚持一辈子,几乎不可能,但,梁漱溟先生做到了。

书中梁漱溟给艾恺讲述了这样一则小故事。1974 年的“批林批孔”运动中,梁漱溟对“批孔”持保留态度,这在当时显然是不合时宜的,他又一次受到了批判。在一次政协联组会上,有十多个人上去轮番批判梁先生,梁先生只是静静地听,一言不发。结束后回到自己的小组会上,有人问梁先生:“在联组上大家批判你,你听得怎么样呀?”梁先生回答:“三军可夺帅也,匹夫不可夺志。”讲完这故事后,梁先生笑了(录音整理者标注),然后艾恺问梁先生:“原来讲的是跟您身体特别好的关系,就是……”梁先生接上去说了这样一段话:“自己很稳定。我当时也说了这么一句话,表明我自己是怎么一回事,八个字,中文是八个字,头四个字是‘独立思考’,‘表里如一’,表面跟里头一样的。‘独立思考’就是不是人云亦云,人家说什么跟着说,不是那样。‘表里如一’。我心里有什么就说什么,表面跟里头是一样的,不隐瞒。”“自己很稳定”,“独立思考、表里如一”,能在这样的境遇下依然坚持自己的主张并保持“稳定”的心态,足以说明这位悟透前世今生的鸿儒内心之强大。

坚持自己独立思考后的主张,不人云亦云,不轻易改弦更张,固然是梁先生内心强大的表现,而谦和慎言、心存善念、严于律己、宽以待人,同样显示出一个人内心的强大,真所谓“大音希声”“大象无形”也。书中类似的记录比比皆是,兹摘录几段如下:

艾:假定您是十几岁现在,您会改行,还是跟原来一样,做学者?

梁:我常常对人表示我不是一个学者。

艾:是啊,您书里也常常有这个否认。

梁:对。我承认自己是一个有思想的人,并且是本着自己思想而去实行、实践的人,我就是这么一个人。我对学术啊,学者啊,对中国的老学问不行。我对你说过,小时候没有念过"四书五经","四书五经"的书里面有些个生字我现在还不会认。那么,再一面,现在的学问,科学我也不行,我西文不行,科学一定要学外国文,我的西文不行。所以讲到学问,我只能歌一歌,我说我不行。

——《这个世界会好吗》,第95页

艾:假如问您觉得最伟大的中国人是谁,回答会不会有不同?佩服与觉得伟大有分别吗?

梁:有分别。

艾:您觉得最伟大的中国人物——无论历史上的人物还是在人世的,是谁?

梁:我觉得也不是太过去,也不是现在的,恐怕还是毛泽东。

艾:还是毛泽东?那您……

梁:毛泽东实在了不起,恐怕历史上都少有,在世界上恐怕都是世界性的伟大人物,不过他晚年就不行了。

艾:那毛泽东最伟大的成就是什么?

梁:整个儿地创造了共产党,没有毛泽东不能有共产党,没有共产党没有新中国,这个是百分之百的事实,百分之百的事实。

——同上书,第126页

艾:……依您自己看,您这辈子之中最大的成就是什么?

梁:不说我的成就吧,说我的工作。

——同上书,第134页

艾:请您给欧美的青年一些启示。

梁:……对美国青年说话,应当是知道美国的青年的风气、他们的情况,然后说话才好。可是我不够了解……所以我说不出来什么，如果说一种笼笼统统的话，也不好，也没什么用。

——同上书，第 166 页

不认为自己是“学者”，对科学也不行；不对美国青年说“不够了解”的、“笼笼统统”的话；一生中不谈成就，只有工作；自己是“一个好像要做好而不够的一个人”；尽管从 1953 年 9 月之后毛泽东冷落了梁漱溟，尽管梁先生一家在“文化大革命”中受到迫害，但在梁先生看来，毛泽东“恐怕是”历史少有的最伟大的中国人物——如此评价毛泽东，在 20 世纪 80 年代实在不能不说是梁氏的慧识与可贵了。

梁漱溟的内心世界是丰富复杂的，是色彩斑斓的，是“自性圆满”的，又是安详平和的，这得益于他的思想倾向于佛教，但是，他又不囿于佛教教义，他不像一般的教徒，只是单纯地念经拜佛、传教布道，他也不像一般的书生或所谓的学者“躲进小楼成一统，管他春夏与秋冬”，怡然自得，与世无争，而是与他所生活的这个年代、这个国家、这个民族、这个世界紧紧地联系在一起，在现世中来寻找关于“人”的答案与出路。书中有这一段话大概是梁漱溟对自己思想根本与行为活动的最好注解。他说：“说到我自己，我自己承认我是个佛教徒，如果说我是一个儒教徒我也不否认。为什么呢？为什么不否认呢？就是因为这个大乘菩萨，我是要行菩萨道嘛，就‘不舍众生，不住涅槃’，所以我就是要到世间来。因此，我的一生，譬如大家都知道我搞乡村建设、乡村运动，我在政治上也奔走，奔走于两大党之间，就是为国家的事情，特别是在日本人侵略中国的时候……说我是儒家，是孔子之徒也可以，说我是释迦之徒也可以，因为这个没有冲突，没有相反。”[①]被誉为北大未名湖畔三贤之一的国学大师张中行先生（另两人是季羡林、金克木）曾这样赞

① 梁漱溟：《这个世界会好吗》，天津教育出版社 2011 年版，第 29～30 页。

誉梁漱溟的人格与风骨:“梁先生可敬之处不少:有悲天悯人之怀,一也。忠于理想,碰钉子不退,二也。直,有一句,说一句,心口如一,三也。受大而重之力压,不低头,为士林保存一点点元气,四也。不做歌颂八股,阿谀奉承,以换取驽驾的享受,五也。”①

“人之所以为人”出自梁漱溟在20世纪40年代蛰居重庆时撰写的著作《中国文化要义》一书。原文是这样的:“我常常说,除非过去数千年的中国人都白活了,如其还有他的贡献,那就是认识了人类之所以为人。”②从梁先生身上的可敬处我们就不难理解,中国人所认识的“人之所以为人”究竟该是怎样的“人”了——这或许是梁漱溟与艾恺的访谈录留给我们最可宝贵的财富与价值。

2016年1月

① 武文章:《梁漱溟、罗念生之子回忆父辈的著书为人》,载《中国青年报》2012年5月23日。
② 梁漱溟:《中国文化要义》,世纪出版集团2011年版,第125页。

零度之上

大年初一早上，一觉醒来，天色已近擦亮，远处偶尔还能听到零星的鞭炮声，空气中弥漫着节日的味道。不过，这般年味，于我而言，已经被岁月过滤得很淡很淡，唯一不同的是可以不急着起床。于是，顺手拿起手机，翻看微信。将近 8 点，收到“曼陀罗”袁晶给我发来的“新年快乐”问候动漫，连发三遍。她说，重要的事说三遍——一如当年那个聪明调皮的假小子。

袁晶是我们“60 后”中不多见的才女，活泼善良，才思敏捷，做事麻利，对一些问题的看法总有她独到的见地。她是我多年的文友，我在《江苏劳改战线》当编辑时，她给我们写了不少稿子，转眼，这都是二十多年前的事了。现在，袁晶似乎不大写什么文字了，儿子、儿媳在美国，即将退休的她照料年迈的老母亲、老婆婆成为她的“主责主业”。不过，她在微信里告诉我，通过微信结识了不少外省的文友，她常在四川、山西的作家群里混。真没想到，多年以后的袁晶依然保持着“文艺范儿”。接着，她在微信里给我发了一篇原创散文《永不消失的温暖》，作者王小泗。文章是这样开头的：

今年的冬天，比以往任何一个冬天都要寒冷。刚入三九，寒风夹着飞雪就落在了假象的土地上。对于我，这个冬天不仅只有寒冷，而且还有对生的绝望，以及一场情动山川的丝丝暖阳。

王小泗何许人？是什么让他对生有了绝望？又是什么能“情动山川”？读完全文，又询问了袁晶，终于对事情的来龙去脉知道了个大概。

王小泗是四川广元苍溪县的一名诗人、作家。20 世纪 90 年代初，20 多岁的他在广东珠海打工时遭遇车祸而致高位截瘫。父亲在他车祸 3 年后撒手而去。多年来，他的生活起居一直由老母亲照料。尽管命运多舛，可高中毕业的王小泗不甘就此沉沦，发奋努力，笔耕不辍，发表了大量讴歌美好生活、赞美我们这个时代的诗歌、散文，成为一名在当地颇有知名度的诗人、作家。可是祸不单行，2016 年年底，已经照料了王小泗整整 25 年的九旬老母，在腊月里突发肺气肿，多次住院，经抢救，老母亲暂时得以稳定，但王小泗知道，母亲已经为他耗尽了生命里所有的光亮，老人家不可能再陪伴他 25 年。亲人的生离死别和自己的无能为力，让这个一直“笑对生活”的诗人又一次产生了绝望。不久，王小泗的不幸遭遇在他周围的文友身边渐次传开，一些好友通过微信红包购买他的诗歌和散文集，用这种很文雅的方式来帮助王小泗摆脱困境。袁晶得到消息后，立即给这位遥远的、素昧平生的难兄难弟发去 1000 元红包，又发动身边的亲朋好友买书，没几日就有数万元之多。袁晶们的善举让王小泗不再孤单、无助和绝望，而是从内心深处泛起阵阵暖意，如三月里的春风，如黑夜里的烛光。立春那天，王小泗躺在床上写下了这篇名为“永不消失的温暖”的短文，文中有一段专门写了袁晶：

更大的惊喜还在后面，当一位叫袁晶的朋友发来 1000 元红包，承诺给我每年不少于两个月保姆费的资助时，我的双眼模糊了。袁晶这个陌生的名字，在此之前，不知姓，不知名，不知家在何方。泪眼蒙眬中，我努力猜想她的模样。终于在微信中见到了她的照片。这是一个有着当年西游记中女儿国国王表演者朱琳一样面孔的江南女子。现就职于江苏省金陵监狱。她不仅有着美丽的容颜，而且还有着一颗金子般的心，毫不夸张地说她就是悯爱天使，人间大爱的化身。与她相遇，是我生命中的一件大事，我的人生从此改变。

读完短文，我的内心同样感到暖暖的，在这个新春佳节的早晨，为袁晶点赞，为我们身边所有的好人点赞。

春节过后，我收到了袁晶替我购买的王小泗的作品。一共两部，诗作《意志的胜利》和散文集《零度生活》。从书名就可以看出，无论诗还是散文，都是作者人生经历的写照。零度，水和冰的临界点，暖与冷的交会点。我想，尽管在我们的生活中有太多的无奈、苦痛甚至大不幸，但人间的善良与爱，总能让我们的生活变得鲜活、温暖、可爱，不再在零度中生活，至少在零度之上。

2016 年 2 月

撕裂之痛

与所有的疼痛相比，撕裂的疼痛感也许是最具感性的。对此，我有着切身感受。

小的时候，一到冬天，我的手和脚就长满了冻疮，长在手上的还好些，在脚上的就不那么好办了。白天走路或者干活，冻疮磨破后很容易溃烂，溃烂处常常与粗布袜子粘连在一起，到了晚上，母亲弄一盆温水为我清洗伤口，将粘在皮肉上的袜子一点点剥离。尽管母亲尽可能地小心，尽可能地谨慎，我依然不得不承受着撕裂的疼痛。

长大之后，生活条件改善了，就算生冻疮也不至于溃烂，不需要我面对撕裂的恐惧。但是，生活中另一种撕裂之痛不知不觉地在我的内心深处潜滋暗长，时间久了，这种感受越发强烈，挥之不去，直至前不久“雷洋事件”曝光后，一些网络写手和所谓的“社会精英”们，打着“公平正义”的大旗，打着为弱者呐喊、替百姓申冤的幌子，借助于互联网时代强大而开放的信息流，对当下中国社会的警察，对公权，对执法领域进行甚嚣尘上的抹黑、诋毁、谩骂、攻讦，让我不能不又一次感受到了这种撕裂——一种远比我年幼时在冻疮溃烂处揭下粗布袜子更为疼痛的撕裂！

本来，这是一起极普通的治安案件，当事人雷洋在被拘捕时的突然死亡让这起案件顿时变得复杂而敏感起来。但是我想，不管多么复杂，不管多么敏感，只要当事双方（警方与雷洋家属）都本着实事求是的原则、理性公正的态度，依法依规处理事件中“可能”存在的所有问题，那么，这样一起不幸事件完全可以得到妥善处置。毕竟，当今的时代是一个信息向全世界敞开的时代；毕竟，当今的中国是一个正在走向更加公开透明和法治的中国；毕竟，这是一起关乎人命的事，对事件的处理掩盖不得，马虎不得，糊涂不得。

然而，当雷洋被拘突然死亡的消息率先被一篇名为《人大硕士生因嫖娼被抓导致死亡》的文章在网上发布之后，一些网络写手及所谓的精英人士，立即从中嗅到了什么，进而如喝了鸡血般兴奋不已，跳将起来，站在法律的审判台和道德的制高点上，背负着“促进社会公平正义”的使命和“同情弱者、为民请命”的重任，不问事实真相，不分青红皂白，想当然地给警方贴上“暴力执法”的标签后便一股脑儿对警方口诛笔伐，横加指责，必欲置之死地而后快。对此，我不禁要问：中国的警察到底怎么了?！警察每天都要面对各种可能发生的违法犯罪案件，要看守住数以百万计关在牢笼里的囚徒不让他们一个脱逃，尤其是，在具体的执法过程中，更要面对生与死、血与火、不解与指责、单调与寂寞、牺牲亲情与友情，以及稍有不慎就可能发生不当执法的职业风险，如此等等，对于躲在书斋里靠码字吆喝赚人气和粉丝的人来说，大概是无须知晓的，或者就是知晓了也一定是选择性地遗忘了。

著名社会学家马克斯·韦伯说过，国家是一个拥有合法使用暴力的垄断地位的实体。这里的暴力，当然不是指非理性的、单纯的残暴肉体，而是体现国家意志的，对破坏或妨碍社会秩序、公共安全或公民个人合法权益等违法犯罪行为进行制止、打击和裁决的公权力。在这个实体中，警察无疑是最典型的“拥有合法使用暴力”的人。警察之所以是这样一个特殊的权力群体,就在于他面对的是复杂的执法环境和执法相对人不可测的行为损害结果。

当然,在执行公务过程中,警察尽管拥有“合法使用暴力”的权力,但绝不可以乱用、滥用,更不可以假借执法的名义,非法侵害他人(包括执法相对人)的权益,这是毋庸置疑的。因之,如果雷洋的突然死亡确与警方的暴力执法有关,那么,依法追究相关当事人的法律责任同样是毋庸置疑的。这是对雷洋亲人负责,是对社会大众负责,是对法律、秩序和公平正义负责,也是对“警察”这个崇高的称呼负责。一些人肆意炒作和恶意渲染警察“暴力执法”,除了习惯性地宣泄他们唯恐天下不乱的阴暗心理和舍我其谁的桀骜戾气外,其结果只能导致我们这个社会人与人之间深深的撕裂。

今天,我们正生活在一个自主意识强烈、权利主义觉醒的年代,一个思想观念多元、利益诉求纷争的年代。对此,我们既需要“路见不平一声吼”的正能量,更需要用理性的态度、包容的胸怀和法治的精神对待我们身边的人和事。唯其如此,你和我才会共同拥有一个蔚蓝的天空和一份宁静的生活。

2016年4月

又去厦大

多年前我到过厦大一回。进了校园扑面而来的那一汪清水，南洋风味的建筑，城市山林的幽静，还有经典的鲁迅雕像，都让人流连忘返。十多年过去，当年的印记大多模糊。前不久有机会又去厦门，我知道，这座沐浴在蓝天、白云、阳光和海风里的海滨城市，可以逗留的去处甚多，但我依然想去厦大看看。听说我要去厦大，无锡的陶新胜也很想去，于是我们一同前往。

那天下午，湖北的黄勇峰通过他在厦门的朋友为我们找了一辆车。司机小殷，一位眉清目秀的"80后"帅小伙。我喊他殷师傅，"小帅锅"不好意思地笑笑说，叫小殷就行。

小殷是本地人，做点小生意，之前也带朋友去过厦大。他说，现在外地来厦门的客人，去厦大的很多，甚至超过了鼓浪屿。

我想这完全有可能。厦大不仅美丽、宁静，有诸多名人古迹和悠久的人文历史，进去游览还应该是免费的——十多年前我进厦大就没花钱。

酒店离厦大不很远，20多分钟就到了厦大演武路上的正校门。门口人来车往，熙熙攘攘，甚是嘈杂。小殷开车正要进校门，被一名穿了制服的保安前来制止，说现在不能进，没到开放时间。小殷问，几点开放？保安说，5 点半。如此，我们便只好作罢，想到其他地方兜一圈回来再进去。

小殷把车倒出来准备离开，一名约 30 多岁的小个子女人走上前来询问是否想进？小殷说是啊。小女子说把车往前开 30 米，那里有个戴黄帽子的男的，找他就行。小殷说，找他怎么就行呢？小女子说我说行就行。还是见多识广的陶新胜反应快，问小女子是不是要花钱啊？小女子推了推头上的太阳帽，很干脆地说是的。

我被眼前这一幕迷惑了，心想遇上“黄牛”了？难道除了医院或火车站，连一向清静的大学校园入口处也可以有“黄牛”存在？

就在我迷惑不解之时，“黄帽男”已经进车入座，开口就是 200 元，且保证连车带人一起进。既没有讨价还价的余地，似乎也尽可以让你放心，不会有诈。小殷要掏钱，陶新胜不让，赶紧掏了 200 元给“黄帽男”。

“黄帽男”熟练地指挥小殷开车，前面调头，然后从演武路往环岛路走，从白城校门进。接着，“黄帽男”掏出手机打电话，说“阿姨马上有车过来，您就在路边等着，我们马上到”。

阿姨？还有阿姨带路？这哪里是去厦大观光，分明是地下组织搞间谍活动啊。

安排妥当，“黄帽男”终于有空和我们搭话，之前的疑惑也多少找到了答案。

“黄帽男”是东北人，来厦门干这事已经有些年头，据说一年能挣二十多万元，在厦门买了房，一家老小也都安顿下来。本来厦大有规定，白天非本校教职工和公务活动的车辆一律不能进，但鉴于有很多外地游客想进厦大，一些保安就打起这主意，正门不进边门进。到边门带路的“阿姨”正是保安他妈。说到这里，“黄帽男”有些愤愤然，说“你别看我收了 200，30 给前面那女的，70 归我，还有 100 是保安他妈的。老太太带一辆车不过三五分钟时间，一天带二三十辆车，你看得挣多少钱？"不平之情溢于言表。

我说学校不管吗？

管过，电视台的记者也来曝光的，不管用。

话音未落，"黄帽男"又突然想起什么，神秘兮兮地说，待会老太太问给了多少钱，你们千万别实说啊。

按了葫芦起了瓢。这又是唱的哪出？"黄帽男"这话更让我们仨"丈二和尚摸不着头脑"。看来，尽管他们几个穿的是连裆裤，但在钞票面前，人的本性都会原形毕露。

车在环岛路上调头，离厦大白城门不远处的路边果然有位老阿姨坐在水泥墩上，衣着干净光鲜，头发花白，似乎还染了色。咋看上去，与在街头闲逛的衣食无忧的退休老人并无二致。车子在阿姨身边停下，"黄帽男"下去，迅疾给了阿姨 100 元。阿姨从容地收下，表情淡定甚至有几分慈祥。

与"黄帽男"交接完毕，阿姨很内行地叫坐在副驾驶上的陶新胜下来，说她坐这里好带路。车到门口，一保安走上前来，副驾驶上的阿姨满脸堆笑，像一朵盛开的菊花，朝着保安挥挥手，保安打开栏杆放行。

一切似乎都很顺利，这时，阿姨突然发问，你们给了多少？刚才盛开的"菊花"转眼间已经凋谢，阿姨的脸上布满了疑惑。想起刚才"黄帽男"的提醒，我们一时语塞，竟不知如何作答是好，小殷灵机一动，说朋友付的钱，具体多少我们也不知道。这主意实在是好，一下解了我们的围，陶新胜附和说"是是是"。我的心里却更不是滋味，付出了这冤枉钱，居然还跟做贼似的。

阿姨倒也没深究，说到了，你们在厦大随便玩吧，我该出去了。这时，阿姨的手机铃声又响了。

2016 年 11 月

说“不”的能力

弗洛姆在《人的希望》一书中有这样一段关于“人”的表述，从人的潜能的观点来看，人因为对真理、爱、人格的完整的肯定，以至于不惜牺牲生命，而具有说“不”的能力，由此区别于其他所有的动物。

的确，人之所以为人，在于他具有说“不”的能力。这种说“不”的能力，其实就是人辨别是非、知道对错、“择善而从之，择不善而改之”的能力。这是人所特有的潜能，其他动物，包括处在食物链顶端的老虎、狮子都不可能具备——在它们的世界中，它所做的一切都是对的，都是合理的——哪怕把主宰这个星球的主人——“人”吃了。

鸡年的新春，因为一起老虎吃人事件而让人们在茶前饭后平添了诸多话题。

毫无疑问，不管怎么议论，这首先是一个悲剧，一个令人唏嘘、令人扼腕叹息的悲剧。当事人死得惨，老虎死得冤。原本这张、李两家六口人利用新春佳节相约去动物园游玩，以享受难得的快乐时光，结果却变成一出惨不忍睹的悲剧。至于那只被击毙的老虎，圈在园中依然留存着百兽之王的野性，这本是它难能可贵处，却因此而丢了性命。

悲剧发生了，议论便随之而起，这在当下已属常态。自媒体时代谁都有发声的权利和机会，更何况，发声多少意味着关注，远比漠视要强。在诸多议论中，以下三种大概是最有代表性的：一说这不是老虎的错，老虎不该被击毙；二说当事人规则意识差，自己找死；三说门票太贵，弄得当事人为省下100多元的门票钱而丢了性命。这些观点看上去似乎都有一定理儿，每个人不同的人生经历，不同的宗教信仰，不同的文化背景和知识结构，不同的社会角色和社会地位，对同样的问题存有不同的看法也很正常。比如，站在动物保护主义的角度看，老虎属于稀有动物，在这起事件中，老虎没有丝毫过错，根本不该击毙。其实，不光在这里没错，在别的地方也不是老虎的错。梁漱溟说过，动物的“本能生活，行乎其所不得不行，止乎其所不得不止，不须操心自不发生错误”。[①] 若说错，当然是错在我们人类。再如，有人同情被害人，认为他逃票是门票太贵，是“门票经济”害了他。这种观点乍一听好像也很有理，但仔细分析就难以让人信服。中国景点的门票确实不便宜，但有的人连两块钱的地铁票都不愿掏这又该作何解释？还有人认为当事人规则意识差，不仅逃票，还无视老虎的存在及老虎们的生存法则。笔者看来，这应该是本起事件的关键所在。但规则意识还只是表象，本质上与我们说“不”的能力相关。

说“不”是人在作出某种选择时止于理性的逻辑判断：此事究竟做得做不得。当事人张某对妻儿疼爱有加，利用春节假期舍得花钱让他们到动物园游玩，这是一种正确的选择，也是他作为一家之主有情有义有担当的表现，该为他点赞。他和李某两人通过不正当途径贸然进入虎园，这是“明知不可为而为之”的非理性选择，此事显然做不得。李某意识到危险，半途对

① 梁漱溟：《中国文化要义》，上海人民出版社2011年版，第121页。

自己的行为说“不”，有惊无险，捡回一条宝贵的生命。如果张某也能像李某那样停下错误的脚步，对自己说“不”，这起悲剧完全可以避免。然而，此时的张某已经不是规则意识差的问题，而是凭着“明知山有虎，偏向虎山行”的盲目自信，或许还有难以抑制的好奇心催化下，在错误的道路上一路狂奔，最终亲自把自己送入虎口——岂不悲哉，哀哉。

人的一生总是面临着选择——除了生养你的父母——读书、工作、男婚女嫁，包括旅游、投资、做学问，都离不开你的选择。人在选择时，犯错是难免的。所以，梁漱溟又说，“唯人类生活处处有待于心思作用，即随处皆可致误。错误一经自觉，恒不甘心。没有错误不足贵；错误非所贵；错误而不甘心于错误，可贵莫大焉！”[①]但是，生活中不是所有的错都会留给我们重新选择的机会——这或许是张某用生命换来的唯一值得我们记住这起悲剧的价值所在。

2017 年 3 月

① 梁漱溟：《中国文化要义》，上海人民出版社 2011 年版，第 121 页。

做个笨人

著名作家刘震云在北大为毕业生作演讲时说了一句很雷人的话：我们民族最缺“笨人”。在讲演中他讲了两个故事，一个是他外祖母，身高只有一米五六，却是方圆几十里割麦子的“头把镰”，她的诀窍是，割麦子的时候，如果你直一次腰就会直十次，割割停停，速度当然就慢了；另一个是他的木匠舅舅刘麻子，刘麻子打心里喜欢木匠活，做的箱子、柜子是周围40里最好的，别人看树是树，刘麻子看树心里想的却是“要是能给女儿做嫁妆该多好”。这说明，他对工作的思考已经有了某种哲学味道。两位老人的故事揭示了这样的道理：生活中我们永远都少不了勤奋踏实、有责任感的“笨人”。

人是智慧动物。聪明本身不是坏事，人类的进步、社会的发展离不开人类智慧的高度发达与进化。一个人生存于世也是如此。梁漱溟说，人之生也，初若无一能，其卒也乃无所不能。从“若无一能”到“无所不能”，正是需要依靠人的聪明智慧获取知识，掌握技能，积累经验，明是非，知善恶，方能立足社会。但显然，刘震云所说的“聪明人”之聪明，并非指人的生物智慧，而是有人把聪明的智慧都用在了沽名钓誉、投机钻营、唯利是图、急功近利上。比如，当了公务员，便以为一劳永逸，就等着提拔重用；当了老板，就想着一夜暴富成为亿万富翁；发表了几篇文章，就是著名作家，自以为是；画了几天画、练了几天字，就成了书画大师，吆喝着要润笔费。如此这般，这样的“聪明人”多了，这个社会自然是浮躁的。

浮躁是要付出代价的，对此，我有着深切体会。记得那一年我在生产队的秧田里插秧，想多挣几个工分，也想赶快插完歇口气，于是插得风生水起，不一会儿就下去了三分之一，偶尔抬头看到落下我一截的人，屁股一撅一撅，心里挺乐。不知什么时候，老队长站到我身边，叫我抬头看看我秧道上的秧，有不少就像穿条鱼一般漂在水面上，老队长又从泥水里拔出我插的秧苗，根部呈弯曲状。老队长问我，这是什么？叫烟斗秧，都活不成的，做生活（武进方言，干活的意思）一点不牢靠。雨水中的老队长戴着斗笠，披着蓑衣，平时一贯好脾气，但此刻，我感受到了他愠怒的气息弥漫在湿漉漉的空气中。临走，老队长用低沉的嗓音冷冷地撂下一句话，拔掉重插，刚会走就想跑了，只晓得快有卵用。

既浪费了生产队的秧苗，又白白付出了自己的体力，还被我敬重的老队长一顿臭骂，梦想着若干年后娶他女儿做老婆的念头也在瞬间化作泡影——40 多年前的浮躁至今让我有种伤痕累累的感觉。

不过，在中国的文化土壤中，油滑、投机、图实惠、阳奉阴违、耍小聪明，进而重利轻义甚而见利忘义大概是根深蒂固的。对此，鲁迅、林语堂、李敖等大家的作品里都有涉猎，只不过似乎未见好转，现如今反而愈加厉害罢了。

近日偶尔翻阅一篇 2007 年 8 月 23 日刊登在《参考消息》上的短文《德鲁克给中国的提醒》，作者里克·施瓦茨曼。文章开头就说，中国制造的最危险的东西既不是刷含铅油漆的玩具汽车，也不是磁铁脱落的洋娃娃和蝙蝠侠玩偶,而是迅速蔓延的重利轻义的资本主义风气。文章的背景是那年夏季,作者参加了美国加州克莱尔蒙特研究生院的一个研讨会,一群中国企业家在会上表示,他们对自己国家年轻人认为致富和遵守道德规范是矛盾的深感担忧。这个研讨会是为纪念已故著名管理学大师彼得·德鲁克而举办的,故而作者借用德鲁克的话说,“维持一个企业的唯一办法是确保他们养成社会责任感”——企业是如此,公民又何尝不是如此。

2017 年 7 月 7 日《解放日报》上刊载了一篇吴越的文章《既然不是天才,那就做好笨人》。这篇文章报道了中科院院士、著名物理学家薛其坤的成才经历。文章称,在薛其坤闪耀的科研成果背后是“考研考了 3 次,读博读了 7 年”的坎坷经历。从一名普通农家子弟成长为中科院院士,薛其坤的经历与心得引人深思。薛其坤有个外号叫“7 – 11 院士”:早上 7 点进实验室,一直干到晚上 11 点离开,这样的作息,薛其坤坚持了 20 年,而这个习惯又源自他在日本读博期间接受的“魔鬼训练”。薛其坤回忆,实验室内部规定的作息时间:早 7 点,晚 11 点,全员遵守,不得违反,要是有人早离开,导师脸色就会很难看。

院士也罢,农民也罢,没有人能随随便便成功。趋利避害、追求快乐本乃人之本性,但人并非仅仅生活在本性之中。王小波曾说过,通过刻苦的修炼来完善自己,成为一个敬祖宗畏鬼神的、俯仰皆能无愧的好人,这种打算当然是好的。唯一使人不满意的是,这个好人很可能是个笨蛋。

2017 年 7 月

半身人

《分成两半的子爵》是意大利著名作家卡尔维诺写于20世纪50年代的一部中篇小说。泰拉尔巴城堡老子爵阿约尔福的儿子梅达尔多,在与土耳其人的战斗中被炮弹击中,劈成两半,分成了两个半身的梅达尔多,其中一个半身人被自己军队救回,回到城堡,老子爵死后他成为城堡主人。他无恶不作,把奶妈赶进了麻风村,把毒蘑菇给孩子吃,叫匠人制作精密的绞刑架滥杀无辜,他所经过的地方所有的植物、动物都被劈成两半,对美丽的牧羊女帕梅拉吸血鬼似地求爱,他成为邪恶的化身。正当人们苦不堪言的时候,另一半梅达尔多也回到了城堡。他处处行善,理解和同情所有人的遭遇,包括邪恶的梅达尔多的所作所为。他也爱上了牧羊女帕梅拉,最后,两个半身人为帕梅拉而决斗,“他们各刺一剑,把全部血管再次切断,从两面打开从前将他们分开的伤口。现在他们仰面躺在地上,原本一体的鲜血复归了,在草地上融合起来”。[①] 帕梅拉终于得到了一个“样样俱全的

① [意]卡尔维诺:《分成两半的子爵》,吴正仪译,译林出版社2012年版,第85页。

丈夫”。这便是这篇小说的梗概。

小说情节简单，人物关系也不复杂，叙事过程波澜不惊，甚至有点单调乏味，但作者却用极富想象力的奇妙构思，塑造出看似荒诞不经的人物形象——邪恶的梅达尔多和善良的梅达尔多，借助于跳跃的、绚丽多姿的、张力十足的语言吸引读者，也将作者想要表达的道德理性恰如其分地表达了出来。

作者想要表达的道德理性是什么呢？很多读者认为这是一部反映人性善恶的小说，没读原著之前，我也这么认为。但事实上，作者仅仅是借用人性之善恶的原始拷问，把一个完整的人分裂成两个半身人，以此来表达自己的创作动机和真实意图："一段时间以来我一直在想一个从纵向劈为两半的人，那两半中的每一个都自行其是……如何区别他们？行之有效的可靠方式就是让一半善良而另一半邪恶，一种斯蒂文森式的对立……而批评家们可能开始步入歧途：他们说我心里想的善恶问题，不是，它在我心中根本不存在，我没有想过善恶，一分钟也没有。正如一位画家可以使用色彩鲜明对比突出某一种图形，同样地采用了一种众所周知的叙事的对立来突出我所感兴趣的那个东西，这就是分裂。"①还说："现代人是分裂的、残缺的、不完整的、自我敌对；马克思称之为'异化'，弗洛伊德称之为'压抑'，古老的和谐状态丧失了，人们渴望新的完整。这就是我有意放置于故事中的思想——道德核心。"②

人都是分裂的，这就是小说的核心意涵所在，至于分别以善恶存世的两个半身人，只是为了"行之有效的区别"和指代，无关乎人性之善恶。

《分成两半的子爵》写于 1951 年，卡尔维诺坦言，他无意特别支持某一种文学观念，也不想进行道德讽喻，或者狭义的政治讽喻，但"我们处于冷战

---

① ［意］卡尔维诺：《分成两半的子爵》，吴正仪译，译林出版社 2012 年版，第 94 页。
② ［意］卡尔维诺：《分成两半的子爵》，吴正仪译，译林出版社 2012 年版，第 94 页。

中心,空气中弥漫着一种紧张,一种难以言表的不安,它们不具有看得见的形象,可是主宰着我们的心灵”。[①] 20 世纪 50 年代,东西方阵营严重对峙,战争阴云密布,整个世界是撕裂的。显而易见,生活在一个撕裂的世界,人便不可能成为一个完整的人,人格分裂,肢体残缺,孤独而破碎的灵魂四处飘零,无处安放,由此,渴望“新的完整”的人和世界,便成为卡尔维诺这位曾经为抵抗法西斯而浴血奋战的老游击队员发自内心的期待与追求。我想,正是为了满足这种期待与追求,作者将小说安排了一个完美的结局——两个半身人合二为一,迎娶美丽的牧羊女帕梅拉为妻,一切皆大欢喜。

至此,这部小说的意义和价值似乎已经廓清澄明,但我却意犹未尽。

《分成两半的子爵》写于冷战时期,卡尔维诺于 1985 年 9 月突发脑溢血去世,未能看到冷战的解体。如今,冷战体系垮塌已近 30 年,在后冷战时代的今天,这个曾经因冷战而撕裂的世界依然沟壑纵横;分成两半的子爵梅达尔多也并没有真的合二为一。互联网时代,每一个个体被裹挟在貌似“互联”的世界中,感受着被绞肉机绞切般的痛楚和卷入激流旋涡时的无奈,更有不幸中招者如暮春落红,湮没在键盘党们横飞的唾沫中,真乃“雨横风狂三月暮,门掩黄昏,无计留春住”。报载,德阳中西医结合医院儿科主任医师安医生,自杀前向母亲留下一句“妈,我出去一下,两分钟就上来”便匆匆出门。她这一出去就再也没能回家。两个小时后,亲人找到她时,她已在车内安静地离开了尘世。那句家常话也成为一个女儿留给母亲最后的话语。话语平常,看不出一点情绪,其实,此时的女医生去意已决,在平淡与平静的背后,该是她对当下浮华喧嚣的人世无限的悲凉与委屈。网络围攻,像无形的达摩克利斯之剑,高悬在我们每个人的头顶,无情地“审判”着这个世界和我们脆弱的心灵。我想,这正是《分成两半的子爵》在今天依然具有强大生命

---

① [意]卡尔维诺:《分成两半的子爵》,吴正仪译,译林出版社 2012 年版,第 93 页。

力和影响力的价值所在，同时，也更能理解近代德国哲学家本雅明为什么要“从现代性中寻找被打碎的传统，在历史中探寻原初整体失落的碎片”的良苦用心。①

小说还写到，当善良的梅达尔多与牧羊女帕梅拉因暴雨而躲进山洞时，梅达尔多对帕梅拉说，他同情邪恶的梅达尔多，因为他知道做一个半身人的滋味，帕梅拉觉得不能接受，于是梅达尔多说：“帕梅拉，这就是做半个人的好处：理解世界上每个人由于自我不完整而感到的痛苦，理解每一事物由于自身的不完全而形成的缺陷。我过去是完整的，那时我还不明白这些道理，我走在遍地痛苦和伤痕之中却视而不见、充耳不闻，一个完整的人不敢相信这样的事实。帕梅拉，不仅我一个人是被撕裂的和残缺不全的，你也是，大家都是。”②

小说中的精彩片段很多，但这段文字我印象深刻且反复咀嚼。是的，其实大家都是残缺的半身人。只有理解、同情和包容半身人，才能有一个完整的人和完整的世界——分成两半的梅达尔多才能真正得以复原与复活。然而，生活中更多的人总以为自己是完整的和纯粹的人，就像《祝福》里的善女人柳妈，而别人却是残缺的和不完整的，或者是伤风败俗的祥林嫂。这种非理性的自我认知，足以让柳妈在鲁家新年祭祀的案台前，对祥林嫂鄙视、揶揄乃至恐吓，置之死地而后快。

祥林嫂死了，德阳的女医生也悄然离世，据说，键盘党们又开始人肉男孩，如此这般，究竟如何是好？我无言以对，可人世间总还有智者存在，在互联网尚不发达的20世纪90年代，王小波就告诫人们：“大家急赤白脸地争论道德、廉耻，争完了就忘了：这就是说，从起头上就没把廉耻当廉耻，道德当

① 上官燕：《游荡者，城市与现代性——理解本雅明》，北京大学出版社2014年版，第27页。

② ［意］卡尔维诺：《分成两半的子爵》，吴正仪译，译林出版社2012年版，第62页。

道德。”①这大概是对键盘党们横飞的唾沫的最好诠释。只是,当他们忘却了论争的时候,留给世人的伤痛与撕裂却难以弥合。故此,假若卡尔维诺还在世,不知道这位文学大师把分成两半的梅达尔多合二为一作为小说的结局有何感想。

2018 年 9 月

① 王小波:《我的精神家园》,文化艺术出版社 1997 年版,第 40 页。

文学和生

《十面埋伏》“埋伏”了什么？

以写公安题材和反腐败作品而闻名的山西作家张平，推出了据说是“潜心创作了五年”的长篇小说《十面埋伏》，很快引起了社会的一定关注和反响。然而，如果是细心阅读并稍具法律常识的读者就不难发现，《十面埋伏》展示在读者面前的是一个猖狂的犯罪团伙，一个肮脏的“黑狱世界”和一个灰色的到处都充斥了邪恶势力而正义力量却显得孱弱、单薄、不堪一击的现实社会，同时，由于作者对法律、对我国司法制度的不熟悉，尤其是对当今中国监狱工作的无知而使该书在悬念设置、情节展开、人物刻画乃至气氛烘托、语言描写等方面都显得荒诞、离奇、苍白而毫无特色。因此，我们不禁要问，一部“潜心创作了五年”的《十面埋伏》究竟“埋伏”了什么？

作为反映当代监狱政法题材的现实作品，不管是正面的弘扬，还是反面的批判揭露，理应客观真实地反映现实生活，即使是“高于生活”，也绝不可以是脱离，更不是背离现实生活，这应该是一位“负责任”的作家应有的创作态度。但是，《十面埋伏》的作者却似乎忘记了这一原则，忘记了他本人所言是一位“负责任”的作家的创作态度。

“一起案件(1·13 案件)、两个系统(监狱和公安)的比较下、三方人马(正面人物、腐败分子和黑社会分子)的较量中,仅在短短四天时间(9 月 9 日至 9 月 13 日)”成就了一部达“560 千字”的巨著,在这部看似头绪繁多实则故弄玄虚的作品中,由于它的不真、不实、不合常理而失去了起码的感染力和应有的审美情趣。

诚然,这是小说,我们无法也不可能要求它成为一部法律专著或调研报告,但文学作品的“虚构”并不等同于“虚假”。一名被判了死缓刑的罪犯,而且是一名穷凶极恶的牢头狱霸,在 2 年考验期内,不仅不认罪服法,监狱怎么能给他减到 15 年徒刑的呢?即使监狱腐败了,帮罪犯作了假材料进行改判,法院又是怎么裁定的?检察院又是如何监督的?“王国炎”被怀疑为精神病患者,在没有明确而权威的司法鉴定情况下,监狱怎么可能说是“符合规定”并在清晨由监狱干警带出监外从而导致王犯越狱?一名大队教导员怎么又能莫名其妙当上监狱局副局长?还有,公安机关凭什么要将一名监狱干警的妻子安排在地区最好的医院,并承担数十万元的医疗费用?正在全力以赴侦破案件的何波处长,可以突然地被地委副书记贺雄正告知免去了职务?为了将一名罪犯由监狱移交到公安,怎么需要由省委书记、副书记等人作出决定?尤其令人费解的是,罗维民在无意中发现了王国炎的重大线索后,在仅仅 10 多个小时里怎么就会身陷在“十面埋伏”中了呢?进而在短短的 3 天时间里便发生了那么多“惊心动魄”的,下至普通百姓、地痞流氓,上至省委书记,连公安部、司法部和中央电视台都惊动了的“故事”呢?!在那几天里,我们不禁要问,我们的监狱怎么了?我们的城市怎么了?我们的整个社会又怎么了?!你看,在监狱,罗维民几乎寸步难行;在市(县)公安局,局长、副局长受制于宋副市(县)长;在地区,公安处长受制于分管政法的副书记贺雄正;在省城,市委书记又被他的外甥、一位区公安局长同时又是黑社会犯罪团伙头目的姚戬利利用了;在省里,省人大常委会副主任又是腐败分子。而“好人”呢?正义力量呢?仅有的几个人都还是通过“私人”关系走到一起与强大的邪恶势力作抗争的,最后,死的死,伤的伤,要不是“省委书记”“省公安厅长”还是个活着的“好人”,在4天中,还不知有多少令人意想不到的故事发生呢!在洋洋56万文字的作品里,人们看不到正义的力量,看不到法律的力量,也看不到共产党的力量。你不觉得生活在一个“无序的、黑暗的、到处都充满了险恶和危机而正义与平安却如此苍白、遥远的”世界里吗?这一切的一切,除了作者对法律、对我国司法制度的无知外,只有让人觉得是一种滑稽而毫无章法的推理。《十面埋伏》里真正地“埋伏”了一个杂乱而灰色的世界。

腐败问题是当今社会人们普遍关注的热点问题。笔者并不讳言监狱系统也存在腐败现象,有的还比较严重,更不是说不能通过文学的形式来揭露包括司法领域在内的腐败现象。古人云“文以载道”,既然是揭露腐败问题的作品,作品和作者就应该承担起应有的社会责任,首要的不仅仅是满足读者的猎奇心理或者别的什么,还应该使人有所启发、有所教益、有所收获,而不是相反。

2000年3月

感受百年南京监狱

——写在南京监狱100周年之际

到2005年,南京监狱作为“监狱”,已经延续了整整100年。100年虽然算不上多么的漫长,但毕竟是100年了,一个跨越了两个世纪的100年,这就必然有着许多值得我们去体察、去回味、去感悟、去承接,乃至去进一步拓展的东西。我到南京监狱的时间不长,在它100年的时候,我才进来工作100多天。100多天的时间要“认识”一座具有百年历史的监狱是困难的,但感受还是有的。

历史的南京监狱

监狱与国家、与统治集团关系之密切众所周知,它犹如军队、警察一样,是任何国家、任何统治集团都不能没有的统治工具。正因如此,一座小小的南京监狱,因为它产生于20世纪初,并且因为在中国,在中国的南京,因而我发现,百年历史的南京监狱竟然与我们的国家、民族具有如此紧密的联系,这从南京监狱的名称演变就可略窥一斑。

据《江苏省第一监狱志》记载,南京监狱始建于1905

年,最初称为“江宁罪犯习艺所”,后改称“江南模范监狱”,民国6年(1917年),北京政府(黎元洪主政时期)令改名为“江苏第一监狱”。1937年12月13日,日寇占领南京后,监狱改名为“日本刑务所”和“中国战区日本官兵总联络部拘禁所”,1945年8月,日本投降后又更名为“中国战区日本官兵善后联络部拘禁所”。同年10月,民国政府司法行政部将原“江苏第一监狱”更名为“首都监狱”,直至1949年4月南京解放。4月30日,南京市军管会行政司法部接管“首都监狱”,隶属南京市人民法院管辖,6月7日,成立“南京市人民法院监狱”,1955年,更名为“江苏省第一监狱”,该名称一直沿用到1994年,1995年后,更名为“南京监狱”。

1937年春,陈独秀囚禁于老虎桥监狱(时称江苏省第一监狱)

“八·一三”事变后,蒋介石迫于种种压力,将陈独秀提前释放

(照片选自《南京监狱志》)

都说名称只是一种符号标志。这话是不假的,但人类却正因为有了这“符号”才成为人类。“符号”背后其实是符号主人意思的表达甚至是意志的体现。讲究名正言顺的中国人更是如此。从1905年到1949年,短短的44年间,南京监狱的名称变更了6次:“江宁罪犯习艺所”——“江南模范监

狱”——“江苏省第一监狱”——“日本刑务所”和“中国战区日本官兵总联络部拘禁所”——“中国战区日本官兵善后联络部拘禁所”——“首都监狱”,从中多少可以看出符号主人的意思。

看着这个名称的变更,不由得让我想起鲁迅先生那句“城头变幻大王旗”的诗来,真是“你方唱罢我登场”。战争、黑暗、屈辱、混乱、无政府、民不聊生、半殖民地半封建等,你怎样形容都不过分。这就是20世纪上半叶的中国国情和现状,并且居然在一座监狱身上也得到了见证。站在当年监狱的大门前,我仿佛看到了清王朝没落的背影;看到了袁世凯等北洋军阀们粉墨登场,窃取国权,强奸民意;看到了民国政府的专制与腐败,将无数仁人志士关进这座比较现代化的牢笼;看到了监狱岗楼上那惨白而耀眼的“膏药旗”蛮横而无耻地随风飘扬;看到了卖国求荣者在这里得到的应有惩罚;看到了共产党人的坚贞不屈与大义凛然;看到了一个旧世界的陨落与新中国诞生的曙光。

据说,当初设立这座监狱是清末法部侍郎沈家本狱制改良的结果。狱制改良的初衷当然是希望监狱能更好地为清王朝服务,但没想到,这座“新式”监狱1905年动工修建,1907年起用,仅仅过了4年大清帝国就轰然坍塌。2年后,为近代中国法制进步作出过相当贡献的沈家本老人也离开人世。监狱还在,只是短短的几十年间主人换了一茬又一茬,在这座面积不大的监狱里演绎了一个个可歌可泣、可悲可恨、可叹可笑的人间悲喜剧!

今天面对这段历史,我在想,这是我们南京监狱的幸或不幸?我不得而知。无论幸或不幸,历史就是历史,我们无法改变,更没有理由忘却。昨天成为今天的历史,今天也将成为明天的历史,历史就这样在我们的手中得以延续。重要的是,当明天的历史掌握在我们手中时,我们该去创造什么样的历史留给后人。

说到南京监狱名称,除了上面提到的官方名称外,还有一个名称是不能不说的，那就是它的别称：老虎桥监狱。

老虎桥监狱中心岗楼（图片选自《南京监狱志》）

老虎桥监狱是老百姓喊起来的。正因为是老百姓喊的，近百年来，不管哪个朝代，哪个阶级，哪个党派，甚至包括抗战时期和新中国成立后，监狱虽各有其名，但老百姓还是管它叫“老虎桥监狱”。喊得久了，喊得人多了，以至于老虎桥监狱非常有名，而官方名称却常常不被人记住，所以，能被老百姓记住的才是永恒的。

老百姓为什么把南京监狱呼作老虎桥监狱呢？据记载，监狱位于南京城中的进香河畔，进香河上有座桥叫“老虎桥”，要去监狱就必须经过老虎桥，“老虎桥监狱”就这样喊开了。

我不知道当初为何选址于此，进香河，老虎桥，监狱，是刻意的安排还是无意的巧合？不管是刻意的还是无意的，都是一种值得回味的组合。这进香河，顾名思义是给善男信女们去烧香的专用河道，进香河的北端就是有名的佛教圣地鸡鸣寺，从老虎桥到鸡鸣寺也就一公里左右路程。一条幽幽的小河，一头连着监狱，另一头通向庙宇；一座老虎桥，又将狱界、佛国与喧哗的街市连接在一起，这实在是一个意味深长的图景呢。曾有多少囚犯、信徒与凡夫俗子从这里匆匆而来又匆匆而去。如今，进香河没了，老虎桥没了，老虎桥监狱也终于在20世纪的最后一个年头离开了老虎桥。只有鸡鸣寺里悠远的钟声与袅袅的青烟,依然在向芸芸众生诉说这里曾经的一切。

现实的南京监狱

1999年3月,南京监狱从城中的老虎桥搬到城南雨花台脚下的铁心桥镇。在我没到南京监狱工作前也曾来过几次。其中有一次是我在江苏省司法厅《法治时代》杂志社工作时,带我社里的编辑记者来参观学习了解监狱情况。当时的监狱长沈国新很热情地接待了我们,还观看了服刑人员的表演。参观过后,我的同人都很兴奋、好奇甚至惊讶,没想到江苏有这么漂亮的监狱,比他们的大学校园强多了,犯人的监舍(过去他们只知道是"牢房""号子"的地方)也远比大学生宿舍干净整洁。这种感受我也有。我算个"老劳改"了,见的监狱也不少,看到南京监狱这么气派,环境这么优美,心里还是深深触动了一下:到底是现代化的南京监狱,名不虚传!

今年7月,我调到南京监狱工作,与南京监狱"零距离"接触了,这样我对它有了更进一步的了解、接触。说实话,南京监狱看上去还是很美,整个建筑风格大气、明快、简洁,尤其很阳光,也不失庄重。监区中央的草坪犹如一片清澈的水、一方湛蓝的天镶嵌其中,使人时时刻刻都能呼吸到自由的空气,看到蓝蓝的天和悠悠的云;草坪四周的绿树、花卉,又使人感受到大自然的和谐与温馨。所有这一切,都使你难以与"监狱"联想在一起。

但是,这里就是监狱,而且我认为今后的监狱都应该是这样的。人类已进入21世纪,虽然监狱作为刑罚场所的本质和功能没有变,但不把犯人当人看的时代已经过去了。既然犯人也是人,那么他就应该生活在阳光下,生活在和谐而优美的自然环境里。我一直认为,只有把犯人置于最接近社会化的环境中改造才可能将犯人改造成真正的社会人,否则,单纯的关押,脱离现实社会的改造,其结果只能是"监狱人",而良好的自然环境正是其中的重要方面。

2007年初夏，作者（右1）向到南京监狱参观考察的
著名作家毕飞宇（左1）等介绍情况（照片提供：张建秋）

当然，监狱工作的变化与进步不仅表现在外部环境上，而且反映在它的内涵上。从南京监狱来看，它作为当代江苏监狱的窗口要求更高，其变化与进步也许更典型、更明显、更具代表性。例如，它全方位的监控装置，完善的数字化系统，先进的电教设备，尤其是新的管理理念、管理水平以及我们民警的风采。因此，我经常和我的同事说，能在南京监狱工作，首先应该感到自豪和骄傲，同时也的确有着沉甸甸的压力。而这种压力向正面转化能促使我们更加努力；反之，向负面转化则有可能成为我们的包袱和负担，甚至怨言与懈怠。到底如何取向，关键还是要我们自己把握。

同时触动我的还有我们的民警。来到南京监狱工作，很多年轻民警当年我与他们的父辈们是同事，如今他们的下一代都在监狱工作，在基层一线发挥着骨干作用。看着这些年轻民警的身影，我除了感到自己不再年轻，更多的是想着这样一句话：正是有了这一代又一代监狱民警的开拓、传承与创新，才有我们监狱事业的昨天、今天与明天。

南京监狱有了100年的历史,100年的南京监狱还要继续前行。未来的南京监狱会是什么样的,我无法预测,但有一点是肯定的,那就是监狱还将存在。不管发生什么变化,社会如何进步,即使再过100年,犯罪也还会存在,刑罚也还会存在,监狱当然也就必然会存在。再过100年,南京监狱还会在这里吗?也许还在,也许又将搬迁到别处,但100年后的南京监狱却没法把我们今天抹去——因为历史是无法割断的。到时候,南京监狱就有200年历史啦,那真是一座古老的监狱了。

2005年8月

从“方正之士”说起

“方正之士”语出班固的《汉书》第59卷《袁盎晁错传》，是晁错与景帝对话时的一段精彩论述。原文如下：

五伯之佐之为人臣也，察身而不敢诬，奉法令不容私，尽心力不敢矜，患难不避死，见贤不居其上，受禄不过其量，不以亡能居尊显之位。自行若此，可谓方正之士矣。

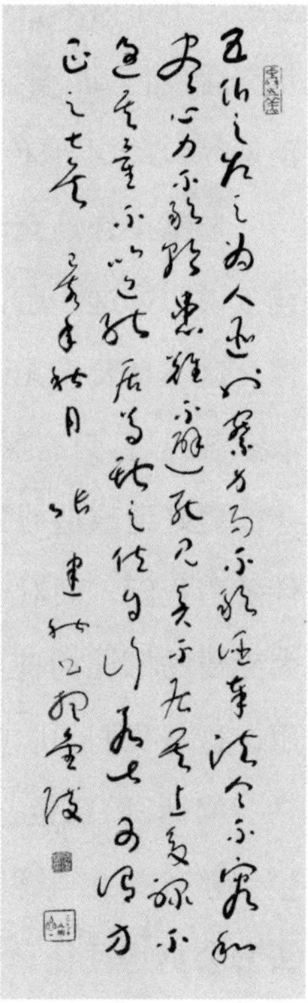

书法条幅（张建秋书）

这段出自两千多年前一位大臣“为臣之道”的文字，今日读来，依然让我感到颇有意义，尤其作为我们监狱人民警察，若能做一名堂堂正正的“方正之士”，我想无论做人还是做事，都是大有裨益的。

监狱工作是执法工作。既然是执法，当“奉法令不容私”。现代法律是公民权利义务的总章程，任何执法者在执法过程中都必然与执行相对人利害攸关。当服刑人员进入监狱的第一天起，他在监狱里的一切权利义务就都在我们的掌控之中，你的一言一行、一举一动都可能直接或间接地影响着他们权利的实现或义务的履行。因此，在执法过程中能否做到公正执法、阳光执法，“奉法令不容私”，不仅是我们监狱人民警察最基本的职业素养，也是你能否在服刑人员中取得他们信任，树立工作权威，做好监狱工作的出发点和归结点。

监狱工作又是改造人、转化人、教育人的工作。既然是做人的工作，又当“尽心力不敢矜”。世界上没有完全相同的两个人，这如同没有完全相同的两片树叶一样，更不用说江山易改本性难移了。要改造一个人不容易，要把一个“坏人”改造成为一个“好人”，把一个不守法的人改造成为一个守法的人更不容易。十年树木，百年树人。做人的工作，若不尽心力，那么“改造人”只能是一句空话。上海的青浦监狱用“事事踏实，处处用心”这两句话来提醒他们的民警，正是“尽心力不敢矜”的本来含义，恰如其分地体现了监狱工作的特色和要求。

监狱工作还充满了艰难与危险。最近湖南、福建相继发生民警被害事件充分说明了这一点。面对艰难与危险，我们应当有“患难不避死”的品格与精神。这不是要作无谓的牺牲，不仅不能，还要很好地保护好自己。毛主席他老人家曾说过，只有保存自己才能更好地消灭敌人。同样的道理，只有保护自己才能更好地改造罪犯。但监狱毕竟是监狱，犯人毕竟是犯人，艰难与危险时刻伴随着我们。面对这样的现实，我们要在最大限度地保护自己的同时，还要以大无畏的牺牲精神勇于正视，敢于接受，并用我们的智慧和勇气去排除和克服。这是我们的职业要求，更因为我们都拥有一个共同的名字——人民警察。

当然，警察也是人。我们有七情六欲，也食人间烟火，工作几年后都希望“混”个一官半职，与同学、战友比比待遇也还能说得过去，别墅买不起能买套公寓房住住，“宝马”买不起能买辆“奇瑞 QQ”也行，这些想法和要求都不过分。但在工作中，在生活中，我们能否见贤让贤而“不居其上”？能否君子爱财取之有道而“受禄不过其量”？更能否有自知之明而“不以亡能居尊显之位”？所有这一切，大概都需要我们以“察身而不敢诬”的勇气去自省、思索和积极面对的。果真如此，那真可谓“方正之士”矣。

2006年3月

"倒计时"

赫拉克利特说,人不能两次踏进同一条河流;孔夫子说,逝者如斯夫,不舍昼夜。不知不觉,2007 年已经在你我的手指间轻轻滑过。

元旦值班,打开电脑上的内部局域网,在"监管安全倒计时"的日历中已经由节前的"1"天赫然变成了"365"天。这意味着,对于监狱工作具有特殊提示意义的"倒计时"又开始了,也意味着,我们监狱警察背负着监管安全的重任,从 2008 年的"零"点开始踏上了新的征途。

日复一日,年复一年,从"365"到"1",又从"1"天到"365",看似简单的数字变化,其实不然,其中蕴含着我们上上下下、男男女女、老老少少的多少心血、汗水和付出,多少责任、期待和梦想。

清楚地记得 2007 年夏天的那个下午,监狱突然响起尖厉的警报声。警情就是敌情,警报就是命令。刹那间,机关办公楼的男女老少都丢下手中的活儿,一股脑儿冲向监狱二道门广场。现场很快聚集了几十位机关民警,其中还有隔壁女子监狱的女警,只是谁也不知道出了什么事,都在焦急地打探消息或等待接受任务。没多久，有消息证实，是监狱警报器误报。人们紧绷的脸上顿时露出了灿烂的笑容，悬着的心终于放下。虽是虚惊一场，可是很好地检验了我们民警对监狱、对监管安全的一种责任、自觉和应变能力。

在回到办公室的路上，许多人还在议论纷纷，有的说，多年没听到警报声了，突然响起警报把人吓得不轻，心都提到嗓子眼儿了；有的说，没事就好，如今我们出不起事啊；还有的说，这也不失为是一次很好的实战演习呢。看着刚才有些惊心动魄的场面，听着民警们朴实的话语，我是颇有些感动、甚至感慨的。俗话说，一滴水能折射出七色阳光。无论是听到警报后争先恐后的奔跑，还是虚惊过后的沉思与欢笑，这点点滴滴不正折射出我们民警对监狱事业的关注、执着和沉甸甸的爱吗！

然而，监狱毕竟是监狱。有人说，监管安全是易碎品，这是非常形象的比喻。监狱里存在太多的不安全因素，尤其是重刑犯监狱，2500 多名服刑人员就是 2500 多颗定时炸弹，你搞不清楚他什么时候会发生爆炸，稍有疏忽便可能酿成大祸。2007 年 11 月 30 日，7 监区犯人尤某预谋劫持民警强行脱逃案成功告破，人们还没有来得及庆贺，仅仅过了 20 天，8 监区犯人刘某又因为对自己的罪行过度自责想一死了之——虽然同样被及时制止了，但这些事故如果得逞，那么，我相信，这在我们从“365”到“1”的监管安全日历上，定然像南京监狱历史上曾经发生监管安全事故的某一天一样，是个难以抹去的黑色日子。

好在这些事故都没成为现实。

好在 2007 年的南京监狱，从“365”到“1”，一天天一月月都安然度过了。

这其中也许有侥幸和偶然，但更是必然。这正是南京监狱 400 多名监狱人民警察和职工，把心血、智慧甚至泪水倾注在了 2500 多名服刑人员身上，才有监狱的 365 个平安日。

新年的钟声已经敲响,监管安全倒计时又从“1”悄悄变成了“365”。这是一元的复始,对我们来说更意味着责任的开始,这看似岁月的轮回,其实是在警醒我们:安全为天,责任如山!

2007 年 1 月

平等有时就这么简单

不久前的一个下午，为庆祝新中国六十华诞，监狱组织了一场“我与祖国”的演讲比赛。说起自己的祖国，不管是谁，曾经做什么，现在在哪里，就如同想起自己的母亲一样，都会从心底涌起阵阵暖流与眷恋之情，为之动容、流泪——即使是身陷囹圄的囚子也不例外。所以，那天，10 多位演讲者，尽管剃着光头，身着囚服，年龄不同，案情各异，但当他们走上讲台，面对祖国尽情讲演时，没有理由不为他们喝彩。此时此刻，我们的心相通，也不必分彼此，没有了身份的限制与地位的阻隔。

演讲结束后，我为获奖者颁奖，并与获奖人员一一握了手。就是握手这样一个礼节性动作，因为发生在监狱，发生在民警与犯人之间而显得有些不同寻常：台下报以热烈的掌声，其中有民警也有犯人。当时我不明就里，只以为是现场的气氛把大家的情绪给调动起来了。事后有民警对我说，今天的活动效果特别好，尤其是最后颁奖与犯人握手，别说是监狱领导，就是普通民警一般也很难做到。

民警无意生发的感慨让我若有所思。我这样一个寻常的举动居然蕴含着一种平等的含义，而体现平等实现平等有时就这么简单。

平等与正义一样，是人类追求的终极理想。但是，生活中的不平等比比皆是，无处不在，无时不在，如同空气般平常而悄然陪伴在我们左右。罗马诗人贺瑞思写道：苍凉的死神平等地降临穷人的茅舍和国王的城堡。一个觉悟而孤独的悲情诗人为什么要用如此极端的感慨来诠释人类的“平等”？我想，也许只有死亡，才是我们每一个生灵可以共同拥有的“平等”。

谁能说诗人的呐喊是谶语呢？我们也用不着责怪上帝的不公。当一个人呱呱坠地时，在你的第一声啼哭中就蕴含了不平等：有的响亮，有的沙哑，有的短促，有的长啼。我至今不明白，人降生后为什么一定是啼哭而且必须啼哭，而不是笑脸迎接这个世界？也许叔本华是读懂了的。他在婴儿的哭声中读懂了人生的本质在于痛苦，而痛苦表象的背后，又多半源于不平等。卢梭说，人类的不平等大抵有两种，一种是自然的或生理的，另一种是精神的或政治的。虽然一种是先天的，一种是后天的，但在我看来，本质却是一致的。人类的不平等是一个绝对的命题，就像太阳总是从东方升起一样，而平等只能是我们若有若无的一个梦——相对而脆弱，如同那摇摆不定的风筝，时刻掌控在别人的手中。

在这个星球上，监狱也许是人与人之间最难平等相待的地方了——即使是文明如今天的监狱。

我不止一次地经历过这样的遭遇：在找犯人谈话时，现场的民警总会礼貌地为我们倒茶——能给犯人倒茶这已经是一个了不起的进步——我发现，常常因为我们的身份不同而享受着不同的待遇：要么我的杯子里有茶叶，而对方是白开水；要么我的茶叶好些，档次高些，而对方茶叶要差一点。在这样的情况下，我多半不动声色，视而不见——彼时彼刻，我无法拒绝民警的一番好意，但那一杯水，或许将犯人仅有的一点自信与尊严浇灭。

民警与犯人之间的不平等，有时很难说是民警在道德评价下故意为之

平等有时就这么简单(张建秋摄)

的,更多时候还是出于刑罚、管理以及教育的需要。世界上没有哪个人愿意将自己囚禁起来,哪怕他承认自己犯下了不可饶恕的罪行。监狱为了完成对犯人的刑罚过程,并保证监狱的安全和稳定,法律赋予监狱民警相应的权力,犯人履行一定的义务是必需的。这种“必须的”权力和“必须的”义务,权力一方通常用“强制”和“禁止”的词汇,外化在监狱的日常生活中,久而久之,它像一把锋利的犁,在民警与囚徒之间耕出了一条深不可测又不可逾越的鸿沟。平等,常常在这条鸿沟面前退而却之,消遁于无形。

由此看来,横亘在民警与犯人之间那条“不平等”的鸿沟是必然的和根深蒂固的。但这能归咎于谁呢?我不得而知。监狱本来就是人类最无奈的营造物:一边在努力实现所谓的正义,一边又不得不在不平等的旋涡中彳亍而行。

然而,平等对于我们来说,果真如此艰难而遥远吗?

诚然,绝对的平等是不存在的。生活中永远会有富人穷人、伟人凡人、警察小偷,就像这个星球总有高山湖泊、森林草原、沙漠绿洲一样。世界并不会因为绝对的平均而收获安宁,却常常因为相对的差别而精彩纷呈,但这样的差别并不应当成为抛弃平等、歧视他人的理由。人世间的平等并不等于物质上的平均分配，权力义务上的完全对等，更多地意味着人与人之间的相互理解、尊重、关爱和信任。邰丽华和她的千手观音之所以能获得无数人的掌声，不仅因为其美轮美奂的表演，更在于人们对残疾人的尊重。所以，即使在等级森严的监狱，在监狱民警与犯人之间看似“不可逾越”的鸿沟面前，假若你能给犯人递一杯水，送一个微笑，握一次手，那么，平等就已经悄悄地来到了我们的身边。

平等有时就这么简单。

2009年10月

苏州监狱百年感怀

犯罪,人类之痼疾也。先秦以来,莫不制律以治之。

监狱,国家之重器也。共和之前,咸以囚禁为要也。

遥想鸦片之战,丧权辱国。列强铁蹄,践踏华夏。中央帝国,摇摇乎如朽木既倒于东方;无上皇权,靡靡乎似暮日将坠于西天。睹百孔千疮之状,忧国破家亡之难。忠臣良相谋变法,志士君子图报国,虽功败垂成玉石俱焚犹不足惜矣!苏州监狱之生,乃狱制改良之果也。

是监狱,建于宣统之末,成于民国之初。原设于小柳贞巷,后移至仓街狮子口,故坊间谓“狮子口”监狱。民国年中,宁沪之间,老虎桥、狮子口、提篮桥,列三大监狱也。抗战之后,汉奸逆臣,举国声讨。陈公博褚民谊诸徒,皆毙命于此;汪精卫妻陈璧君,亦羁押其中。彼时监牢,虽为专制工具,然国贼除之,不亦快哉!

是监狱,越清朝,度民国,及今朝。历经百年沧桑,见证法治进步。既归于人民政权,方显现正义本色。高悬法律之剑,执法为民,惩恶扬善,保一方平安;恪尽挽救之责,改造为本,传道授业,育万千浪子。二十八年长安金牌,人人参与,日守夜望,无怨无悔;六十一载无私警魂,代代相传,呕心沥血,有情有义。

是监狱,今复建于姑苏新城,天堂一隅。灿灿兮精美建筑,江苏楷模;昭昭兮治监理念,中国领先。法治文明,若出其里;书香气息,犹飘四方。远纳吴越古文化之精华,近容数字新科技之先导。此真可谓现代化之文明监狱也!

忆往昔,相门桥堍旧地立丰碑;瞻未来,春申湖畔新址创辉煌。

值此百年建监之际,夏公苏平嘱予作文以记之。文轻史重,纵千丈帛书亦不足以表也。予诚惶诚恐,不敢懈怠,庚寅中秋,遂作感怀,见笑于大方之家矣。

2010 年 6 月

位于小柳贞巷的江苏省第三监狱围墙旧址

民国时期“江苏苏州监狱全体同人欢迎李典狱长莅任欢送吴科长调升摄影留念”（照片提供：王晓山）

“娘”或“不娘”

著名体育评论员黄健翔在解说今年世界杯赛的德法之战时说德国队踢得很“娘”。我不是足球迷,连伪球迷都不是,年轻时还知道有个马拉多纳、贝克汉姆和那个剃着瓦片头招摇过市的罗纳尔多。随着年龄的增长,加上对国足没有尽头的等待,也便彻底了却了看球的那份热情,最多在第二天的新闻中知道下结果了事,对足球赛事,无论“娘”或“不娘”我都无法作出自己的判断。可黄健翔说很“娘”,大概真的“娘”了,毕竟,黄先生是位资深评论家,他的嘴比一般人要大很多,不由得你不信。

球场如战场,目标只有一个,取胜。若要取胜,那么,球场上的球员如小女人逛街、老大妈跳健身舞一般很“娘”是断然不行的。毛主席说,凡是反动的东西,你不打,他就不倒,正如地上的灰尘,扫帚不到,灰尘是不会自己跑掉的。同样道理,足球虽是圆的,可你不用劲跑,玩命抢,几个人蹿起来配合着踢,它自个儿是不会滚进对方网袋的(乌龙球到底是例外)。所以,足球场上是不能“娘”的,别说男的,就是女人们在那样的游戏中也不能“娘”,而必须“汉”。足球场上的这种“不娘”

状态，说到底体现了足球运动中敢于拼搏、精于合作和勇于牺牲的精神元素。少了这些让人热血奔涌、回味无穷的精彩画面，我相信，足球也仅仅是足球了。

足球场上是不能"娘"的，现实生活却常常离不开"娘"。别说女人是这个世界不可或缺的另一半，就是在很多男性化十足的工作或生活中，也需要"娘"一般的优良品质，比如包容，比如和善，比如忍耐，比如用心做事、热心待人，比如善解人意、乐于奉献。最近，常州监狱32监区的先进事迹就是很好的例证。

常州监狱32监区是目前我省监狱系统唯一一个集中关押艾滋病犯的监区。22名民警，与身带艾滋病毒的囚犯朝夕相处，其难度之大，风险之高，压力之强，不言而喻。监区自2007年成立以来，秉持"关爱生命、安宁和谐"的治狱理念，确立以降低艾滋病刑释人员重新犯罪率与病毒传播率为工作目标，构建起执行刑罚与医疗救护并重的特殊监管改造模式，累计收押、治疗、管理和改造的所有艾滋病罪犯，实现"四个未发生"，即未发生一起监管安全事故、未发生一起刑释人员违反承诺感染他人事件、未发生一起民警职业暴露感染事件、未发生一起民警违反公正文明执法行为。

这一组数字也许并不惹眼，但数字背后的故事，和故事中这一群监狱民警所展示的精神风貌，不仅惹眼，更让人感慨。发自内心深处的敬意，一如平静的湖面上飘来的阵阵涟漪，油然而生。面对这样的特殊囚犯，需要的就远不是足球场上"不娘"的奔跑、拼抢、团队合作和积极进攻，还需要亲娘般的慈悲、呵护、照料，有时甚至还得忍受亲人的不解、朋友的远离等诸多委屈和无奈。我们的战友正是具备了这样的精神品质，他们才能有如磐石般的坚守和让人肃然起敬的业绩。

梁启超说过，人生须知负责任的苦处，才能知道尽责任的乐趣。绿茵场上的顽强拼搏也罢，监狱事业的默默付出也罢，"娘"或"不娘"，归根结底还是那份沉甸甸的责任和勇于负责的担当。舍此，一切皆无可能。

2014年7月

法治天下　监狱何为?

法律,社稷之纲纪也;法治,国家之重器也。现代社会与传统社会的根本区别就在于言必在法,行必守法,治必依法。党的十八届四中全会吹响了建设社会主义法治国家的进军号,法治天下,将成为实现中华民族伟大复兴的中国梦的基本遵循。监狱是国家行刑机关,处在刑事执法第一线。唯其如此,法治之于监狱,犹如阳光之于生命,尤为宝贵,尤为重要,不断提升监狱法治水平,尤为迫切。只有这样,我们才能顺应法治天下的时代潮流,乘势而为,奋然前行。

法治天下,我们当以"安全有序"为监狱的基本前提。安全犹如人的健康,一个人有了健康不等于拥有一切,但没有健康,一切皆无。监狱也是如此,有了安全不等于一切都好,但失去安全,监狱的行刑活动、教育矫正、生产劳动等都将难以正常进行,甚至付诸东流。因此,安全有序,必然是监狱包括行刑活动在内的一切工作的基本前提。当然,监狱的安全与有序,应当是建立在法治的、理性的和现实必要性与可行性基础之上的安全与有序。只有这样的安全有序,才是真正可靠的和持久的安全有序。

法治天下,我们当以“科学矫正”为监狱的实践命题。新中国的监狱,不仅是行刑机关,还是教育人、改造人的场所。这一点,我们从来都不能含糊,都必须坚持。但是,教育矫正罪犯是一项十分复杂的系统工程,在矫正过程中,我们既需要掌握科学的矫正技术和方法,选择良好的矫正项目和矫正作业,更需要对“犯罪”尤其是“罪犯”有科学、全面和客观的认识,充分尊重罪犯作为“人”的主体性、能动性和自主性,引导罪犯积极参与矫正,这样的矫正,才是科学的和有效的;也只有这样的矫正,才更能体现现代监狱的法治精神。

法治天下,我们当以“行刑公正”为监狱的价值追求。虽然人类社会总是存在不公正、不平等现象,但人类永远也没有停止追求公平正义的脚步。甘露时雨,不私一物。公平和正义乃自然之道。在现实社会中,司法是维护和保障社会公平正义的最后防线,监狱作为行刑机关,则是这道防线的最后关口。假如监狱不能依法行刑,在行刑过程中或过度裁量,或同刑异罚,或徇私枉法,那么,这不仅是对职业良知的损伤和对法律的亵渎,更是对人类社会追求公平正义的终极理想的践踏。因之,法治天下,作为监狱应当时刻以“行刑公正”作为自己的价值追求,并贯穿于行刑活动的每一个环节、每一项活动和每一名囚犯身上。

法治天下,我们当以“法律至上”为监狱的根本遵循。监狱是国家行刑机关。监狱的性质、任务、目标乃至一切工作,莫不因法而生、依法而行、法禁而止。“法律至上”必然是我们监狱工作的根本遵循。监狱民警作为执法者,应当深入学法、规范执法、自觉守法、心中崇法,把遵从法律当作我们工作的底线和边界,把敬畏法律当作高悬在我们头上的一把达摩克利斯之剑。自行若此,则法治天下,监狱当有作为矣!

2014 年 10 月

从“孟子自责”说起

“孟子自责”的典故来自汉初韩婴编撰的《韩诗外传》一书中。原文如下：

孟子妻独居，踞。孟子入户视之，向其母曰：“妇无礼，请去之。”母曰：“何也？”曰：“踞。”其母曰：“何知之？”孟子曰：“我亲见之。”母曰：“乃汝无礼也，非妇无礼。《礼》不云乎？‘将入门，问孰存。将上堂，声必扬。将入户，视必下。’不掩人不备也。今汝往燕私之处，入户不有声，令人踞而视之，是汝之无礼也，非妇无礼也。”于是孟子自责，不敢去妇。

这段古文形象生动而又简洁明了。大意是说，孟子进家门见妻子坐姿不雅，向母亲告状，说老婆没礼貌，休了她吧。孟母没有偏听偏信，借用《礼经》的规矩和道理批评儿子的不是。孟子知道错了，非常自责，从此不再提休妻的事。

在这则典故中，孟母的知书达理和深明大义固然可亲可敬，孟子的自责同样令人肃然起敬。

自责，与内疚一样，是人的一种情感体验。这种心理状态的产生，大多基于人对某种挫败性行为的归因。如果一个人将挫败性行为归因于他人，就可能迁怒他人，责怪他人，怨天尤人；归因于自身，就会内疚、自责。我国古代是个崇尚礼法的社会，对“妇人”的礼节尤其苛刻严厉，不能越雷池半步。孟子作为宣扬和推崇仁义道德、君臣纲纪的集大成者，见到妻子在家叉腿坐着，这对孟子来说是无法接受的。可以想象，贤为“亚圣”的孟子一定愠怒异常，否则，也不至于要闹到“离婚”的地步。但孟子到底是怀德君子，对自己的孟浪之言、轻率之举知错即改，并心生自责愧疚之感。

孟子自责的故事告诉我们，自责是一种勇气，是一种胸怀和修养，也是人们在发现问题、分析问题和解决问题过程中的一种视角和切入点，还是一个人积极向上的内在力量和人际间团结协作的黏合剂。

人生在世，世界万象，矛盾和风险无时不在、无处不在。我们常把监狱比作“火山口”“炸药库”，更说明这里是矛盾的聚集地，是风险的旋涡区。无论是监狱的安全稳定还是刑罚执行，无论是对犯人的计分考核、岗位安排、衣食住医、闲暇娱乐等日常管理还是转化一名顽固犯、化解一次罪犯危机等，都可能遇到这样那样的矛盾、问题和困难，甚至产生挫败感。这时，我们不仅要从外部找原因，更要善于从自身找原因，敢于承担责任，勇于正视不足，做到“责人先责己”。只有这样，我们才能更好地化解矛盾、消除风险、解决困难，更加牢牢把握工作主动权，更有利于营造积极进取、团结向上的工作氛围。

古人云，“知不足，然后能自反也；知困，然后能自强也”。在安全的高风险、执法的严要求、矫正的大融合、权力的硬约束、队伍的多诉求、监狱质态发展的主方向等成为监狱工作新常态的今天，多一份自责与担当就是多一分收获与希望。这也许正是李小敏同志在纪念《监狱法》颁布二十周年活动上要求我们强化“自责意识”的主旨所在。

2014 年 12 月

“真”“假”之间

近来，有关监狱的新闻爆料层出不穷，让人目不暇接，其中，又以2015年2月11日发生在我国台湾地区高雄监狱的劫狱事件最吸引人眼球。从劫狱者最初企图通过劫持人质来满足自己的诉求，到典狱长自愿替代下属当人质，再到6名劫狱者持枪自尽，而人质典狱长竟然毫发无损，安然脱险，整个过程环环相扣，步步惊心，招招动魄，远比虚构的惊险大片还要扣人心弦。

那名叫陈世志的典狱长自然成为此次事件中不亚于劫狱主犯郑立德的另一位新闻人物。当有记者询问他是如何脱险的？这位陈典狱长坦然答道，在被劫持过程中，和劫狱者建立了一种“伙伴关系”，所以他们把他放了。

作为同道，当我看了报道之后，钦佩之情油然升起。那位陈典狱长不仅勇气可嘉，关键时刻能挺身而出，敢于担当，而且智慧和谋略也是高人一等，能在短短几个小时之内，与穷凶极恶的歹徒建立起“伙伴关系”，最终，郑立德和他的另外5位伙伴都选择了自杀，却将这位“新伙伴”放生了。甚至我在想，如何与劫狱者建立“伙伴关系”，应该成为我们今后反劫狱的一个成功案例认真学习、悉心揣摩。

然而，故事到此并没有结束。

据《观察者》网站2015年2月28日报道，我国台湾地区“法务部政务次长”陈明堂在26日晚间的记者会上称，事发后第一时间发布首份报告时，当初资料欠缺，以为狱方人员处置得宜，原先传出陈世志是自愿当人质换囚，“法务部长”罗莹雪还称赞陈世志等人勇于任事，可圈可点。但经过详细调查，发现事实上狱方人员疏失重大。典狱长陈世志事发半小时，仍浑然不知监狱内发生重大事故，他被劫持也非出于自愿。足见陈领导统御无方，指挥系统失能，未能掌握囚情，贻误处置先机，酿成重大戒护事故……云云。

原来如此！看到这里，不由得不让人大跌眼镜。同时，细细梳理此次事件的前因后果、来龙去脉，我觉得可以用两个字来概括：“真”和“假”。

先说“真”。这次劫狱案，从实施到结束不过10多个小时，但用主犯郑立德的话说是一次“忍耐很久、计划性的行动”。换言之，他们的劫狱经过长期的精心策划。从最初的密谋到最后的实施，以郑立德为首的6名案犯在“真”字上下足了功夫。一是严密策划，周密部署，此所谓真相。二是瞅准机会，果断下手，此所谓真干。三是能跑则跑，不跑则死，此所谓真死。对于一群连死都准备好了的人来说，疯狂只是个时间问题了。

再说“假”。显然，这是以陈世志为首的狱方的所作所为。郑立德等6名囚犯在暗中密谋、伺机而动的时候，狱方却并未引起足够重视，相反，很多基础性安防工作弄虚作假，以假乱真。一是假演。据说狱方也曾做过发生类似劫狱事件的应急演练，但假戏没有真做，而只是停留在演戏上。二是假防。囚徒不仅截获大剪刀当作劫持凶器，连枪械库都能轻易得手。这样的安防完全是聋子的耳朵——摆设。三是假应对。从最后的爆料来看，狱方在处置过程中应对无方，甚至欺骗大众。若不是郑立德之流早已安排好自己的归宿，想必陈世志等人质是不会有这样好结果的。由此，陈典狱长所说的与劫狱犯建立了“伙伴关系”才得以脱身的说法，纯属胡扯。

笔者在这里所说“真”和“假”，并非在作道德评判，而是对一种事实的评判。这一“真”一“假”之间的差距，留给我们的教训是十分深刻的。

相对于监狱而言，囚犯不得不处于服从地位，但在貌似遵从的背后，他们对待狱方的一兵一卒、一举一动、一草一木从来都玩真的、实的、硬的，一旦机会出现，他们就会困兽犹斗、咸鱼翻身；反之，相对于囚犯而言，监狱处于支配地位，面对貌似顺从的囚犯，看似稳定的秩序，我们容易沾沾自喜，文过饰非，被假象所迷惑，或者满足于假的、虚的、软的表面文章。若此，类似的劫狱事件别以为只会发生在高雄监狱。因此，作为监狱，我们永远只有比囚犯做得更真、更实、更硬才能确保万无一失。

2015 年 3 月

走进市民讲堂

一个偶然的机会，我去南京图书馆的市民讲堂举办了一个讲座。主题是“监狱故事——告诉你一个真实的监狱”。

那是2015年1月17日，星期六上午，一个冬日里颇有些寒意但却阳光灿烂的日子。讲座上午9点半开始，9点20分左右，我在讲台前坐下，环视四周，偌大的讲堂已经坐满了听众，但还有人陆续进来，只好坐在走道或后排的塑料板凳上。有这么多人来听课，很是出乎我的意料。

开讲前，“市民讲堂”联络部的小施对我作了简要介绍。在此后的一个半小时的时间里，我在讲座开始和结束前分别播放了《今日南京监狱》和《一个死缓犯的年关》两部专题片，其余时间围绕“监狱故事——告诉你一个真实的监狱”的专题，分别从“监狱就是监狱”“监狱只是监狱”“监狱不是监狱”三个层面进行了讲解。

对于这个选题，我是用心拿捏的。考虑到来听课的大多是自发参与的普通市民，属于不特定对象，如何选择一个适当的、能吸引人眼球的主题显得很重要，而监狱故事，尤其是“告诉你一个真实的监狱”，我想应该是一个不错的选项。

确定了选题之后，具体究竟讲什么，这同样需要认真摆布。如果一味迎合听众口味，去讲一些监狱里所谓的趣闻轶事或黑色幽默，比如犯人中的牢头狱霸、民警的不文明执法、曾经发生的脱逃凶杀案件，特别像类似最近处在风口浪尖的讷河监狱事件等，现场效果可能不错，但很难让社会上更多的人全面、客观、真实地了解监狱，而这恰恰是我这次讲座的主旨所在。因此，在准备讲稿时，我分别用“就是”、“只是”和“不是”来概括和提炼监狱的性质、职能与特征。这“是”或“不是”，并非为了简单的文字游戏，而是希望让那些对监狱不是很了解的听众产生兴趣并便于记忆。同时，从内容上看，“就是”、“只是”和“不是”三者之间本身也有着深刻的内在逻辑联系。“监狱就是监狱”强调了监狱的性质，是依法惩罚犯罪、维护公平正义的场所；“监狱只是监狱”既强调了监狱需要积极改造罪犯的职能和担当，又隐含着监狱改造功能的有限性甚至局限性；“监狱不是监狱”从字面上理解是对监狱的否定，但正是这种“否定”，体现了现代监狱行刑法治化、社会化和文明化的发展趋势，是“否定之否定”。①

在三个层次中，我最想详细讲解的是第二层次，个中缘由相信“你懂的”。但囿于时间，未能充分展开，留下遗憾。

播放的两个专题片，都由南京监狱制作提供，内容我也熟悉。播放《今日南京监狱》，是为了让听众对今天的监狱面貌有一个直观的了解和认知；讲座结束前播放的《一个死缓犯的年关》，是为了体现监狱的人文关怀与改造成果。在播放这部片子时，现场很多人感动得泪水涟涟。

11 点刚过，讲座结束，我准备收拾资料离开讲台，突然，现场很多听众“呼啦”一下围拢过来，约有数十人之多。这阵势让我始料未及，有点不知所

---

① 关于“就是，只是，不是”的详细论述，参见张建秋：《现代视野下监狱的存与演绎》，载《犯罪与改造研究》2016 年第 6 期。

措。好在有与我同去的小刘、小杨，还有图书馆的小施他们在一旁照料才没出乱子。围过来的人群中，有人索要我电话号码；有人对我说监狱不能对犯人太好；有要求去监狱看看的；有问我要书的——我带去的仅有的一本《我的囚犯，我的兄弟》的书被要走了；还有要与我合影留念——真正让我尝到了“明星”的滋味。也有人提的问题比较专业。有一位中年妇女很认真地问我，现在的犯罪率高了还是低了，如何减少犯罪；还有一位来自南京电台的女记者则就青少年犯罪问题要求采访我。我对她们的提问一一作了简要回答。

好不容易走出讲堂，一名瘦小的老人还始终跟在我身旁，我上洗手间他也在门口等着，这让我很是纳闷。见我从洗手间出来，他走过来对我说，他是专程来听这次讲座的，因为他老父亲早年就是一名劳改干警，20 世纪 50 年代随调犯去了青海西宁的南滩，在那里待了好多年才调回江苏。如今老父亲已经去世，今天听了我的讲座感到很亲切。听了老人的叙述，刚才我对老人的陌生感甚至戒备心顿时消失殆尽，心头热乎起来。

人类社会是需要沟通的。人与人之间是如此，监狱与社会之间也是如此。监狱是一个封闭的世界，这种封闭所带来的神秘与森严从一定程度上为监狱带来了作为惩罚场所的存在感与恐惧感，同时也给不明真相的人们带来了诸多混淆视听、难辨真假的想象空间。走出去，更多地告诉人们一个真实的监狱，或许同样是我们的一份责任。

2015 年 4 月

敬畏,灵魂深处的自觉

前不久的一个晚上,我去拜望著名书法家吴振立先生。闲聊中,老先生和我说起这么一件事。有一天,他的一位弟子向他请教一个问题,今天我们看到的很多古代艺术品堪称精美绝伦、魅力无穷,但创作这些作品的人在当时大都是普通匠人,无论社会地位还是文化程度都不会很高,为什么能创作出如此震撼和不朽的艺术作品呢?

"敬畏"!

老先生对我说,当时他就用这两个字为弟子作了解答。

吴先生进一步解释说,比如我们看到的青铜器,具有很高的史料价值和艺术价值,可那时这些青铜器只是祭祀用的器皿而已。祭祀在古代的重要性不言而喻,制作这些器皿的匠人们不一定很有文化,或者很有艺术功力与修养,但他们的内心世界对待上天、对待社稷、对待祖宗、对待君王充满了敬畏甚至膜拜,在铸造这些器皿的过程中,一定是捧着自己的心、捧着自己的灵魂来做的,绝不敢有半点懈怠与一丝一毫的亵渎。正是有了这般虔诚的敬畏之心,尽管匠人们的文化有限,社会地位不高,也不会有任何"创新成就奖”，但他们一样创造出了让今天的人们依然感到匪夷所思、肃然起敬的镇国之宝。

老先生的一番话娓娓道来，让我茅塞顿开，豁然开朗。我连连点头，表示完全认同，而关于“敬畏”的话题，更让我若有所思。

的确，人是需要有敬畏的。一个人无论做人还是谋事，无论做官还是从艺，只有心存敬畏才会如履薄冰，如临深渊，才会谨言慎行，以诚待人，踏实做事。明代重臣方孝孺说过，“凡善怕者，必身有所正，言有所规，行有所止，偶有逾矩，亦不出大格”。反之，一个人如果没有敬畏之心，就不会“偶有逾矩”，而是“必有逾矩”，也不会是“不出大格”，而是“必出大格”。原灌南县委常委、政法委书记汪某某的贪腐就是又一个鲜活的典型。

1971 年 9 月出生的汪某某在官场上可谓春风得意，如鱼得水，29 岁就坐上了县里一个局的副“局座”，35 岁官至县委常委，在多个重要岗位任职，且都是“一把手”。若不是 2013 年年初，42 岁的汪某某因涉嫌贪污、受贿、滥用职权罪被逮捕，“年轻有为”的汪某某一定还会有更大发展空间。

但是，汪某某终究没有在更大舞台上，为国家、为社会，也为他家人和自己留下更多作为，而是轰然倒下，锒铛入狱。2015 年 1 月 16 日，江苏省高级人民法院终审认定，汪某某利用职务之便，非法占有公共财物共计人民币 371. 1716 万元，收受贿赂 70 万元，滥用职权致使灌南县财政因支付奖励款流失资金 1436 万元，以贪污罪、受贿罪、滥用职权罪判处汪某某有期徒刑 15 年。

据媒体报道，汪某某的犯罪具有与众不同的“典型性”：一是疯狂敛财，贪婪成性；二是善于伪装，两面人格；三是形成网络，手段专业；四是越滑越深，腐化至极。其中，“善于伪装，两面人格”尤其具有汪氏贪腐风格。汪某某在多个单位任职，每于离任之际都要上缴不当得利，以示廉洁。但是，汪氏高调退款、秘密受贿，边退边贪、名退实贪，貌似清廉、本质腐败。欺骗和伪装几乎是所有贪腐者的共性，只不过汪氏的所作所为更具有戏剧性和讽刺意味。贪腐者们欺骗与伪装的背后,正是他们缺少敬畏之心,任自己的欲望借助权力的光环尽情释放。若此,便不可能不出大格。

敬畏是一种态度,更是一种自觉——一种与灵魂相通的、来自灵魂深处的自觉。这样的敬畏,犹如虚堂习听,学生接受老师教诲时的坦诚;犹如信徒登上庙堂,仰视高僧、双手合十时的庄严;犹如登山者站在高山之巅,仰望无垠苍穹时的神圣。一个人只有存了这样的敬畏之心,他才会真正做到身正、言规、行止,才会创造出如青铜器般灿烂的艺术瑰宝。

2015 年 7 月

雨后复斜阳

白发。拐棍。步履蹒跚。气喘吁吁……已届耄耋之年的抗战老兵刘学章老人在儿子的搀扶下,从一楼艰难地走到二楼会客室。见状,我赶紧迎上去一起帮着搀扶,老人却用浓重的盐城话说么事、么事,骨子里依然透着那么一股不服输的倔强劲。

前不久,我和同事方冰、刘颖一起去苏北三大监狱农场寻访抗战老兵,准备在《江苏警视》上发一组纪念文章。2015 年 7 月 17 日,星期五上午,我们从五图河农场赶赴大中农场。这里是我们寻访的最后一站,到大中农场已经将近上午 10 点半,本想下午开展工作,但农场同志说,已经把一位老革命请来了,正等着我们。这让我们既惊讶又感动,于是马上拜访老人家。

落座以后,我正要询问有关话题,愕然看到老人家的右臂没有手掌。我确信,那残缺的右臂一定是有故事的,或许就与抗战有关,于是迫不及待地询问老人家,右手伤残是不是打小鬼子留下的?老人家反应很快,摇摇头连声说,不是不是,是在朝鲜战场上负的伤。

还在朝鲜打过仗？看来真是身经百战的老兵。管他日本鬼子还是美国鬼子，反正都是敌人。我们的话题也就从刘学章右手受伤说起。

1951年秋末冬初的一天，刘学章随部队转移战场，途经黄草岭时，头上飞来6架美国飞机。刘学章抬头骂道，狗日的你有本事再飞低些，看老子不收拾你。不一会儿，6架飞机都飞走了，但很快，飞机又折回来，对着刘学章行军的部队一阵猛烈扫射，顿时，有人受伤，也有人倒下，刘学章感到额头很疼，血流不止，知道挂花了，便举起右手想去抹伤口，可是，不知什么时候，右手也被炸烂，居然浑然不觉，一点没觉着疼。简单包扎后继续行军，连长要他坐担架走，刘学章怕影响行军速度，坚持自己走，两天后才到后方医院，右手的伤口已经溃烂，臭不可闻。医生检查后说要截肢，刘学章死活不同意，说，一定要截肢的话干脆死了算了。年轻人的坚强与刚烈感动了医生，最终只切除了已经溃烂的手掌。

老人家一边用残缺的右臂和健全的左手比画着，一边叙述着遥远却宛若就在眼前的往事。他说，打仗怕什么？打仗就要有一股子不怕死的劲。你要是怕了，不仅是脓包，是软蛋，会吃败仗，小命也一样保不住。

说到这里，刘老似乎很有感触地说，打仗好啊，打仗就不用走路了。我迷惑不解，问他这是为什么。老人顽童般地笑道，你不知道那时行军走路多苦。累死累活的，还打不着敌人，多急人。打仗就是要多杀敌啊。

我跟着调侃道，那好，现在不用您走路，让您去打美国鬼子或日本鬼子好吗？

老人家不假思索地说，去！当然去！

言语中满满地透着一个老革命无往而不胜的英雄气概，那股霸气、英气、豪气丝毫不减当年。老人家的幽默和精气神感染着现场的每一个人，大伙都被逗得乐呵呵的。就在这时，农场同志给我递来一份“刘学章同志生平简介”的材料。我浏览起来。上面写道：

刘学章同志1928年2月生,1944年2月参加新四军,一入伍便投入淮安、车桥、沙沟等战斗,与日伪军展开了面对面的搏杀。抗战胜利后,刘学章的部队被编入华野第一纵队,在解放战争时期先后参加莱芜、孟良崮、济南等战役,成为威名显赫、功勋卓著的主力野战部队。在淮海战役期间,又参加了碾庄战役和永城战役,先后击毙黄百韬、活捉杜聿明。朝鲜战争爆发后,刘学章所在的部队入朝参战,直至负伤休养疗伤,伤愈后被组织上安排到学校系统学习文化,1956年结业后转业到大中农场工作,1986年离休。

刘老见我在看他的生平介绍,凑近我悄悄说了这么一句话:这是为我以后开会准备的。

以后?我立马明白了刘老“以后”的含义。老人家的淡定与从容让我又一次很受触动。我知道,对于经历过枪林弹雨、生离死别的老兵来说,生死早已置之度外。由是,他们对待人生的态度,定然如夏花般绚烂、如秋叶之精美。“赤橙黄绿青蓝紫,谁持彩练当空舞?雨后复斜阳,关山阵阵苍。当年鏖战急,弹洞前村壁。装点此关山,今朝更好看。”在夏日里一个雨后的上午,在一位饱经沧桑的抗战老兵面前,这首《菩萨蛮·大柏地》似乎是最真实的写照。

2015年8月

阿兰法官如是说

阿兰先生是巴黎大区所属阿尔夫特市的一名法官，去年刚刚退休。2015 年 9 月 9 日上午，江苏省司法厅赴法国、芬兰考察团一行，根据考察安排，在阿尔夫特市副市长、该市中法友协会长让·卢克卡德先生的安排下，与阿兰法官就有关司法话题进行了交流。

年过六旬的阿兰先生白白胖胖，个头不算很高，慈眉善目，神态安详，因为右手残疾，行动有些迟缓，但丝毫没有慵懒的感觉，反倒显得温文尔雅。可以想象，法庭上身着法袍的阿兰法官，一定更显得淡定、自信、正直而富有包容心。坐下后，阿兰法官就用左手从左侧衬衣口袋里掏出几张 A4 纸来，上面用圆珠笔写了密密麻麻的法文，阿兰法官和我们说，他刚到过中国旅行，去了深圳、厦门、上海、西安等地，印象深刻。他说很喜欢上海的摩天大楼，市民看上去精神饱满，交流时思想也很活跃。他在内地还参观了一些企业，但没能与司法界朋友交流，很是遗憾。

能在法国巴黎听一位外国法官述说我们的话题，心里乐滋滋的，倍感亲切。

阿兰法官说,法国的法律体系主要以1958年制定的共和国宪法为基础。法院分初级、中级(上诉)和高级三级,主审法官对案件的审理负责到底。初级法院对案件进行审理,中级法院作为上诉法院,主要负责监督检查初级法院审理程序是否合法,对量刑幅度,上诉法院一般不作变更。法官的判决必须在24小时内生效,共和国检察官提出异议则可以暂缓执行。判决生效后就进入执行阶段,原审法官要继续跟踪了解受刑人的执行情况,如果原审法官调离或退休等,则应当指定相应的法官接替原审法官,确保受刑人与法官之间能保持联系。受刑人在服刑期间可以向原审法官提出各种诉求,法官有权决定是否可以满足受刑人的相关诉求,特别是减刑、假释等刑期变更,但法官的决定需要征得共和国检察官的同意,否则无效。对初犯者或罪行轻微的受刑人,可以将他们置于半开放监禁状态,如社区矫正或周末监狱,但这要取决于法官对受刑人的信任度,同时,受刑人还要具备一定的条件,有比较稳定的工作和固定的居所等。在半开放监狱或周末监狱中的受刑人,法国也采用电子跟踪器对受刑人跟踪,类似于"GPS"系统,成本低廉,效果良好。如果受刑人的家庭发生重大变故,法官可以允许他回家,探亲时由监狱执行官负责看押,这样的探亲不列入减刑等法律奖励范畴。受刑人在监狱的就医费用由国家全额承担,并在专门的医院就医。在法国,法官与监狱有着紧密的合作关系。法官在作出裁决前,一般都会认真听取监狱或受刑人的诉求。

由于监狱人满为患,对普通刑事犯一般从轻处罚,能够判处非监禁刑的尽量判处非监禁刑,由监禁刑转为非监禁刑(监外执行)的比例不高,因为必须要获得劳动合同的人才能具备资格。近几年来,法国遭受恐怖主义势力的威胁,法国加大了对恐怖主义犯罪的打击力度,大都从重处罚。

阿兰法官还给我们介绍了法国颇有创意的一种刑罚执行方式,那就是分阶段执行。比如,原判10年刑期,可根据受刑人的请求和法官的许可,分几个阶段执行完毕。

不知不觉将近2个小时过去了，阿兰先生尽可能多地向我们介绍他们的司法制度和司法实践。中法两国政治制度、司法制度、文化背景、社会法治化水平等都存在巨大差异，他们很多理念和做法虽然很先进、很成熟，但不一定适用我国国情，比如分阶段执行刑罚，这样的执行方式很有创意，在法国的行刑效果或许也不错，但我认为在国内大概是行不通的，至少现在难以做到。在与阿兰法官的交流中，有一点却让我眼前一亮并认为很值得我们借鉴吸收，那就是主审法官直接参与到案件当事人的执行阶段直至执行完毕，这能帮助监狱和受刑人在刑罚执行过程中解决许多具体矛盾、问题和困难，进一步提升行刑质量乃至整个司法裁判效能。反观我国法院的审判工作，无论哪一级法院审理，最终都是一判了之。认不认罪，服不服判，都丢给了当事人或监狱等执行机关。相信我国法院等司法机关的同人一定比我更清楚法国的司法制度和司法实践，就这一点而言，不知道是否苟同。

2015年12月

美丽的背后

位于北欧的芬兰实在是一个美不胜收的国度。她的美不在一时一地,也不单是在城市或乡村,从南到北,从东到西,从春秋到冬夏无时不在,无处不在。如珍珠般的湖泊,星罗棋布,千姿百态的岛屿镶嵌其中,茂密的森林,犹如绿色的毯子覆盖在大地上,更有湛蓝湛蓝的天空和透明的阳光,温暖着上帝怀中的每一个子民。那天,我们乘坐的飞机飞临芬兰上空,朵朵白云下面,色彩斑斓的森林、波光粼粼的湖泊、形状不一的农田,还有若隐若现的各色建筑,尽收眼底,感觉犹如穿梭在天真烂漫的童话世界。

和我们这样的泱泱大国比,芬兰无疑是一个很小的国家,国土面积33万多平方公里,人口540多万,可芬兰在世界上拥有诸多"第一",比如湖泊多,有"千湖之国"的美誉。岛屿多,境内有大约18万个大小岛屿,过半芬兰人都有属于自己的岛屿。接待我们的小赵是上海人,刚过30岁,多年前,来留学芬兰后找了一个华裔姑娘就在这里定居了。据小赵说,他家也买了个小岛,偶尔去度个假,大部分时间闲置在那里。能当岛主,是一件可以让人想入非非的美事,金庸笔下的桃花岛,演绎了多少江湖上的刀光剑影、恩怨情仇呢。芬兰的森林覆盖率更是在全世界名列前茅,所到之处,满眼的树林灌木,满眼的绿色。拥有这样的自然环境,芬兰的美是不必说的,就像一位美丽的姑娘,老天赐予了她端正的五官、苗条的身材、白皙的皮肤,到哪里都是一道亮丽的风景。

芬兰的自然风光已经足够让人艳羡,芬兰还是一个高福利社会,该国公民的义务教育、生老病死都由政府掏钱,失业补助也高于一般欧盟国家,如法国只有470欧元,而芬兰高达700欧元。如果不追求土豪般生活,可以确保衣食无忧。

有如此优美的环境,又有完善的社会保障体系,生活在这个国家说是上帝的宠儿大概是不过分的。但是,真所谓"大有大的难处,小有小的难处"。美丽的背后,芬兰也存在不容小觑的社会病——毒品泛滥。2015年9月11日下午,根据考察安排,我们与芬兰戒毒协会取得联系,就戒毒工作进行交流。

芬兰戒毒协会位于赫尔辛基市中心一幢颇有历史感的大楼里,大楼的门面很普通,门前的招牌也不显眼,如果不是有熟人带,一般人不会注意到这里是一个与毒品打交道的去处。戒毒协会的办公室显得很拥挤,办公室里正在忙碌的是一位女士,大概是秘书之类。对我们的到来,礼貌地表示欢迎,没有国内那种郑重其事的场面和气氛。女士把我们引进接待室,茶水和点心已备好。女士对翻译说,会长正在另一个地方开会,很快就过来。不一会儿,会长吉姆先生风尘仆仆地赶来。吉姆先生看上去50多岁的样子,满面红光,显得很精神。他说,上午在另外一个地方讨论明年的工作计划,争论比较激烈,所以来迟了,深表歉意。接着,吉姆先生向我们详细介绍了芬兰的戒毒工作情况。

芬兰戒毒协会成立于1984年,是一个非政府的第三方独立组织,但与国家、地方政府合作紧密。协会经费90%由政府拨付,另外10%由协会提供相

作者与吉姆先生(右)合影留念(照片提供:张建秋)

应的服务所得,目前协会有10名工作人员,另有130名志愿者分布在全国30个协会分支机构开展工作。许多志愿者的家人沦为了吸毒者,也有的志愿者是毒瘾成功戒断者,所以,所有的志愿人员对戒毒工作特别支持,工作特别认真负责。戒毒协会每年选举一次董事会。吉姆先生是自1984年创办以来的第三任会长。

芬兰的社会治安状况总体良好,但酗酒、毒品和滥用药物等社会问题相当严重。据统计,2014年,芬兰人均饮用酒精达1.2升;有7万余人吸食毒品,比例高达1.2%,这些酗酒者和吸食毒品的人大部分是30岁左右的年轻人,每年约有300人死于毒品。所以,芬兰的戒毒工作得到政府和社会各界的高度重视。通过各方的努力,戒毒工作取得了一定成效,相当一部分吸毒者戒断了毒瘾,特别是吸毒者中艾滋病和C型肝炎病人的比例明显低于欧盟其他国家。当然也有很难戒掉的,吉姆先生说,有一名患者前后戒了38次也没戒掉。

是的,一个人一旦染上了毒品轻易是戒不掉的——尽管如此,我们依然需要对他伸出援手,帮助他戒断毒瘾。但这只是解决问题的一个方面,我想,更值得我们反思的是,为什么社会文明程度如芬兰般发达的现代国家毒品问题如此严重呢？在考察回来路上，小赵告诉我们，芬兰的生活节奏很慢，跟懒猫似的，整天懒洋洋的。小赵的话让我不由得想起了老祖宗的忠告：生于忧患，死于安乐。这或许能为当今世界包括毒品问题在内的诸多不良社会现象多少作出一点合理的注解。

2016 年 1 月

笔　误

据媒体报道，美国的法院、监狱等执法机构近年来频现失误，曝出多起弄错刑期的丑闻。科罗拉多州一名男性犯罪分子雷内·利马－马林，与一名同伙两次持枪抢劫光碟店，受到“抢劫”“绑架”“入室行窃”等多项罪名指控，两人均于2000年被判98年监禁。然而，由于法院卷宗登记笔误，将“2098”写成了“2008”，原本该服刑98年的利马－马林服刑8年后便获释出狱。出狱后，利马－马林靠上门推销折价券谋生，后来还学会安装窗户等手艺，积极参加教会生活，业余时间义务担任儿童足球队教练，与前女友贾丝明重修旧好，帮助她抚养年幼的儿子贾斯特斯，后来两人又喜获爱情结晶，表现良好。与此同时，利马－马林的同伙却一直在狱中服刑，直到2014年1月，执法部门发现法院卷宗差错，随即重新将利马－马林逮捕收监。

另一起发生在密苏里州的案件更有戏剧性。2000年，一名叫科尔内里亚斯·安德森的罪犯因持械抢劫被判13年监禁，执法部门卷宗登记失误而被“忘记”执行。2013年7月，监狱方面着手为他办理刑满释放手续才发现他压根不在狱中。安德森随即被捕,但在过去的13年间,他守法度日、热心持家并且服务社区,堪称模范公民,引起民众广泛同情。当地法院随后裁定,安德森无须“补坐”13年牢。

如果说利马－马林和安德森案件的阴差阳错颇有喜剧色彩的话,那么,另一起“笔误”就很有些“悲剧”意味了。

在科罗拉多州,同样由于执法部门档案登记笔误以致弄错刑期,误将一名囚犯提前4年释放。2013年3月,这名获释的囚犯枪杀了科罗拉多州管教局局长汤姆·克莱门茨。州长约翰·希肯卢珀大为震惊,下令彻查数千名囚犯的刑期执行情况,以纠正差错。

无独有偶。最近,我国司法机关也因笔误而引发了媒体和舆论的关注。详情可参见2015年12月14日各大媒体的相关报道,其中“凤凰网”上刊登的一篇报道说,“今天下午,两个‘名人’减刑的消息成为热点新闻,各家媒体在报道时都引用了相关法院的法律文书,让我吃惊不小的不是减刑的内容,而是,高级法院的法律文书里,竟然还有一个明显的错字!”

文章作者所说的这个错字是指在减刑建议书中,将“罪犯某某某的死刑缓期二年执行的刑罚减为无期徒刑”的“二年”,误写成了“而年”。接着,作者进一步说,“某某某案不是一般的案子,而是惹人关注的案子,虽然理论上说,对任何案子的处理都应该同样地认真,但地球人都知道,对任何案子都同样地认真那是极难做到的,那么,对这么敏感而受人瞩目的案子,能不能在处理环节上多加一分认真呢?”

是啊,“能不能在处理环节上多加一分认真呢?”多加一分认真就会减少一分失误。

平心而论,书写笔误的事谁都会发生,就算一个人的学历很高,学问很深,做事小心谨慎,认真负责,但在书写过程中笔误依然在所难免,尤其对于以“象形”为基本造字功能的汉字来说,多一横不行,少一点也不行,音同字不同,字同义不同,义同语言环境不同都可能产生笔误,进而引发种种歧义。因此,和拼音文字相比,汉字更容易产生笔误。

产生笔误的因素很多,既与文字基本功有关,也与个性习惯有关。语文基础好,出现笔误的概率相对要低,做事小心谨慎,笔误的发生也比较少。从心理学的角度看,笔误还与人的注意力分散和记忆偏差有关,此所谓“老虎也有打盹的时候”。不管什么原因,可以肯定的是,笔误的制造者大多“无心插柳”而非“有心栽花”,故意为之。

那么,这是否意味着可以放任笔误的产生呢?答案显然是否定的。

如果在我们的书信、文章,特别在处理公共事务的公文中笔误频频,其后果往往是难以设想的,就如同交通肇事一样,主观上的过失并不能减轻或消除灾难带来的巨大伤痛。将“二年”写成“而年”,虽然没有造成严重的法律后果,但作为严肃的法律文书,即使当事人是一名普通囚犯也应该行文规范,措辞恰当,用字准确。现在我们在提倡治理精细化,不应该是一句空洞的口号,而是要求我们在管理活动中每一个细枝末节做到合规适范,有序精准,无懈可击。只有这样,才能有效减少我们无心、无意和无谓的“笔误”、“失误”乃至“谬误”。

2016 年 2 月

人在江湖飘

“人在江湖飘啊,哪能不挨刀啊?我一刀砍死你啊……”

这是眼下青海西宁比较时兴的行酒令。20 多年前第一次去西宁,平生头一回见识划拳行酒的场面。“两相好”“三结义”“五魁首”“七巧”“八仙过海”之类的酒令,伴随着酒客们你来我往、变幻莫测的指法,让我大开眼界。和以往相比,时下的行酒令简便易行,酒客伸手比画,同时说出不同的挨刀次数便可判明输赢,输家喝酒,象征着“挨了刀”,气氛同样热烈。

我天生不胜酒力,对这些酒文化大多附和着取个乐子一笑了之。可是,中国文化博大精深,体现在酒文化上也是如此。比方这拳令,无论以往比较繁复的还是现如今相对简单的,细细品来,其中有的是历史典故,有的是祝福呈祥之言,还有的则蕴含着人世间做人做事的道理。

前不久到基层出差,座谈时,一位参加工作才 3 年多的年轻民警说,在监区一线,他感到最大的困惑和压力是不知道如何和犯人相处。在另外一个单位,政治处的一位同志说了这样一件事,该监狱有个犯人经常向上级有关部门写举报信,捏造事实,恶意中伤监区民警。要在以前,对付这样的犯人办法有的是,现在却让我们很为难,不知道该如何处置。

听了他们的诉说,我的内心不禁想起了那句“人在江湖飘,哪能不挨刀”的行酒令来。无奈和不平油然而生,感同身受。

的确,人活着和人相处很难,在中国尤其难,在中国的监狱,民警与犯人相处则是难上加难!何也?首先难就难在不可选择性——不管你愿不愿意和他相处,都不得不面对和接受,别无选择;其次难就难在民警角色的多重性——既唱红脸又唱白脸,既是刑罚执行者,又是教育工作者,还是照顾他们吃喝拉撒的保姆;再次难就难在相处的层次性——深不得浅不得,深了,忌惮界限不清,关系暧昧,浅了,又恐交心不够,诚心不足,影响教育转化效果。1876 年,清朝有个叫李圭的官员参观费城监狱,他看到的监狱“总管、司事,一切体贴人情,处若父兄之于子弟”,可中国的监狱,即使开放如今天,民警与犯人之间能够“处若父兄之于子弟”,那是一件很困难的事。“一堵墙,两类人,三大现场,四季轮回”,这是我对从事多年监狱工作的一个简单概括和描绘,其中的“两类人”就是指民警与犯人。这两类人生活在共同屋檐下,如何相处是很值得研究的课题。于是我对这名年轻民警说,你可以以此为切入点,对狱内人际关系特别是民警与犯人的人际关系进行一番研究,或许能有所收获。

针对犯人的不实举报,则需要具体问题具体分析。如果造成严重后果,无疑应当依法依规予以打击,如果未造成严重后果,则只能加强教育引导,让他辨明是非,知道轻重。监狱作为行刑机关,理应树立必需的执法权威,但这样的权威应当是法治的、理性的、能够体现公平正义价值追求的。在孔老夫子眼中,“宽柔以教,不报无道”才是真正的强大。我们面对的囚徒大多是“无道”者。他们无道,我们亦以“无道”治之,那与古代美索不达米亚人所追求的同态复仇并无二致,这显然是违背现代法治精神的。

因之,在笔者看来,面对今天复杂的执法环境,无奈和不平之余我们唯一能做的就是把工作做得更好、更精、更加无懈可击。“打铁需要自身硬”。当你练就了金刚不烂之身,就能勇于面对江湖的刀光剑影,即使挨刀,又有何惧。此所谓“正己而不求于人,则无怨。上不怨天,下不怨人”是也。

2016 年 7 月

使看不见的东西被看见

龙应台说,如果说文学有一百种所谓“功能”而我必须选择一种最重要的,我的答案是:德文有一个很精确的说法,machtsichtbar,意思是“使看不见的东西被看见”。这是龙应台在台湾大学法学院的一次讲演中说的。

使看不见的东西被看见,对文学的这般诠释很是吸引了我。以前我对文学的理解是关于故事情节、人物形象、矛盾和冲突、个性化的语言表达、现实社会的记录等,这些传统的甚至是经典的文学概念和符号,一直占据着我对文学的解读和记忆之中——从当年的“文艺青年”到今天的“文艺老年”,不曾有半点怀疑。

当然,单从对文学这一人类特有的创作活动及其产品进行分析和解构,上述的这些概念和符号依然没有过时,依然是文学评论家们津津乐道的对象,就像医生给人看病,总需要根据病人的病症下药一样。但是,龙应台对文学的独特理解实在让我有醍醐灌顶之感,仿佛揭开了一层朦胧的窗纸,看到了一个五彩缤纷的世界。

那么,“被看见”指的是什么呢?

我连英文都没学好更别说德文了。龙应台的德文应该是没问题，尽管德文“machtsichtbar”的意思很精确，但当龙应台把这个词翻译成中文后，读来就有点“玄之又玄”的感觉了。于是，龙应台在后面的演讲中作了一个很形象又很精当的比喻：用湖中倒影的白杨树来比作文学的“被看见”。她说，生活里，我们通常只活在一个现实里头，就是岸上的那个白杨树层面，手可以摸到、眼睛可以看到的层面，而往往忽略了水里头那个“空”的，那个随时千变万化的，那个与我们的心灵直接观照的倒影的层面。文学，只不过就是提醒我们：除了岸上的白杨树外，有另外一个世界可能更真实存在，就是湖水里头那白杨树的倒影。

白杨树(网络图片)

观照我们的心灵——那个湖中倒影的白杨树，正是龙应台心目中文学的核心功能：被看见。也只有真正挖掘出“被看见”的文学作品的作家和作品才真正具有人文价值。

是的，生活中我们对于能看见的、一目了然的东西，大抵是不难发现或表现的，难的是需要被看见、被发现、被体察、被思考的世界——人的心灵，我们的内心世界，那个湖中倒影的白杨树。文学其实是人学。文学的表达是如此，但凡做人的工作，包括我们和囚犯打交道又何尝不是如此。

囚犯是什么样的人？囚犯是犯了罪的人，是受到刑法处罚的人，是囚禁在监狱接受刑罚的人，这些都是我们对囚犯最基本的和常见的解读，确实也是囚犯这一特定的人的基本面貌和特征，犹如岸边的白杨树，一眼能看到，触手可摸到。但是，假若我们对囚犯的认知仅仅停留在他们这些基本面貌和主要特征上，而不去发现、体察、探究和关心其现实的生存状态，特别是他们更为复杂而隐秘的内心世界——湖中倒影的白杨树，那么，我们面对的罪犯，尽管你和他朝夕相处，做到了“四知道”甚至“五知道”、“六知道”，却依然是“熟悉的陌生人”。

“服刑期是一块飞地，是一段空洞的时间流程，是生命之中的一段寂静——我们不再有残损身体的肉刑，但在自由刑中我们还保留有肢解生命的刑罚。”多年前，在我读到德国著名法哲学家拉德布鲁赫的这段描述时，我的内心十分震撼——之前，凭我在监狱多年的工作经历和对犯罪与罪犯问题的研究，自认为对囚犯的认知清晰而深刻，拉德布鲁赫的告白却让我“被看见”了一个熟悉的陌生人：囚犯不仅仅是囚犯。而拉德布鲁赫之所以能“使看不见的东西被看见”，一定是他观照心灵的结果。

人们常说，世界上两件事最难，一是把别人的钞票装进自己的口袋，二是把自己的思想装进别人的脑袋。我觉得，能把人的生存状态和内心世界这种“看不见的东西被看见”也许更难。庄子与惠子关于“子非鱼安知鱼之乐”的经典对话，似乎道出了人心难测的真谛。事实也是如此。一个人的生存状态和内心世界就像湖中白杨树的倒影，是流动的，是虚无的，是抽象的，有时却又是具体生动的，有时鲜活如朝霞般灿烂，有时却又如雪落山野般寂静。人心是隐秘的又是灵动的，是主体的意识又是客观的存在。所有这些，都是一个人现实生活的折射与写照。囚犯，不仅仅是囚犯，他更是普通的能动的社会人。

2016 年 9 月

“仅仅”与“不仅仅”

前不久，一个书法朋友在“朋友圈”里说，有些书法家和书法评论家认为“书法”与“写字”是完全不同的两种书写形式，两者有着本质的区别，也有人并不认同这一说法。这位朋友希望书法同道能对此话题作一评判。我算不上书道中人，充其量算个“票友”，故对书法之精妙不敢妄加评论，至于写字，若从小学一年级在方格纸上用铅笔歪歪扭扭地写“毛主席万岁”开始（当时乡下孩子是没机会上幼儿园的）算起，已有近半个世纪年头了。这样说来，我对书法和写字还是可以作一比较的，于是，忍不住手痒痒，编发了一条微信给朋友，作了自以为比较客观中肯的评析。

我说，书法与写字没有也不应该有“本质”区别，恰恰相反，两者的本质是一致的，其目的都是记载和表达。今天人们能欣赏到的传统书法作品，无论是正、行、草、隶、篆等不同书体，还是二王、薛褚虞欧、苏黄米蔡，抑或董其昌、王铎、傅山，乃至到近代的金山、邓石如、吴昌硕、康有为等书法大家，他们留给后世的书法艺术作品，莫不是书家本人书写作品时思想情感的流露，即使是抄录他人的诗词楹联，汉字的表意性也反映了书家创作时的志趣和态度。进入现代社会后，书写工具的变革使书法的记载和表达功能越来越弱化，但其本质却没有因此而改变。当下有的书家为了追求形式上的出新出奇而不惜出格求变，最后失去了书法作为记载和表达工具的本质特性，那么，书法走向穷途末路是迟早的、必然的。然而，书法和写字到底是有区别的。这种区别在于，写字“仅仅”是写字，仅仅是为了记载和表达，而书法则“不仅仅”是写字，不仅仅是为了记载和表达。这种“不仅仅”主要反映在书法的艺术性和作者本人的主观意趣上，故书法之不同于写字的奥妙、乐趣乃至无止境，均在于其“不仅仅”。

写到这里，我没有进一步展开。书法与写字的“仅仅”与“不仅仅”之间的区别其实很难说得清楚，全在于书家的理解和把握。唐代的江苏老乡孙过庭在《书谱序》中是这样描述书法在书写过程中之变化的：“观夫悬针垂露之异，奔雷坠石之奇，鸿飞兽骇之资，鸾舞蛇惊之态，绝顶颓峰之势，临危居槁之形；或重若崩云，或轻如蝉翼；导之则泉注，顿之则山安；仙仙乎如初月之出山崖，落落乎犹众星之列河汉；同自然之妙，有非力运之能成；信可谓智巧兼优，心手双畅，翰不虚动，下必有由。”唐代另一位江苏老乡张怀瓘在《书断》中则说的更是神乎其神：“尔其终之彰也，流芳液于笔端，忽飞腾而光赫。或体殊而势接，若双树之交叶；或区分而气运，似两井之涌泉。麻荫相扶，津泽潜应。离而不绝，曳独茧之丝；卓尔孤标，竦危峰之石。龙腾凤翥，若飞若惊；电烻霍霍，离披烂漫。翕如云步，曳若星流。朱焰绿烟，乍合乍散。飘风骤雨，雷怒霆激，呼吁可骇也。”

而有“东方黑格尔”美誉的清代文学家、语言学家和书法理论家刘熙载，这位老先生也是我们江苏兴化人。他在《艺概》一书中说：“书者，如也，如其学，如其才，如其志，总之，如其人而已。”把书法的创作上升到了做人的高度。

由此让我想到，大凡学习、工作，哪怕是日常生活中买菜做饭、穿着打扮这些点点滴滴的琐事，面对同一件事，不同的人之间其实都有一个“仅仅”与“不仅仅”之差别。这两者之间的差别，除了人的知识、经验、能力等因素差异外，更主要体现在他的人生态度、人格修养和进取心上。“仅仅”往往安于现状或满足于一般水平、一般层次，而不仅仅则是另一种境界和追求。有燕京第九景之称的著名劳模张秉贵，如果把站柜台“仅仅”当成他谋生的职业，那他只会是个普通的售货员，而他把三尺柜台当成了为人民服务的窗口，这种“不仅仅”的境界和追求，练就了他“一抓准”“一口清”的绝活和“一团火”的精气神。同样道理，如果我们把监狱工作“仅仅”当成谋生手段，那么，在你的眼前除了灰暗的色彩和枯燥单调的节奏外，定然看不到别样的风景，更别说有趣和让人感动了。

2016 年 11 月

一厢情愿及其他

一厢情愿的本来含义与“单相思”有关。“百度”“一厢情愿”有这样一个寓言故事，说古印度农家青年去京城玩，见到美貌非凡的公主做起了驸马梦，回家之后得了相思病，日益消瘦下去，亲友们知道后就假装派人去京城跟国王提亲，他信以为真，病慢慢好了起来，但最终，想入非非的青年依然没有成为驸马爷。

这是典型的一厢情愿，假如那美貌的公主与这位农家子弟能对上眼，一好变两好，事情就好办多了。

除了“单相思”的意思外，一厢情愿还有一层含义可以理解为不切实际的、勉为其难的、甚至违背事物发展规律强加于人的想法或要求。成语揠苗助长就是最好的例证。当下我国经济领域正在如火如荼推进的供给侧结构性改革，从某种意义上说其实也是“一厢情愿”的真实反映。

按照著名经济学家吴敬琏的说法，经济发展趋势可以从两个侧面去分析，第一个是从需求侧去分析，GDP总量应该与总需求相等。总需求由三个因素构成，就是消费需求、投资需求、净出口需求。另外一种分析就是供给侧分析，供给侧也是三个因素,新增劳动力、资本形成和效率提高,假定所有资源都利用得很好,就形成了潜在的增长率。[①] 目前,我国经济下行压力不断加大,实体经济效益下滑,其主要原因不是企业的生产能力或制造能力不足,而是“供需”失衡。2017 年 1 月 23 日,吴秋余在《人民日报》发表了题为《认清供需错配痛点才能找到转型跳板》的文章。文章说,身边不少商品都遭遇过这样的尴尬:明明国内有巨大的供给能力,甚至产能过剩、产品滞销,人们却热衷于海淘或到国外购买,根子就在于供需间的错配:消费升级了,国内供给却还没及时跟上。供需不对路,就如同家具对不上卯。[②]

的确如此,牛唇对不上马嘴,榫头对不上榫眼,自然尿不到一个壶里。事实上,这类一厢情愿的单相思、想当然现象,不仅在娶媳妇、种庄稼和当下的经济领域里存在,在社会其他领域,包括我们的监狱工作中也比较普遍地存在——某些方面可能还比较突出,原因在于,监狱作为行刑机关被赋予了以“国家强制力”做保证的刑罚执行权。于是,强制成为我们施以各种“一厢情愿”的想法和做法的充分理由。

多年前,我们尝试在罪犯中开展改造质量评估,明确要求对所有罪犯制定个别化矫正方案,6 个月一个周期,6 个月之后,根据罪犯心理行为乃至人格变化状况再进行下一个矫正周期,以此类推,直至罪犯刑满为止。这样的想法和做法尽管出发点很好,但在具体做法上不够严谨。且不说对所有罪犯都制定矫正方案有没有这个必要,警力是不是足够,更主要的是,人为设定的改造周期既没有科学依据也没有成功的实践经验可资借鉴,并且,忽视了罪犯同样是具有自由意志的、能动的“人”这一本质属性,而把他当成了如陶泥一般可以随意拿捏的物化对象。人的一生心理行为和人格特征始终处

① 吴敬琏:《供给侧改革的根本是改革》,载《中国改革》2016 年第 5 期。转引自《新华文摘》2016 年第 16 期。

② 吴秋余:《认清供需错配痛点才能找到转型跳板》,载《人民日报》2017 年 1 月 23 日。转引自《报刊文摘》2017 年 2 月 6 日。

于变化之中，虽然这种变化不能不打上外部环境的烙印，但更是人自身能动的、不以他人意志为转移的、长期的和潜移默化的变化过程，这是我们科学认知罪犯的基本切入点和逻辑前提。违背了这个前提，我们在行刑实践中就可能陷入一厢情愿的、主观臆断的形而上学陷阱。

去年 12 月在海口召开的教育矫正论坛会议上，姜金兵同志首次提出可以把“供给侧改革”的新思维引进到监狱工作中来。在前不久结束的监狱工作会议上，他再次强调，要积极运用这种思维方法，着眼社会期待，进一步彰显监狱工作的惩罚性、公正性和安全性；回应罪犯亲属关切，进一步保障罪犯人身安全，加强文明管理、公正执法、便民服务；基于罪犯合理需要，进一步提高教育管理、激励约束的针对性、有效性；围绕基层发展强化监狱局服务监狱、监狱服务监区；呼应民警职工多元需求，进一步加强职业保障，办好惠警利民实事。

笔者认为，运用“供给侧改革”新思维来指导监狱工作实践，的确有豁然开朗之感，无论是理论视野还是实践路径乃至具体的工作方法和手段都大有文章可做，而其核心要义则是少些一厢情愿，多些两相情愿。

2017 年 1 月

设防于心

犯人关在牢里，犹如鸟兽困在笼中，说不想跑一定是脑子进了水的，当然，能不能跑成是另一回事。防逃是监狱永恒的主题。

20 世纪 80 年代初我刚工作那会儿，限于当时的安防条件、管理水平和要求，监狱、劳改队隔三岔五就有犯人逃跑。犯人跑了，由监狱或劳改队自行组织追捕，驻地武警和当地公安协助，三天之内逮不到，就把逃犯信息转交到逃犯所在地公安机关，由他们继续追捕，如此而已。没什么大惊小怪，不会引起社会大众太多关注。犯人实施逃跑的过程也是千奇百怪、花样百出，挖洞、扒车、翻越围墙电缆、劳动工地上强行逃跑、打伤或打死监狱民警化装逃跑、混在民警职工家属中逃跑都有。这些真实的故事，若是拍成电视连续剧，大概也不会逊色于美国大片《越狱》。

如今这一切都已远去，成为我们这一代人茶前饭后的谈资。

今天的监狱，物防技防水平不可谓不严密。进出监狱大门，人行通道从刷卡开始，少则四五个关口，多则六七个关口;车辆进出,除了有专门的待检区和安检区外,按规定还须有专人随车带领;监狱的围墙、周界,则布满了高压电网、红外报警、监控探头、滚刺隔离,有的甚至用上了无人机,更不用说还有荷枪实弹的武警战士在站岗放哨。如此看来,监狱的设防若说密不透风、固若金汤似乎也不为过,关押其中的罪犯理应插翅难逃。

但是,前不久接连发生两起脱逃案件。2017 年 4 月,辽宁某监狱罪犯王某某,借倒垃圾之际窜至监舍西侧通道,脱离民警监管,当进入监狱运送垃圾的三轮车行至监舍楼拐角处,王犯从后侧爬上垃圾车,藏匿在内,车辆驶出监狱大门时,王犯被发现,旋即实施强行脱逃,半小时后被抓获。另一起案件发生在 2017 年 5 月初云南省某监狱,罪犯张某某见劳动现场无民警值勤,窜入一辆该监狱职工驾驶的货车内,货车司机离车未将车钥匙拔出,张犯驾驶货车直接撞开劳动车间隔离网,通过监狱物流门施工区的临时通道脱逃,8 天后,张犯被成功抓获。

从案情来看,案件发生的原因都不复杂,甚至具有相当的偶然性。但是,或许正应了一句老话:百密一疏。偶然一旦寓于疏忽大意之中也就成为了必然。对于罪犯而言,他永远会睁着第三只眼注视我们的一举一动、一言一行,只要监狱发生哪怕是一丝一毫的疏忽,罪犯都将百分之百地为他所用——脱逃、行凶、自杀,以及搞别的什么名堂。于是我想,监狱的设防不仅在于物防技防,更在于心防。心中无防,那么,有形的物防技防充其量是聋子的耳朵——摆设。

设防于心,在于强烈的安全意识。

设防于心,在于靠前的底线意识。

设防于心,在于直接的现场意识。

设防于心,在于主动的责任意识。

《史记·司马相如列传》中有这样一段话:“明者远见于未萌,智者避危于无形;祸因多藏于隐微,而发于人之所忽。”这段话的意思是,明白的人在事故发生前就有了预见,有智慧的人在危险还没有形成的时候就避开了;灾祸的原因大多藏在隐蔽不易发现的地方,而灾祸突发在人的忽略之处。

哲人毕竟是哲人。两千多年前的先哲为我们今天的事故作了很好的注解,道理并不深奥,关键还在行动,否则,惨痛的教训依然将发于偶然而隐于必然。

2017 年 5 月

每个跳蚤都有它的用处

“每个跳蚤都有它的用处”，这是苏联著名教育家马卡连柯在其名著《教育诗》中的一句名言。那年，当我读到这一段并摘录在日记本上时，压根儿不会想到这句话会成为我此后学习和工作的重要切入点并延续至今。

1979 年我考入镇江师专中文专业，尽管心里不满意，但还是为当一名合格的人民教师作准备——因为别无选择。一边努力学习专业知识，一边苦练三个“一”基本功，即一口普通话、一手好字、一篇好文章。1981 年下半年，校园生活进入第三学年，这也是三年制大专的最后一学年。那年我 19 岁，自己还是个半大不小的男孩就得去“教书育人”了？心中没底气，去图书馆找些书看，希望充实自己。图书馆的资料有限，西方一些成熟的教育思想和方法技术都还没引进。国内有关儿童教育心理的研究几乎空白，我们在校期间也只学了一个学期的普通心理学，是“文化大革命”前曹日昌先生主编的教材。一天，偶然发现马卡连柯著的《教育诗》，如获至宝，便一口气读下来。

马卡连柯在“高尔基工学团”和“捷尔任斯基公社”（均

属于问题少年教养院)工作16年,教育改造了3000多名有各种不良行为的流浪儿童,以其亲身的实践和体会总结提炼出一系列教育新理念、新思想,如集体教育、劳动教育、尊重与爱、信任等。所以,他的这部教育名著虽然书名很诗化,内容却平实生动,很吸引人。我边阅读边做笔记,读完了第一部,在日记中还写下了这样一段读后感:

1981年10月12日　星期二　晴

今天,我读完了马卡连柯的《教育诗》第一部,颇有一些感触。

作者用生动的笔触,把自己和教养院里的孩子的接触、生活,生动地展示在我们面前。作者笔下的孩子们,给我留下深刻而又共同的印象是,他们都是做了或大或小的坏事,但是,每个儿童却又都是那样的天真活泼,使人欲愤不能。作者本人也是抓住学童们本身的这些特点,和他们一起劳动,建立共同的感情,发挥每个人的特长,的确是"每个跳蚤都有它的用处"。由此,我也想到我今后自己的工作,虽然不是教养工作,但在教育儿童成长方面是一回事——当孩子发生了问题该怎么办?书中给了我很好的回答:和孩子们一起劳动、生活,特别是富有兴趣的学习,是解决问题的最好办法。

1982年7月,我从师专毕业,班上同学大多回原籍当了光荣的人民教师,我和班上另外4名同学被分配到了江苏省少年犯管教所(现更名为江苏省未成年犯管教所),成为一名"特殊园丁"。这样的安排,之前我未曾想到。

现实中的少年犯并没有让我感受到他们的"天真活泼"和"欲愤不能"。他们对我们这些年龄相仿的小杆子根本不放在眼里,轮到我们带值班就设法恶作剧或起哄闹事。记得我第一次单独值班,晚上开饭后正准备看电视,恰遇停电,人群中就有人骚动起来,接着,有位年龄较大的南京籍犯人骂骂咧咧,场面顿时变得混乱不堪,幸好老队长及时赶到才平息了事态。还有一次,我检查犯人监房卫生,随口说了句"错落有致",一旁犯人"哄"地笑了起来,把我弄得面红耳赤。原来是我的话太斯文,他们听了不自在。

面对这些“跳蚤”,我常常感到沮丧和愤懑,但也诱发了我的好奇心。他们究竟是如何失足犯罪的?又该如何教育挽救他们?马卡连柯《教育诗》中的很多片段浮现在我眼前。我在努力适应日常工作的同时着手研究青少年犯罪和罪犯心理。短短几年便收获颇丰,不仅和“跳蚤”们融洽相处,引导他们积极改造,自己撰写的多篇论文还被《政治与法律》《青年研究》《青少年犯罪研究》《父母必读》等全国性刊物录用。这在当时实属不易,也为我此后数十年在监狱系统的工作、学习和研究打下了良好基础。

孟子说,人之初,性本善;荀子说,人之初,性本恶。其实,我们每个人身上都存有善因与恶念,这就是人性。正因如此,一个人哪怕走上了违法犯罪道路,他也并非一个十足的“恶”人。

2017 年 6 月

寻找冲突的原生力量

——简评《狱内冲突澄明与管控》

郑杰经常参加中监协教专委的研讨活动,所以,我对他不陌生,对他的过往经历也有了解。他给我的印象是善于观察,长于反省,大胆假设,小心求证。郑杰研究的主题往往是一个很具体、很细小的问题,甚至可以说是很冷僻的问题,在不经意处发现蹊跷,一脑门子把某个具体问题做深做透,层层解说铺陈新意。尽管已经知道郑杰在理论研究方面颇多作为,也知道她有意把狱内冲突问题做深做透,当得知《狱内冲突澄明与管控》已由厦门大学出版社正式出版,我还是吃惊不小——不声不响中,郑杰愣是把"事关囚犯矫正教育成效提高和确保监管场所安全稳定",做成了一个必将对监狱工作产生影响力的现实课题。

《狱内冲突澄明与管控》完全延续作者以往文稿的论述风格:追求研究对象的"微观化",力求真实再现狱内冲突千姿百态的外在形态,深入分析狱内冲突发生、发展和变化的内在机制。研究视角的"微观化"并不意味着作者研究结论的"边缘化"。作者的细致观察、独到分析,不时挑战、颠覆我们原有的观念,不时激发、传递某些全新理念。作者一直都在提请大家注意那些解释或者管控狱内冲突的尝试中可能产生的问题,而不是提供妄图解决狱内冲突的标准答案。作者的本来目的是描述不是解释。当然,如果一种描述是有效的话,就必须更进一步对其作出解释。

海德格尔描述的"澄明之境"对作者的影响深刻。"澄明"意味着将隐藏于深处的棘手问题连根拔起,意味着一个毫无遮掩的完全敞开的世界。"澄明"本是一个形容词,"清朗"之意,语出刘禹锡《客有为余语登天坛遇雨之状因以赋之》诗"山顶自澄明,人间已霧霈"。在《狱内冲突澄明与管控》中,作者非但赋予"澄明"以"动词"的新属性,而且将相当笔墨着力于狱内冲突的"澄明",即试图把狱内冲突"说清楚,讲明白"。在作者看来,我们之所以对狱内冲突遮遮掩掩,视之如洪水猛兽,遇上或手忙脚乱狼狈不堪,或火冒三丈恼羞成怒,更多是在因为我们对狱内冲突理解不清、把握不透;如果我们能够把狱内冲突的表征和成因解析得尽可能的系统、清晰、透彻,那么,具体到某件狱内冲突事件就不会感觉"不可理喻",就既不会"遮遮掩掩",也不会"手忙脚乱狼狈不堪",更不会"火冒三丈恼羞成怒"。

"如果我们的兴趣只停留在思辨的层次上,那么这种研究就会不值一文"。作者对涂尔干的这句话有着高度的认同。他说:"即便我们整天置身狱内冲突其中,却又对其知之甚少。自己的直观感触和前辈的口口相传,是我们关于狱内冲突的通常认知信息来源。这两者向我们展示的是不全面、不真实的狱内冲突图景,还有最终收效甚微的狱内冲突防控方案。因为,狱内冲突并不总是像它们表面看上去的那样;我们通常关于狱内冲突真相的宣称和断言往往是错误的,是想当然的结果。"为了将"隐藏于深处的棘手问题连根拔起",作者下了相当的气力就狱内冲突表现形式、发生频度、影响因素、危害后果以及行为人心理认知和应对方式等方面进行了深入调查。就书稿中有据可查的资料,我大概算了算,作者花费在一手资料储备的时间前前后后不会低于5年。单这一点,就难能可贵。书中展现的一手资料,完全突破常见的呆板数据;鲜活的事例、生动的“言说”每每让我印象深刻。

狱内冲突理所当然涉及监狱民警和囚犯的个人行为问题,但这并不意味着可以从他们个人身上寻求狱内冲突的关键证据;任何聚集于民警和囚犯个人的解读都是不真诚的。作者告诉我们,狱内冲突是真实的,不过,它们往往是由不能直接观察的存在构成;这些不能直接观察的存在才是产生狱内冲突的原生力量,是它们引起狱内冲突的物质性结果。在作者看来,这些“不能直接观察的存在”,包括效率的逻辑、规训机制和劳动异化,如此等等。且不论作者观点是否经得起认真推敲和历史的检验,起码它们让我脑洞大开,不时颠覆我们的习以为常中、理所当然的通常逻辑。

研究方法自觉、研究视野开放在《狱内冲突澄明与管控》一书中表现突出。总的来说,我国监狱学理论研究向来习惯把“逻辑的事物”当成“事物的逻辑”,认为只要理论对了事情就解决了。于是乎,从概念到概念、从理论到理论的“闭门造车”在监狱学理论研究中大行其道。于是乎,一有提及当前的监狱学理论研究成果,我们往往感慨“重定性分析的多,重轻定量研究的少”。很明显,《狱内冲突澄明与管控》已经先行一步,完全从“定量还是定性”的普遍性争论中走了出来,作者以自己作为研究工具,在自然情境下采用多种资料收集方法对狱内冲突现象进行整体性探究,使用归纳法分析资料并形成理论,通过与研究对象互动对其行为和意义建构获得了解释性理解。作者涉猎广泛,知识储备厚实,对狱内冲突的解读超越单一的学科畛域,法学、政治学、社会学、心理学、历史学和哲学等多学科知识在全书贯通畅达,纵横捭阖,读来耳目一新,令人钦佩。国外资料的大量借鉴使此书视域开阔。这一点,让翟中东教授意外,也让我对作者再次刮目相看。“站在中国的立场从国际视域观察与分析中国监狱的宏观问题与微观问题,是我长期以来欣赏的研究路径。”翟中东教授如是说,我亦赞同。

观点鲜明、叙事详备、条理分明、逻辑严密本是监狱学研究的分内之事，但有价值、有意义的研究不会仅满足于材料的堆砌和布局，而是更要有问题意识和学术视野。作者多年来潜精积思，“探究自身的历史处境，追究问题的根源，呼喊解放的可能”，放慢脚步，立足但不仅限于狱内冲突与我们娓娓而谈，为我们指明了一条通向敞亮的“路”。这条路，就是主动的反思、叩问、批判。

狱内冲突是一个复杂的议题，不仅仅因为我们身处其中而“在山不见山”，也是因为它没有可供借鉴的成熟研究范式。《狱内冲突澄明与管控》自成体系又不乏张力——既善于总结规律，又擅长把控细节，述论与感悟相互印证，见地与趣味相互兼顾，在专业性和可读性方面都有所建树。更重要的是，作为一部监狱学理论著作，它开创了一种全新的著述模式，不仅为监狱学理论研究提供了基础性的参照坐标，也丰富、拓展了整个监狱学理论体系。

此书也有几个值得商榷的地方：

第一，关于“警囚冲突”与“囚囚冲突”的概念。这是书稿的两个核心概念。我认为，用“警囚”和“囚囚”来表达似乎勉强，从学术角度看不够严谨，从论证角度看，二者也不可以置于同一范畴加以考察。用“人际冲突”来概括“警囚冲突”和“囚囚冲突”，是不是更恰当？

第二，“警囚冲突”与“囚囚冲突”二者是不同性质的冲突类型。前者冲突之根源具有不可调和性，后者则是具体利益引发的冲突。书稿中“民警与囚犯之间没有根本的利益冲突”这一说法不成立。从民警与囚犯个体来说，两者之间没有根本的利益冲突。换言之，民警与囚犯之间没有，也不应该存在“个人”之间的利益冲突，但民警作为行刑者的角色决定了他与囚犯之间存在根本的利害关系冲突，那就是行刑与受刑的冲突。这应该是监狱人际冲突的根源。离开这一点来谈狱内冲突难以自圆其说，至少没有触及本质问题。

第三,从囚犯角度看,导致他与民警、与其他囚犯发生冲突的原因很多,作者分析得也比较全面,但其中还有一条:囚犯的整个刑罚过程都是危机过程,而人在危机过程中其心理行为是异常的,这种异常心理会引起冲突,并且冲突本身有时也是他的应对方式。认识这一点很重要。拙著《危机四伏》对此进行了专门的论述。

2017 年 11 月

志愿犯人

监狱是相对封闭和边缘化的公共营造物,自然较多地受到一些社会公益机关和志愿者的关注。我在南京监狱工作时多次接待原南京五中退休音乐教师詹天来先生。詹先生是南京市政协委员、民盟盟员,退休二十多年来,坚持用美妙的歌声和悠扬的琴声来帮助服刑人员走出人生的泥淖,让很多浪子的灵魂得以洗涤和救赎。

詹先生的志愿行动是可以理解并很值得称道的,可是,假若有人到监狱当一名志愿犯人,这大概是让人很诧异的事,但确有其人,并且,他是大学教授、学者。这位甘当"犯人"的志愿者就是我国民国时期犯罪学、犯罪社会学领域大名鼎鼎的严景耀先生。

在他的一篇博士论文中,严景耀先生对这次去"尝尝铁窗的风味"的经历有比较详细生动的记述。1927 年,严景耀正在燕京大学主修社会学专业,这年夏季,他选修了"犯罪学和刑法学"的课。他说,这门课介绍有关犯罪和感化教育犯人的问题。但图书馆里仅有 20 多本西方国家的犯罪学书籍和 1 本中国刑罚学的小书,在这本小书里介绍了与犯人如何接触的问题。他对阅读美国的犯罪学书籍很感兴趣，但对中国的犯罪和犯人的情况却毫无概念。读完这门课后，严先生就打算研究中国的犯罪问题，可是资料缺失，包括司法部的统计材料，也让他“失去了寻找他所需要的资料的勇气”。最后，他决心自己到监狱中去找。严先生在论文中写道：“这个主意不仅对我自己，而且对我的家属[①]、亲戚和许多朋友，都是一个笑话。许多人劝我不如到外交部或其他受人尊重的部门去工作，不要去做‘狱吏’。但我的教授们却很鼓励，他们相信我能在这方面开辟一个新的研究园地。”[②]就这样，这年夏天，年轻的严景耀先生成为北平第一监狱的一名志愿犯人，开启了通过田野式调查的方法研究近代中国犯罪和罪犯问题的先河。1934 年，严景耀到美国芝加哥大学进修，获博士学位。他在当“志愿犯人”期间获得的大量案例，成为这篇博士学位论文的主要资料来源。

20 世纪 80 年代中期，严景耀先生的博士学位论文被翻译成中文著作，书名叫《中国犯罪问题与社会变迁的关系》。1988 年 5 月，我在江西南昌出席一个有关青少年犯罪与家庭教育问题的全国性学术会议，期间去书店闲逛，偶得此书，如获至宝。那时，国内犯罪学和犯罪社会学研究刚起步，相关的研究资料有限，有分量的学术专著更是凤毛麟角，少之又少。此后，我多次仔细研读该书，书中很多观点让人茅塞顿开。比如，对犯罪问题的认识，那时我们更多的是从政治层面加以分析，什么封建社会余毒、资本主义腐蚀、阶级斗争产物等，严先生认为，“犯罪不是别的，不过是文化的一个侧面，并且因文化的变化而发生异变。它是依据集体的一般文化而出现的，它既不是一个离体的脓疮，也不是一个寄生的肿瘤。它是一个有机体，是文化的产物”。[③] 严先生还认为，“如果不懂得发生犯罪的文化背景，我们也不会懂

① 严先生夫人是著名的社会活动家雷洁琼先生。

② 严景耀：《中国犯罪问题与社会变迁的关系》，北京大学出版社 1986 年版，第 210 页。

③ 严景耀：《中国犯罪问题与社会变迁的关系》，北京大学出版社 1986 年版，第 2 页。

得犯罪。换言之，犯罪问题只能以文化来充分解释。”①这些观点让我耳目一新，犹如打开了一扇窗子，看到了广阔的原野和原野上随风而动的景物。

1947年，严景耀先生在燕京大学(照片转摄于《中国犯罪问题与社会变迁的关系》一书。张建秋摄)

作为一个社会学家，严先生对犯罪的认知是置于现实社会环境之中来考察的，进而，他对犯罪者的认知也就并不囿于“犯罪”本身，同样是把他们(犯罪者)置于现实社会中的一个“人”来考察的。他说：“本文试图以社会观点研究形成犯罪的过程。”“本文的研究是把犯罪者作为一个人来看待的。”“罪犯既被看作是一个人，他的犯罪不过是他的行为的一方面。”②

严先生的这些观点成为我以后研究犯罪和罪犯问题的逻辑起点。我认为，只有把犯罪人和罪犯当成一个一般社会意义上的“人”，置于现实社会中来分析和考察，才能真正揭开人之所以犯罪的谜团，才能把握犯罪的规律，进而才能更有效地打击和遏制犯罪，在监狱行刑过程能最大限度和更有针对性地改造罪犯。

---

① 严景耀：《中国犯罪问题与社会变迁的关系》，北京大学出版社1986年版，第3页。
② 严景耀：《中国犯罪问题与社会变迁的关系》，北京大学出版社1986年版，第3页。

也就是这一年,我在南京师范大学教育系读的函授本科即将毕业,我以《论"人"的确立——教育改造的目标与价值观》作为毕业论文的题目,对监狱在教育改造罪犯过程中,把罪犯确立为"人"的理念进行了阐述。此文在当年度的江苏省司法行政系统理论调研活动中获得一等奖,并在《劳改劳教理论研究》(今中央司法警官学院学报《中国监狱学刊》的前身)上全文刊登。直到今天,面对罪犯,我们依然需要强化"人"的理念。

当然,这里的"人"乃社会学范畴之人,而非人道范畴之人。

"志愿犯人"给我另一个启示是类似田野式调查的科学研究方法。

田野式调查是人类学、考古学和社会学最基本的研究方法。我国社会学奠基人费孝通先生的《江村经济》即是这种研究方法的经典范本。田野调查要求研究者参与当地人的生活,在一个有严格定义的空间和时间范围内,体验人们的日常生活与思想境界,通过记录人的生活的方方面面,来揭示不同文化如何满足人的普遍的基本需求,以及社会结构与运行模式,以更好地促进人与社会的和谐发展。

田野式调查对于犯罪学研究的重要性同样不言而喻。严先生是 1927 年夏天利用暑假去监狱的,与犯人生活在一起的确切时间严先生没有告诉我们,但书中写道,"过了三个星期后,狱中人发现我是假犯人,因为狱长对我无微不至的照顾使他们怀疑和发现了我"。① 而在这三个星期中,他只是熟悉犯人,并没有作研究。他的身份暴露后,才开始在"狱长提供的密室里"单独接触犯人,进行问卷调查和个别谈话,了解他们的犯罪案情。由此看来,他与犯人共同生活的时间至少在一个月以上。在这一个多月里,他与犯人之间建立非常牢固的信任关系。正是这种信任关系,让那些犯人在严先生面前敞开心扉,无话不谈,有的甚至把一些余罪都告诉了严先生。最终,他

① 严景耀:《中国犯罪问题与社会变迁的关系》,北京大学出版社 1986 年版,第 210 页。

获得了100多个各种犯罪类型个案，比如杀人犯罪、财产犯罪、重婚纳妾犯罪、吸食鸦片犯罪、性道德败坏犯罪、破坏家庭罪、政治犯等。这些案例成为他研究当时中国犯罪现象与社会变迁关系极其重要的原始资料，其独特的学术价值和文化价值随着时间的推移更显珍贵。

犯罪问题折射着现实社会问题。研究犯罪问题，离不开监狱这座不可多得的富矿。监狱还为我们关注和研究其他相关的人文社会学科，诸如哲学、法学、管理学、教育学、心理学、文学，以及建筑学、医学等提供宝贵的研究信息与资料。所以，京师第一监狱（严景耀先生当志愿犯人的监狱）首任典狱长、民国著名监狱学家王元增认为，监狱学是"复合学"。

作为一名监狱工作者，当我们身处监狱在完成本职工作、捧牢饭碗的同时，把目光更多地投向犯人，作些思考和研究，留下一些文字，这不仅是件有趣的事，还是件有意义的事。

2018年9月

雪花飞鸿

忘不了,那个暖融融的秋日

——忆傅雪健君

小傅,你走了!

噩耗传来,在这个乍暖还寒的季节,叫人好冷好冷。窗外,春雨如诉如泣,如泣如诉。我想,是悲天与我同哭——为着一个平凡的女性;是大地与我共悼——为着一个匆匆的青春魂。

忘不了,那个秋日的中午,屈指算来,不过4个月光景120天。我们初次相识,可不陌生,一点儿也不,同龄人的缘故,心有灵犀。你、江伟、“老夫子”和我,在那间陋室里,我们谈未来、谈工作、谈生活。我们开开心心地说,我们实实在在地笑。啊,那个暖融融的10月暖融融的秋日。而今,你却舍我们而去,去得这般匆忙,在那遥远的世界、冰凉的世界……可往日情景,又怎能忘怀。

你该记得,那天中午你说,每顿要吃两碗饭,还老觉着饿——所以,你说来省城查一下身体,可能是胆囊炎。我们自然绝不怀疑,人是铁,饭是钢嘛。

江伟介绍了你们的罗曼史,笑眯眯的,浑身上下都充满了骄傲的神气。你的脸上却泛起了羞涩的红晕,像只熟透的红苹果一般。其实,我知道,那是熟透了的爱情。要不,苏大中文系的高才生,你的灵气、才情和倩影,该是在姑苏的大街上、天堂的小巷里洒尽风流了。

你俩结伴而行。爱情,滋润着你们对未来的憧憬;自信,保护着你们冰清玉洁的缕缕情丝。道一声"再见",告别母校,告别故乡和亲人,没有黯然销魂的别离恨,一路颠簸,扬起一串笑声;一串笑声,赶跑了黄书包上薄薄的灰尘,来到这青青的丫髻山下——一所劳改农场的子弟中学。从此,披满翠竹的丫髻山上总有你鲜艳的红裙子飘过,一样的风流一样的自豪。朵朵含苞欲放的山花簇拥在你的周围,你灌输知识倾注爱心竭尽心血,你没有奢望没有怨言没有一点儿懈怠,只是默默地奉献,奉献那甘霖般的知识、那火红的青春,直至晚期肝癌潜伏在身,仍不以为然,当作胆囊炎。

就在那天中午,你还和我们说,查一下身体就回去,学生们等着你呢,还有你的小添添,女儿没有了妈妈可怎么过呀,你说。脸上挂着迷人和甜美的微笑——那个暖融融的秋日。

如今,你走了,带着你的温柔、聪慧,和对这个世界无限的爱、无限的留恋,你走了……这,是真的么?那笑语、那欢声,分明犹在,且莫道,且莫道,君已去……

1990 年 3 月

七道沟随想

轻轻地，一阵秋风吹来，吹来了一片纷飞的芦花。精灵似的芦花呀，莫非你是缕缕情丝、点点思绪，你是那依稀而又遥远的记忆。

很久以前，这里是茫茫荒滩。荒滩上的芦苇绿了又枯，枯了又绿。悄悄地生，悄悄地灭。

春天，苇叶儿青青，泛青的叶儿还是这般孤寂；秋天，芦花儿飘飘，静静地飘向无垠的天际，唯有那沉重的波涛永不停息，传诵着那首苍凉的歌谣：

七道沟，八道沟，十年九不收；男的推毛盐，女的挖泥鳅。

这是一块远离文明的土地，一颗颗绝望的灵魂在这远离文明的土地上得以复苏——新中国成立伊始，共和国的劳改事业在这里翻开了壮丽的一页。

二十岁的热血男儿天不怕地不怕，但你仍难以接受这样的事实：面对洪荒的世界，与你做伴的，除了那摇曳的苇草，竟是家乡的恶霸、战场上的敌人。

老父混浊的泪光，透着家乡亲人的殷殷希望，饥饿不堪的小妹阵阵啼哭，常把你从梦中惊醒；淮海战场上的硝烟，尚未在你刚脱下的军装上擦干洗净……如今，一阵苦涩的海风，吹湿了你那纯真而迷茫的眼睛。

不知何时，肩膀上搭着一只温暖有力的手。哦，是老团长，满脸胡茬的老团长依然透着那份刚毅，微笑着指向远方：小鬼，你看，极目处是苍茫的大海，是湛蓝的天空……噢，你明白了，共产党人的胸怀，比大海和天空更广、更深、更远。

你笑了。一溜烟，钻进了密匝匝的芦苇中，惊起一群野鸭。从此，在你的手中，重塑了一具具活着的死魂灵，托起了一座光灿灿的滨海农场。

咬一口芦根根是一段动人的故事呀，吹一曲苇叶哨是一个甜甜的梦。20 岁的小鬼如今已年过花甲，花白的头发像花白的芦花。精灵似的芦花在晚风中摇曳，奔腾的海潮又奏起了新的乐章。

1991 年 1 月

芦花，轻轻飘（张建秋摄）

管队长

管继安是少管所四中队中队长，人称管队长，我参加工作后的第一位领导，因为这个缘故，我对老管的印象特深，且时常记起。

十多年前，我刚满20，老管已经50出头了。50多岁的老管头发有些稀疏，常年在基层一线，皮肤显得黝黑、粗糙，全然没有机关干部的形象，倒更像老农。

第一次和老管接触是那个初秋的夜晚，去所部接春华、金林和我下中队。一见面，和我们仨一一握手，脸上笑眯眯的，和善、可亲，着一身旧的蓝警服，手里捏把三节电池的手电筒。

从所部到中队穿过一片小树林就到了。月光如水，夜风习习，秋虫细吟。老管走路不紧不慢，看上去背有些微驼。他在头里走，我们紧跟着，谁也没说话，只有那手电筒在月色下泛着一闪一闪的白光。

到了中队，老管领着我们和其他干部见面，算是认识了。接着，管队长叫值班干部把犯人集合起来，要把“新来的”介绍给犯人。这么快就见面？没一点思想准备，我的心不由得一阵阵收紧。

“大家注意了!”老管开始训话:“今天,我们中队来了三名新干部。他们和我们一样,是来教育挽救你们的。今后,希望大家服从他们的领导……”整个中队静极了,只有老管浑厚的山东话在院子里回响。他顿了顿,换一种口气说:“说实话哩,他们的年龄,我看和你们也差不多大,他们却已经大学毕业了,而你们呢?这本身就值得你们去好好思考……我的话完了,下面请新干部给大家讲讲话。”

一阵掌声,把我推到了犯人面前。我该说些什么呢?

“同学们”,我轻声说:“今后,我们就要在一起工作和生活了……”犯人中有一阵小小的骚动,有人还发出了“吃吃”的笑声。我更紧张,我讲错了吗?不过,老管的手电筒立即朝那里一照,骚动停止了。手电筒真厉害!我感激地看了一眼老管,心情也平静了许多。

“你们本来应该在学校读书的,但你们违了法,犯了罪,害了别人,也害了自己。你们在这里改造,不要忘了自己的身份,要认真学习,努力接受改造。”

几句话讲下来,我仿佛懂了许多。角色,大概就是这样扮演的。

一个月以后,我们开始尝试值班,这对于一名新干警来说是很好的锻炼和考验。我值班的那天晚上刚巧停电,而其他干部还没到,我急得满头大汗,不知所措。突然,黑暗中一名犯人嚷起来:“为什么不来电?”其他犯人跟着起哄。

我跑过去想制止。那家伙朝我阴冷地说:“嘿嘿,张干事,你不是要我们记住自己的身份吗?我们的身份是犯人。犯人,就是这样的!”接着,他吼得更凶、更猛。

面对犯人的吼声和人群里的阵阵骚动,我愣在那里,竟无言以对。

正在这时,老管到了。一道电筒光闪电似的照在那犯人的身上。刹那间，犯人像蔫了的秋叶，耷拉下脑袋瓜。而我，鼻子酸酸的——咋办？今后的日子还长呢。

其实，再长的日子也是短暂的一瞬。我在中队只待了两年多就调离了，倒是老管的音容笑貌和他的正直无私、勤劳朴实，永远永远地留在了我和我的战友们心中。

我们是蔬菜中队，一年忙到头。老管无论刮风下雨，节日假日，总在田头转悠。偶尔空闲一下，他便拿起那份农业科技报，戴上老花镜一个字一个字地读着上面的文字。有时，我们劝他休息休息，憋上许久，管队长慢吞吞地冒出一句话："说实话哩，我们还能干多少日子呢。"

秋天到了，活儿更多，该种的要种，该收的要收。一次，我在田头带工，快收工了，经过一块刚出苗的菜秧地，远远看到老管蹲在田埂旁，用手扒着菜秧，两手沾满了泥巴。草帽挂到了背上，随风飘着。我喊道："管队长，好下班啦！"他抬起头，朝我挥了挥手，又低头去寻觅着什么……

凝望老管的背影，我有心底涌上难以名状的敬意。夕阳西下，无垠的天际，晚霞正红，残阳如血、如血……

1993 年 5 月

追　捕

和高仓健的《追捕》比,这几乎算不上追捕。

今年3月初的一天,我下班回来,刚从南京过完春节回到北京的老郑客气地和我打招呼。我说怎么感冒了呢你?老郑说是的,南京的天气你是知道的,忽冷忽热的容易感冒,要不是火车票难买我就退了票再过几天来了,不过今天一到就遇上好事了,省局狱政处来电话要我们去查找一名宜兴丁山监狱的逃犯呢。

噢,有这样的好事?我不假思索就说,那晚上我和你们一起去吧。

我因工作需要借调在司法部监狱局工作,常住在省监狱局驻北京办事处。老郑是快60岁的人了,还有驾驶员小郝是男的,多去一个人就多一分力量。

吃罢晚饭,我们上路了。京城的夜绚丽多姿、流光溢彩。我却无心欣赏,想着即将发生的追捕行动,油然想起多年前我第一次的追逃经历。

那已是1982年年底的事了,我刚工作还不到半年,那天晚上轮到我们中队组织犯人看电影,电影就在室外的露天广场上放映,一名无锡籍的少年犯趁机逃跑,中队安排我和大李去追捕。大李身高 1.94 米,精瘦精瘦,可力大无比,刚从老山前线回来,更有些牛皮哄哄,不过小家伙都挺怕他的。那时中队的秩序很乱,能镇住那些“猴子”不是易事。

“这小狗日的,看我怎么收拾他”,大李愤愤地对我说,“走”。

我穿上刚发到手的蓝色警用大衣,到路边拦了辆卡车就往镇江出发。那时的追捕可不能和现在比,现在一旦犯人脱逃整个监狱警报声声、警灯闪耀,什么特警队、防暴队等立即布下天罗地网。当时犯人跑了追逃力量也十分有限,设卡布控远没有今天这么严密,且犯人脱逃是常有的事,常常疲于应付。赶到镇江火车站掏出追捕证登上火车就往无锡奔,紧赶慢赶到无锡天已蒙蒙亮。我们和派出所取得联系,布了控。大李说,“行了,跑了一夜辛苦了,休息去吧”。他找了无锡的朋友家,把我一人甩在了无锡建华机床厂(无锡监狱)招待所,说是等消息。3 天以后,大李不知从哪里冒了出来,跑来对我说,“看样子让他小狗日的跑成了。我们回去吧!”我愣愣地看着高我一截的大李,“这就回去?”“是的”,大李点点头。

这就是我的第一次追逃经历。那个寒冷的、刮着大风的冬夜一晃已过去快二十年了,今天却让我如此清晰地回忆起来了。

今天该怎么办呢?没有谁叫我这么做,是我自己要来的,而且什么都没有,别说武器、戒具,连起码的追捕手续都没有,如果拒捕怎么办?如果有凶器怎么办?如果再让他跑掉了那可真是吃不了兜着走。窗外,十里长安街上车流不息,喧嚣而安详,谁也不会注意我这个书呆子要去执行一项特殊任务。

不一会儿就到了狱政处提供的一处叫“玉达旅社”的藏匿地点。这里紧靠北京西站,旅社却在一条小胡同里,闹中取静,来得容易,去也方便。“到底是老手”,我想。

旅社不大，人也不多，显得有些冷清，一位二十来岁的女服务员坐在登记处打发时光。掏出警官证说明来意，小姑娘倒也爽气，说刚才派出所的民警来查过了，没有你们要找的人。原来，就在我们赶来的路上，省局又和北京的公安部门取得了联系，请求帮助。派出所不敢造次，再过两三天，世人注目的“两会”就要召开，万一有个闪失事情就搞大了。

没有逃犯，我暗自松了口气，来之前也估计到了这种可能性。这年头哪有逃在外面十几年的犯人又打电话给监狱要求再服刑的？如果不是假的就是另有隐情。

“没有就好”，我对服务员说。但既然来了不妨再查查，于是我请服务员拿出登记簿一一核对，果然没有一个叫“邬某某”的人，又拿出电话登记簿，服务员说只有一个叫“季建凤”的人打了一个长途电话，而他自称是浙江金华人。我查看登记的长号，上面写着“0510－77……”眼睛顿时一亮，这不就是宜兴的区号？我问小姑娘那人长得什么样？小姑娘说，胖胖的、矮矮的、浓眉……差不多应该就是他，我说，“季建凤”估计是假名。

听说果然有逃犯，小姑娘显得紧张起来。我说别怕，有那么多人在呢，人没离开就行。她说那人刚才出去了还没回。我说赶紧通知派出所。说完，我和老郑、小郝商量应急措施，请旅社里的一名小伙子帮忙。也巧，这时派出所又来电话询问情况，我向他们作了通报。更巧的是，正在通电话的时候，“逃犯”和另一个人吃饭回来了。

我们几个暗中监视。10多分钟后，派出所民警带着七八位全副武装的特警队员来了。我们冲进那人的房间时他竟毫无察觉。搜身。铐上。准备带走时，他突然嚷了起来，我的行李。是啊，行李是他现在唯一的依靠，过去的岁月都装在其中呢！小郝帮他收拾着，不过是几袋方便面、一只五香蛋、半袋榨菜，还有半卷卫生纸，他也要叫带着，塞进了那只布满尘埃的牛仔包里。走到旅社门口，他回头，要服务员退押金，10块钱！

在押回派出所时，他听出我是南方口音，觉得很亲切，问我江苏的？我说是的。他以为我就是江苏监狱局派来的，就迫不及待地说他是自首的。我说会根据你的实际情况来依法处理的。接着，他似乎找到了倾诉的对象，对我说，他跑出去12年了，天天提心吊胆，东躲西藏，有家也不能回，真不是人过的日子，逃跑时只有30多岁，今年都快50岁了，该回家啦。人，总是要回家的。要是不逃跑，早该在家安安稳稳过日子了……

听了他喋喋不休的叙述，我的心里竟有些不是滋味。是的，人，总是要回家的。不过，我想有家难回有时比无家可归更无奈——如果他是一名逃犯的话。

2000年4月

警 服

今年6月,厅干部处的老徐告诉我,我的工资关系已经从监狱局转到杂志社来了。虽说此事早该办理,我也有准备,但接到这个通知后,心里多少有点儿不舍。我在监狱系统已经工作二十个年头了,人生能有几个“二十年”?从最初穿上那深蓝色的老警服,到去年据说和国际接轨的“99”式新警服,说实话,仅这身“老虎皮”的变迁就足可以写上一段文字的。

第一次着上警服是在那年冬天。我们是师范生,参加工作几个月了,还像学生模样穿了便服和犯人打交道。警服对我们来说不仅新鲜甚至渴望——既满足新鲜感,又便于开展工作。警校生在学校就穿上了这身“老虎皮”,显得与我们不一般,身上更有一种阳刚气,更有点儿警察的意思,把犯人管得服帖,威信也明显比我们高。于是,盼着早点穿警服,成为我们师范生的一种期盼和身份的确认,甚至是价值的实现。

终于等到了发服装的那一天,和我一起下中队的邵、朱、黄等年轻同事们,兴冲冲地去领服装。很快,每人像扛了战利品一般，抱着一大摞包括大衣、棉袄、绒衫、棉帽，以及帽徽、领章、皮带之类的物品回到了各自宿舍，笨手笨脚地“武装”自己，别帽徽，戴领章，套上肥肥大大的警服，束上腰带，对着小镜子一照，嘿，还真像那么回事儿。脸上依然挂着稚嫩，但到底少了几分书卷气而多了几分英俊。

第二天一早，我们几个又一道去句容城里照相，希望把自己当了警察以后的光辉形象尽快在亲朋好友那里亮亮相，分享一下快乐。遗憾的是，劳改警察一般情况下不可能也用不着带枪。警察没有枪，自然少了许多话题，拍照也有点单调。不过，同事也是我的校友小朱倒是想得绝，为了把自己“武装”得更好一点，没有手枪，把中队的手铐带了去，别在腰间，留下了一个滑稽而美丽的瞬间。

着上了新警服，感觉心里的底气足了许多，犯人面前讲话的嗓门提高了8度。善于投机的犯人们不再叫你“某老师”而呼起“某干事”来了，轮到带值班，哨子一吹，喊口令，正步走，那架势，棒极！

深蓝色的老警服穿了没几年就改了，这就是“85”式。此后几乎隔几年就对服装的颜色或者标志作一些改革，“85”式，“89”式，1992 年又开始授衔，直至基本与国际接轨的“99”式警服，警服的变化成为改革开放以后我国人民警察队伍正规化建设的缩影。

警服是越来越漂亮了，料子也越来越高档，和十几头二十年以前比，现在的警服穿在身上的确让人增色许多，可心里却很难找到初次着装那种兴奋的、美滋滋的感觉。这大概也和恋爱婚姻差不多，初恋总是甜蜜的，渐渐地便变淡了、可有可无了。

想起工作最初的那几年，别说穿了警服去上班，相亲还穿了去呢。也许那时人们并不讲究穿戴，或者也没条件讲究。今天，如果不是工作需要，平时谁都不会无缘无故穿着警服去办什么事的。若要问为什么，表面看是生活富裕了，穿着打扮讲究了，谁还愿意再套上那单调呆板的警服溶入五彩缤纷的滚滚人流呢，深层次的原因恐怕是“不方便”。

穿上警服你讲话、做事都“不方便”，一不小心出格了怎么办？更加“不方便”的可能还在八小时外。朋友邀你去唱唱歌、跳跳舞，或者喝喝茶、聊聊天，若是穿上一套“老虎皮”去，人家不说你有毛病才怪呢。

这种“不方便”是否也从某些方面折射出今天这个社会的变化呢？这种变化是否也是和国际“接轨”的呢？我不知道，我也不知道自己还能否再穿上那曾让我兴奋和自豪，伴着我的青春和梦想走过了整整二十年人生岁月的“警服”。

2001 年 6 月

选　择

对于中国人来说，谈到选择总是一个比较沉重的艰难的话题。这毫无疑问与我们的文化有关，与我们的生活习惯有关。数千年的文化传承、生活方式，就希望你守土一方，日出而作，日落而息，平静如水，波澜不惊，直至永恒。

那年夏天，当我接到镇江师专中文系的录取通知书时，瞬间便明白了我的未来甚至一生将在青青校园、琅琅书声中从事“太阳底下最光辉的职业”，非我所愿，但别无选择。三年的师专生活，我为此做了充分的准备：为了能讲一口普通话，我将一本普通话正音手册随身携带，矫正我那浓重的武进土话；为了能写一手好字，利用每天中午的午休时间，认真练起毛笔字、钢笔字；为了能多掌握知识，我总是一个人悄悄地来到校园的后山上，背诵先秦散文、唐诗宋词；为了能更好地了解将来学生的心理，我又迷上了心理学，还专门阅读了卢梭的《爱弥儿》、马卡连柯的《教育诗篇》等名著。

三年后，我准备回到家乡当一名乡村教师，将自己的一生交给三尺讲台，一个偶然的机会，让不知道天高地厚的我，带着“好男儿志在四方”的气概，做了一个改变我一生命运的选择——到少年犯管教所当一名管教人员。

从“太阳底下最光辉的职业”到“太阳底下最艰难的职业”(这大概只有从事过这项工作的人才能体会到个中滋味),今天想来,这选择真有点不可思议。但是,因为年轻,因为无牵无挂,也因为没有谁能替我安排更多更好的选择机会——于是,不管三七二十一,一切都由你了,挥挥手,上路吧。

后来得知,是老领导洪沛霖给了我们这次人生际遇。洪沛霖时任江苏省副省长兼公安厅厅长,是一名老革命、老公安,“文化大革命”中靠边站,从“牛棚”解放出来后不久,他发现青少年违法犯罪问题相当突出,即要求加强对失足青少年的教育挽救工作。于是,20 世纪 80 年代初,一大批从公安、警校以及师范院校毕业的大中专毕业生分配到少管所充实管教队伍,仅 1982 年就有 80 余名,我是其中的一个。到少管所不久,老人家又亲自来看望我们,召开座谈会,听听我们有何想法和要求。

那是个初秋的下午,少管所老办公楼一楼会议室济济一堂。我们班徐红首先站起来大胆作自我介绍:“我叫徐红,双人徐,红太阳的红……”洪沛老带头鼓掌予以鼓励,原本沉闷的会议室气氛顿时活跃起来,接着,物理班的班长俞荣林代表大家发言,他说“既来之,则安之……”丹阳话里“既”“之”不分,我们都听得不甚清楚,可话音未落,老厅长又爽朗地笑着说:“年轻人要既来之,则干之……”老人家的机智和洪钟般的嗓音深深地烙在了我们年轻人的心上。

洪沛老退养后依然关心关注青少年的健康成长。大概在 1987 年,省青少年犯罪研究会召开年会,老人家亲临会议并作重要讲话,没承想两年后噩耗传来,洪沛老突发疾病去世,享年仅 70 多岁。

如今斯人已去,他的谆谆教诲却常常在耳边响起。多年以后,许多熟识与不熟识的朋友总是好奇地问我,你读师范的,怎么就会到少管所去呢?我就会告诉他那个夏天的故事。

一晃二十年过去了，一切犹如发生在昨天。一生的选择，说难也不难，因为年轻。

2001 年 8 月

1982 年 8 月，时任江苏省副省长兼公安厅厅长洪沛霖（第二排右 7）专程来少管所看望我们（照片提供：张建秋）

与少年犯在一起的日子

前不久,小钱带了女儿到南京来玩,我当东道主,把当年在少管所工作的几个同事喊到一起聚了聚。小钱是我同学,又是老乡,还一同分到了少管所工作。因此,我们也便成为"好事者"攻击和笑谈的资料。攻击也罢,笑谈也罢,都这样一把年纪了,说说笑笑真是件快事。不过更有意思的还是"三句话不离老本行"——犯人的故事。虽然小钱早已调离少管所,带着她的夫君和女儿回到了苏南老家开辟新天地去了,但毕竟与犯人打交道是我们曾经共同的经历,说起来就别提有多亲切了。

小钱说,那时她那个中队经常有犯人违反规定抽烟,而且非常狡猾,为了不被干部查到,就躲在厕所里抽烟。真所谓"道高一尺,魔高一丈",老王队长想出了一个"绝招",把一件老棉袄反套在身上,蹲在厕所里逮抽烟的,还别说,真逮到了。自此,厕所里的"硝烟"便暂告一个段落。

不过,我知道,小犯人尽管年纪不大,可实在鬼得很,这厢堵住了,那厢也许不知道在什么时候又冒起来了。于是,我们又得斗智斗勇,采取办法针锋相对。

刚参加工作那会儿，正值“严打”前的一段日子，社会治安不好，监内秩序非常混乱，犯人对抗管教的事常常发生。一天傍晚，我们几个年轻同事吃过饭没事就到中队转转，刚进二楼办公室，就听到后面院子里一片打闹声。原来，五中队的犯人又打群架了（他们总是选择在劳动收工或开晚饭前后，民警换班，力量相对薄弱时闹事）。只见五中队100多名犯人乱成一团，叫骂声随着横飞的板凳、砖头、饭盆、脸盆等，整个院子像马蜂窝。年过半百的老周队长手里拿了根扁担，冒着“枪林弹雨”，赶鸭子般从二楼赶到一楼，又从一楼赶到二楼，根本无济于事。那些小犯人猴子一般，身手敏捷，对老队长的阻遏全然不顾。见此情景，我们立即向所部报告，来人增援后混战才告结束。

对于一般人来说，监狱、劳改队、少管所等地方都是神秘的所在。没到少管所工作以前，“少管所”“少年犯”等对于我们从学校到学校的学生来说更是闻所未闻。那年分配工作说是到少管所给少年犯当老师，说实话心里真没底。报到那天平生第一次见到犯人，那情景至今历历在目。记得那天阳光很好，我和小钱、小丁一行三人顶着烈日从车站向所部走去。所部旁是一个面积不大的水塘，塘边有几个犯人在劳动，光头，光膀子，浑身上下汗淋淋的。看到我们过去，嘴里发出“嘘嘘”的口哨，我的心里一阵紧张。我心里明白，他们不是冲着我来的，是冲着小钱她们来的，但我是男生，万一发生什么，还不要我的好看。于是我干脆也大着胆子看他们。不看不要紧，一看真是吓一跳，几个犯人都文着身。老虎、狮子、毒蛇，还有一个犯人在他的胸前文着剧毒农药标志——两根骨头架一个骷髅头，让人毛骨悚然，好在他们没做出什么其他的举动，我们也安然走过。

后来，我下了中队，发现犯人文身很普遍。当时，我认为这是犯人追求畸形的美，并就此写了我参加工作后的第一篇论文。后来才知道，其实也不尽然。许多年轻人只是寻找一种刺激，觉得好玩，文身后，有的也很后悔，但后悔没用。听他们说,文身是用缝衣针一针一针扎的,然后再用蓝墨水涂上,墨水渗进皮下后要想除掉就不容易了,有的不得不植皮。这是很痛苦的事。

我与犯人的"亲密"接触是在中队工作的两年多时间里。虽然,我在监狱系统前后工作了20年,但真正和犯人直接打交道也只有这么短短的两年多时间。在这段时间里,我一方面从事管教工作,如值班、带班、给犯人上课、出操、搞卫生、谈话,有一段时间我还管理过犯人的仓库;另一方面利用业余时间调查研究,开始尝试用哲学、心理学、伦理学、教育学、社会学等学科知识对青少年犯罪与改造作一些分析探讨。

当时,我和那些少年犯年龄相仿,有的还略大我几岁。作为同龄人,我始终不能明白,他们究竟为什么会走上犯罪道路。当然,我对这方面的兴趣更早还是源于读大学时看过一本叫《教育诗篇》的书,苏联著名教育家马卡连柯所著。主要内容是作者在"捷尔任斯基公社",即共产主义劳动教养院里如何教育那些因贫穷或战争而沾染了一些恶习的流浪儿童的。作者在教养院里和那些问题少年待了整整15年,成功地改造了一批又一批流浪儿童,并和他们结下了深厚的友谊。书中有这样一句话,我至今还记得叫"每个跳蚤都有它的用处"。我后来常把它说成是"跳蚤"理论,意思是所有人都是能改造过来的,而且都是有用的。马卡连柯用自己丰富的实践经验对问题少年的教育挽救作了科学总结。不过,我作为师范生,当时仅仅是想掌握这方面的知识用来对付学校的调皮生。分到少管所后,我也有这样的梦想,希望和马先生那样在少管所待上10多年,写一本中国的教育诗篇。遗憾的是,我在那里只待了5年多。"教育诗篇"自然只能成为我永远的梦想了。

在中队工作的两年多时间,有些事是我永远难忘的,印象最深的便是脱逃事件。

1983年冬天"严打"之后,监狱、劳改队押犯剧增,少管所也是如此,一个中队由100多人猛增到300多人。面对蜂拥而至的新犯人,工作一不小心就会出错。一天晚饭前,我带一个班约100多人去洗澡,澡堂在监管区外,与干部和干部家属共用,干部、家属先洗,之后犯人洗。我把犯人带到澡堂门口等候,几分钟后,告知让犯人进去。我清点完人数放行,犯人们鸭子般涌了进去,我在澡堂门口值班,一夫当关的样子。半个多小时后洗完澡准备列队回去,我清点人数少一个,以为点错了,再点,不对,还是少一个。纰漏大了,跑人了,这在劳改队是天大的事。当下有句时髦话叫"一个也不能少",用在监狱、劳改队是最恰当的。跑了人当然要赶紧组织追捕,折腾了3天3夜也没逮到那小兔崽子,三年后听说在新疆给逮住了。后来才知道,小家伙是跟在干部家属后面大摇大摆跑的。一名十五六岁的少年能有这样的心计和胆识真不简单,可惜没用在正道。这是我在中队工作期间唯一一次跑掉犯人,好在当时处罚没那么严,只扣了1个月岗位津贴9块钱,今天要是跑了人,直接责任人是要被辞退的。

春去秋来,和失足少年们在一起的两年多时间,很快成为我人生岁月中的一段记忆。既是记忆,便是残缺,而即便残缺,想来却依然温馨美丽,像秋天的落叶,偶尔,悄无声息地飘零在我心灵的原野,让我获得些许慰藉与寄托……

2001年10月

擦肩而过的眼神

宗忠如离开我们已经快有半年时间了。关于他的往事,除了他的亲朋好友偶尔还会想起,许多人大抵渐渐地忘却了。这年头别说是一名普通的监狱民警,就是响当当的公众人物,比如陈逸飞、傅彪,甚至如拉宾、阿拉法特之类的大政治家,一旦离世,也很快淡出了人们的视野。

我却常常想起宗忠如来。这倒并非我们有什么特别的关系,仅仅是同事,而且,由于我刚到南京监狱工作,还未曾有机会和他说说话,交谈交谈,他就因病猝然离去了。

得知宗忠如病重住院的消息是2005年11月30日,一个初冬的下午,阳光很好,懒懒地照在南京监狱乳白色的建筑物体上,隔壁的国华副政委来告诉我,说今天早晨宗忠如病重住院,情况非常糟。

我的心猛然一紧,心想怎么会呢,昨天中午下班前,我带湖北襄樊监狱的同志进监狱参观,在二道岗还碰到他的,当我们擦肩而过时,他微笑着和我点头打招呼,那大大的眼睛,透着和善、亲切,脸色有些灰暗,精神还不错嘛,怎么仅仅一天就这样了呢?

第二天，12 月 1 日，星期四，医院下了病危通知书。下午，我们所有监狱领导都到医院去探望，医院的李大夫向我们详细介绍了他的病况，肝昏迷，弥漫性肝出血，第一次手术过后依然出血不止，是否进行第二次手术由监狱决定，我们当即表示，哪怕百分之一的希望都要全力抢救。

终于，奇迹未能出现。一天以后，周六的下午，我正在单位值班，得到消息，宗忠如于 12 月 3 日 16 时 40 分去世，属猪的，年仅四十六岁！

宗忠如是南京监狱的一名普通民警，1981 年从省公安学校毕业分配到南京监狱后就一直在这里工作。二十余年默默无闻，如今，一个正值壮年的生命消失在那个寒冷的冬的季节。

那天上午，天气寒冷，我们去看望宗忠如妻女，在集庆门附近的一条小巷里，走进他们的家，房子很小，大概只有六十多平方米，没有什么值钱的东西，有些凌乱，透着阵阵凄凉，袅袅的青烟寄托着未亡人的哀思。见到我们，他的妻子小赵抹着泪，说他们才从老虎桥那边搬过来，宗忠如一天都没有住就病倒了。原来，宗忠如的家庭条件一直不怎么好，妻子下岗在家，2006 年女儿进了大学后更加拮据，为了增加一些收入，想把老虎桥的住房置换出租，那里位置好，房子也大，换些差价。2005 年 12 月 1 日，老虎桥的房子正式出租，宗忠如一家必须在这之前搬出来，11 月 29 日那天，宗忠如找了家搬家公司刚搬来，还没来得及收拾，晚上就一病不起。

小赵向我们诉说着她和宗忠如的往事，说忠如人厚道，很有责任感，长期身体不好，但从不找单位麻烦，她和忠如还是同年同月同日生，能成为夫妻真是缘分，她怎么也不相信他会撇下她们母女不管了啊。

小赵的哭诉，我们听了心里都很不是滋味。一名工作了二十多年的监狱民警，日子过得这样清苦、窘迫。我想，假如他不去操那份心，不为了多增加那么千把块钱的收入，好好调养，也许不会发生这样的悲剧，至少不至于那么快、那么突然的。但人到中年，上有老下有小，在单位是骨干，在家里是顶梁柱,稍有责任感的人谁不是那样的呢!

我和宗忠如作为同事的时间不长,其实我们早就打过交道。那应该是十四五年前的事了,我在省局编辑部工作,那时,每年的三夏大忙农场监狱就面临恶战。种田往往是靠天吃饭,时间紧,任务重,季节不等人,警力更加紧张。省局每年都组织城市监狱的民警支援农场三夏大忙。1992 年夏,南京、镇江两个监狱分别抽调 7 名民警和 6 名民警共 13 人组成五图河农场(今江苏省灌云监狱)三夏工作队。宗忠如就是南京监狱的成员之一。

我对五图河这个海滨农场一直有着特殊的感情,几乎每年都去那里采风,常为这里艰苦的工作环境和五图河人乐观向上的精神面貌所感动。那年我又去了五图河。农场领导叮嘱我好好写写来支援他们的工作队小伙子。于是我遵嘱对宗忠如他们进行了采访。回到南京后整理出一篇题为《热土真情》的工作通讯,发表在当时的《江苏劳改战线》杂志上。其中,有两处文字提到了宗忠如,一处在文章开头:

“夏收时节,在省劳改局的统一部署下,省第一监狱的周保胜、宗忠如等 7 名同志和省第二监狱的赵勇、余新民等 6 名同志,来到五图河农场,和农场的干工一道参加了今年的三夏大忙。在短短的 20 多天里,13 名民警在为农场的大忙出力流汗的同时,也真切地感受到了那一片热土。”

另外一处是专门写他的:

“5 月 29 日,在一监政治处工作的宗忠如被分到二大一中。农场民警劝他先休息,熟悉一下情况。小宗笑笑,说:‘都是自己人,别这么客气。’第二天一早,他就和农场民警一起到大田带班了。”

除了这两段文字外,我与宗忠如还在田头合影留念,至今保留着这张照片。

此后,我与宗忠如并无联系。真所谓山不转水转,半年前我调到南京监狱工作,五图河那段往事自然从我尘封的记忆中想起来,我想他也应该有印象。但平时大家各忙各的,几个月过去了,虽同在一个单位,居然没和他单独见面

1992年初夏，作者与宗忠如（左1）
在五图河农场（现江苏省连云港监狱）
的地头合影留念（照片提供：张建秋）

聊聊，有同志告诉我说他身体不大好，在监狱医院当教导员，仅此而已。

宗忠如和我是同龄人，年轻时，他和我们一样意气风发，激扬文字。如今，英年早逝，不仅是家庭的不幸，也是单位的不幸。生命是宝贵的，也是脆弱的，好好地活着，善待生命，善待工作，善待我们的一切，这也许是对故去者最好的纪念。

2005年12月

来了,走了

仿佛间,金河又来了:办公楼前、食堂里、办公室、会议室……总还是我们熟悉的身影和笑容,不紧不慢的,憨憨的,一脸的真诚与可爱。一切似乎都不曾离去。

然而,金河到底走了。在一个充满了肃杀气的秋天的凌晨,金河没能抗住癌病的折磨。一个宝贵的、鲜活的生命就此戛然而止。从此,我们失去了一个同舟共济的战友,一个有情有义的好兄弟。

在南京监狱,金河的为人有口皆碑。他脾气好,没坏心眼,处处替别人着想。和他相处,你不用担心什么,你有什么困难,他总尽可能帮助你。走到哪里,金河都很有人气。

没来南京监狱工作前我不认识金河。到南京监狱工作后,金河是办公室主任。宇梁监狱长安排我分管办公室。这样,我与金河的接触也就多起来了。

办公室就像参谋部,是一个单位的中枢机构。文件的上传下达,工作计划的编制,各种会议和活动的安排布置,对外的接待、新闻宣传、档案管理等,都需要办公室牵头协调或者由办公室具体落实,说办公室工作千头万绪是不过分的。金河带着他的同事们一起，总能把办公室的各项工作安排得井井有条，忙而不乱。

办公室的工作除了综合协调外，另外一项重要工作就是文字材料。一个监狱虽不是什么大机关，但一年下来少说也有数十万字的文字材料需要办公室审定把关。这些材料大都时间紧、政策性强、文字要求高，来不得半点马虎，弄不好就会出洋相。一些重要材料，则必须由办公室操刀完成。遇到这样的情况，金河自己不一定直接撰写，但他一定会和笔杆子们在一起帮他们出主意，把握大方向，当他们的主心骨，同时乐于当个勤务兵，做好服务工作。这让几个小伙子干起活来总是信心十足，苦中有乐。一旦完成任务，金河带他们就到马路对过的"何英"饭店撮一顿，犒劳弟兄们。所以，只要和他在一起，无论到哪里，听到的总是朗朗的、舒心的欢声笑语。我分管办公室的两年多时间，与之相处十分融洽。但偶尔我也批评他，那多半是因为饮酒。

金河好酒，而且好酒量，这在南京监狱闻名遐迩。据说南京监狱大酒量的号称"四大金刚"。我没有作过专门调查，但金河应该是其中之一。有时我批评金河喝酒，并不是因为他喝酒误事（在我印象中，他还从来没有因为喝酒误过事），而是为了他的身体。我刚到南京监狱不久就听说金河有肝病史。肝病还能喝酒？难道真是金刚之身？这让我相当的困惑和吃惊。

那时，禁酒令没有现在执行得这么严。有时中午喝了酒下午到我办公室商量工作或签字，闻到酒气我会笑着说他，中午又快活去了？他便摸下自己的头，憨憨一笑说"中午某某监狱来同学了，老同学来了不能不喝一点啊"之类的话搪塞我。我提醒他，你还是要注意身体，酒不是什么好东西，喝多了总是伤身体的。他点点头，应答得很好、很诚恳。微微泛红的眼睛里充满了柔和的、懂事的孩童般目光。见他这样，我不忍心再多说。

再后来，喝了酒到我办公室怕我啰嗦，他就知趣地站在1米开外的地方，远远地把材料递给我。要是没有材料,就站在2米开外的地方和我说话。有时我拿香烟给他抽,取了烟之后退回原地。见他这般模样,我哭笑不得,心想真难为你了啊兄弟。其实,我想他可能也知道自己不能多喝酒,就是难以控制。人有时就这样,像只高速旋转的陀螺,惯性运动,直到不能旋转为止。

说多了不管用,我索性不说了。金河依然在酒桌上叱咤风云,尽显登泰山而小天下的气派。好在那几年他的身体一直很平静,没听说有什么异常。

然而,异常还是发生了。

2011年5月底的一天早晨,我刚到办公室,如军监狱长告诉我说,金河病了,很重,肝癌,晚期……

平时说话爽爽朗朗的如军,此刻显得缓慢、沉重。而我几乎呆坐在椅子上。谁都知道,真要是这病,意味着老天给金河的时间不多了,这太残酷了!那天晚上很少失眠的我,辗转反侧,难以入眠。后悔当初我为什么不对他说得严厉一点,再严厉一点,让他收敛些,少喝些,或许可以延缓他病情的发生呢。同时我也多少有些怨恨他,金河啊金河,那时你要是能听听别人的劝该多好!

尽管医生尽了最大的努力,尽管金河作了最大的抗争,一切为时已晚。2011年11月25日凌晨,年仅49岁的金河同志永远地离开了我们!

那天早上我到食堂吃早餐。坐下来还没动筷子,凯平对我说金河走了,今天凌晨1点多钟。听到这消息,我心里虽然早有准备但还是"咯噔"一下,轻声对凯平说,到底没能熬到新年。从确诊住院到今天才半年时间啊。

金河是个好人,来了又走了。49个春秋岁月太过匆匆。走了,就不会再来了,像这秋天的落叶,风一吹,悄无声息地飘走了,再也不回来了……

2011年12月

《中国监狱》创刊记

那年秋天我接到通知,被借用去司法部监狱管理局创办《中国监狱》杂志,那是 1998 年 9 月。

20 世纪 80 年代后,全国大部分省市自治区监狱管理机构都创办了相应的内部刊物,宣传党的路线方针政策,开展理论研究和文艺创作,用于指导监狱实践,丰富民警文化生活,提升民警素质。有的省还争取到了面向社会公开发行的刊号,如《特殊园丁》就是由河北省监狱管理局主办的公开刊物。

1995 年 10 月,司法部监狱局研究室在河北满城太行监狱召开全国监狱系统办刊工作经验交流会。新上任的部监狱局副局长张金桑(现为部监狱局副局长兼司法部燕城监狱监狱长),以及时任部局研究室副主任史迎新等领导亲临会议。与会代表交流了各自的办刊经验和体会,部局领导对各地的办刊工作给予了充分肯定,对如何进一步规范和加强办刊工作提出了明确要求。同时,会上透露信息,司法部监狱管理局也在积极争取办一份内部刊物用来指导全国监狱工作。那次会议,我和时任总编陆德高一起出席,会上，江苏的《监狱通讯》杂志受到一致好评。

第二年春天，部局研究室通知我和山东局的王宝安、广东局的于家宁、浙江局的马卫国、上海局的王明丽5人在北京进行座谈，商量办一份非正式的内部简报，为日后办刊作相应的准备。1997年夏，部局研究室再次召开座谈会，邀请上海、江苏、浙江、广东等省市监狱局有关同志以及司法部预防犯罪与改造研究所有关专家，在山东青岛就进一步加强全国监狱系统的理论调研工作和部监狱局内刊筹办工作进行座谈。座谈会上史迎新副主任对我说，如果刊号批复下来就叫我去帮助创刊。我以为是玩笑，并未当真。

1998年9月，《中国监狱》杂志的创刊工作正式启动。张金桑副局长亲自分管并担任主编，时任局研究室主任的李豫黔（后任司法部煤炭管理局副局长、监狱管理局副局长，现任司法部监狱管理局巡视员）和史迎新担任副主编。史迎新直接领导创刊工作，刚从教育处转到研究室的李宁，以及王乃锦具体负责创刊的前期准备。9月中旬，我和安徽省监狱局研究所的岑来明一起被借用到部局，协助研究室同志创办《中国监狱》杂志。

部局任务十分繁重，并且，部机关机构改革全面启动。机构重组，人员分流。即使如此，部局领导还是十分重视创刊工作。高昌礼部长亲笔题写了刊名，张秀夫副部长在创刊号上发表了题为《祝贺与希望》的文章，祝贺《中国监狱》杂志的创刊，对办刊工作提出了殷切的希望和要求。部监狱局领导对办刊经费、封面设计、栏目设置等都给予了关注，有时还直接过问。

在创刊工作最紧张的时候，史迎新因爱人也在监狱局工作，按照机构改革的政策须有一人分流，史迎新选择离开。在这关口，史迎新依然对创刊倾注了大量心血，对所有稿件、信息、图片的选用等都进行认真审阅，确保刊物顺利创办。

新办刊物除了人员和资金因素外，最大的困难是稿源不足，尤其是有分量的稿件。为此，李宁同志想方设法，积极组稿，在创刊号上先后约到了著名作家蒋子龙、前司法部预防犯罪与改造研究所所长李均仁等人写的稿件。她还亲自去采访了著名女革命家、社会活动家、谢觉哉先生夫人王定国同志。此外，我们还约到了时任浙江省司法厅副厅长兼监狱局局长鲍刚、时任江苏省监狱局局长张苏军，以及著名法学专家力康泰、韩玉胜、吴宗宪等撰写的一批高质量的稿件。

经过一个多月的紧张工作，1998 年 10 月底，在北京最美的季节，《中国监狱》创刊号悄然问世。当我们手捧散发着油墨香味的刊物时，激动之情溢于言表。张金桑副局长在翻阅创刊号样刊时，我灵机一动说，能否请局长在创刊号上题个字，也好给我们留个纪念？张局长爽快地答应了我的请求。

原来说好借用三个月，创刊结束后就回原单位，来明当年年底回去了，我却因故一直工作到 2000 年年底才回江苏。

《中国监狱》创刊号（张建秋摄）

时间过得真快。不经意间《中国监狱》杂志已经走过了十多个年头。今天的监狱工作也同今天的中国一样，正在发生着深刻变化。刊物则见证着这种变化也催生着这种变化。作为《中国监狱》杂志创刊的亲历者，衷心祝愿《中国监狱》越办越好，真正成为指导中国监狱工作的权威刊物，成为广大监狱民警的良师益友！

2012 年 10 月

一段往事忆故人

得知罗大华先生去世的消息是2015年11月12日下午，那天，我正在“专业人才培训班”上忙着，偶尔翻看微信，无意中看到有好友在“朋友圈”发了这样一条消息：中国犯罪心理学奠基人、著名犯罪心理学家、中国政法大学教授罗大华先生因病于2015年11月11日去世，享年80岁。看了这消息，我的心里不禁感到愕然和痛惜。罗大华先生的去世，无疑是我国犯罪心理学界的重大损失。

认识罗大华先生是三十多年前的事了。

1984年3月底，南京的春天草长莺飞、桃红柳绿，坐落在南京师范学院（现南京师范大学）内的“随园”绿草如茵，垂柳依依，处处洋溢着春的气息。这年春天，华东地区第二届法制心理学学术研讨会在随园召开。当时，心理学的教学和科研工作刚刚恢复，法制心理学更是一门新生的、以心理学原理为理论基础的边缘学科，加之国门洞开后不久，我国的犯罪率骤然上升，社会治安形势比较严峻，在20世纪80年代到90年代中期，法制心理学的研究与应用得到了学术界和公检法司等实务部门的高度重视，一度成为很热门的“显学”,正如中国政法大学教授马皑在《法律实践中的心理学》一书中所说:“历史地看,中国法律心理学科在20世纪80年代的成就对今天的影响颇大。”正是在这样的背景下,由江苏省心理学会承办的“华东地区”片会,吸引了全国心理学界及相关实务部门的目光,成为事实上的全国性学术研讨会。年近九旬的心理学泰斗、南师终身教授高觉敷先生,以及张焕庭、丁祖荫、刘恩久、高汉生等著名心理学家都出席了会议,来自北京政法学院(现中国政法大学)的罗大华、中国社科院社会学所的邵道生,以及当时还正值年轻的中国人民公安大学老师李玫瑾等出席了会议。我作为论文作者和来自基层一线的年轻的“劳改干警”有幸参加了此次会议,结识了包括罗大华老师和后来一直关心、帮助我成长的高汉生老师在内的一大批知名犯罪心理学专家、学者。

1984年4月初,作者(左1)与罗大华先生(中)

在镇江金山寺合影留念(照片提供:张建秋)

那时的罗大华先生还不到50岁,面容清瘦,文质彬彬,着一身中山装,显得端正、得体、风度翩翩。这个年龄是学术研究的黄金期。印象中就在这次会议上,罗大华老师提出了著名的“犯罪心理结构”说。尽管这个观点引起了不小的争议,但对于创设并逐步形成具有中国特色的犯罪心理学理论建构与学科体系起到了十分重要的作用。直到今天,“犯罪心理结构”说仍然是我国学术界和实务部门研究犯罪人犯罪心理与行为的重要切入点与理论支撑。

那次会议结束后,与会代表还参观了我的工作单位——江苏省少年犯管教所。会议代表对当时少管所的管理和教育给予了高度评价,并将少管所列入专家学者们进行青少年犯罪研究的重要基地。会后,我与罗大华先生的联系不多,但对犯罪心理学我始终抱有浓厚的兴趣,一直关注着国内犯罪心理学的研究与发展。多年来,作为中国犯罪心理学研究领域的开拓者和领军人物,罗大华先生长期担任中国心理学会法制心理专业委员会主任委员,为中国犯罪心理学的研究、普及与应用孜孜以求,呕心沥血,直到生命的尽头,真可谓鞠躬尽瘁,死而后已。

2011 年 11 月,我应邀参加中国政法大学组织的第一届国际法律心理学大会暨中国心理学会法律心理学分会(原中国心理学会法制心理专业委员会)第十五届学术年会,又一次见到了已经担任学会顾问的罗大华先生。提起当年在南师随园开会的往事,罗大华先生笑容可掬,记忆犹新,一如回到那年那月。我随即把刚出版的专著《危机四伏——罪犯危机管理:从概念到实证》送给罗大华先生,请他指教,并提议我们江苏监狱系统的会议代表一起与先生合影留念。先生欣然应允,站在我们几个中间,留下了珍贵的合影。在这次会议上,罗大华先生精神矍铄,状态良好,根本不会想到,仅仅过了几年时间,先生就离我们而去!

岁月无情,青山不老。先生虽然故去,但他所开创的事业定然薪火相传,生生不息,发扬光大。

2016 年 3 月

书生与斗士

早期的中国共产党人，很多都是从书斋走向战场，从书生变为斗士的。在他们中间，能始终保持一介书生的人文情怀，同时又不失共产党人的坚定信仰、不屈意志和大无畏牺牲精神的斗士品格，瞿秋白无疑是其中最富有代表性的人物。尽管这种书生与斗士集于一身的性格，曾经让瞿秋白蒙上了不应有的阴影与浮尘，但当和煦的春风拂去了尘埃，人性的光芒驱散了乌云，一个既朴实无华又熠熠生辉、既可敬可亲又可信可爱的真正的共产党人形象，生动地展现在了人们的眼前。

1899 年 1 月 29 日，瞿秋白出生于古城常州的青果巷。和很多江南小巷一样，青果巷悠长而宁静。青石板和鹅卵石铺就的路面，依稀存留着人来人往的气息。想必少年瞿秋白，就是踩着这青石板和鹅卵石，走向一个他未可知的、遥远而广阔的前方的。

这条小巷我也去过多次。小的时候，随大人从乡下走到湖塘桥，然后坐车一路往北，经兰陵进常州城，过了广化桥不远就是青果巷。但我对这条寻常小巷并没有太多印象，也不知道瞿秋白其人，更不用说盛宣怀、赵元任、周有光、史良等均出生或曾居住于此。那时，对于一个乡下孩子，进城若能吃到一根赤豆冰棍（常州人称“棒冰”）或一块大麻糕，便是莫大的奢望乃至无限的快活。20 世纪 80 年代初，武进籍著名作家高晓声的小说《陈奂生上城》，其中的情景和生活经历就是那个年代的真实写照。

据记载，瞿秋白出身于书香门第、官宦世家。瞿秋白叔祖父是湖北的布政使，伯父瞿世琥是浙江知县。父亲瞿世玮擅长绘画、剑术、医道，但他生性淡泊，不治家业，寄居叔祖父家，经济上靠伯父接济。辛亥革命后，伯父弃官闲居杭州，停止对瞿秋白一家的资助。于是瞿秋白家陷入困境，被迫搬到常州城西瞿氏宗祠居住，靠典当、借债度日。1915 年冬，因交不起学费，瞿秋白被迫辍学。农历正月初五，母亲为此服毒自尽。自此，瞿秋白一家家破人亡，只得四处投亲靠友，苦苦度日。1916 年年底，瞿秋白得到表舅母资助，西赴汉口，寄居在堂兄瞿纯白家，并进入武昌外国语学校学习英文。1917 年春，瞿秋白随同堂兄北上报考北京大学，但付不起学膳费，于是考入外交部办的“不要学费又要出身”的俄文专修馆学习俄文。而瞿秋白的俄文特长也让他自觉不自觉地加入到了那个风起云涌的大革命潮流中，并最终成为杰出的革命者。

我接触到瞿秋白的作品并约略知道他的传奇人生是在上大学以后。在中文专业的“现代文学”课程中，瞿秋白与“左联”是其中一个很重要的话题。作为曾经担任党内最高领导人的瞿秋白，在被王明等人取代之后，瞿秋白把更多精力放在了党的文化战线上，将包括鲁迅、茅盾、冯雪峰、丁玲、柔石等在内的著名左翼作家团结在党周围，创作了一大批进步文艺作品，为传播党的思想和主张，唤醒民众觉悟产生了极大影响。

做一个“纯粹”的文人曾经是瞿秋白的人生目标，但终因时代的需要与个人的际遇，让他成了一个“纯粹”的革命者。作为“文人”的瞿秋白并没有留给后人太多的、有影响力的作品。在 20 世纪 70 年代末中文专业使用的教材《现代文学作品选》中,选编了瞿秋白的 4 篇散文作品,分别是《饿乡纪程·绪言》、《兵燹与弦歌》、《赤色十月》和《那个城》。这些作品,如果从文学的角度来看,也许并不显得十分的成熟和经典,但却能让人感受到瞿秋白的文人情怀和一个早期革命者的理想与追求,特别是俄国十月革命胜利后最早来到这片热土的中国青年,瞿秋白用一个东方人的独特视角与开阔视野,对人类历史上第一个社会主义国家进行了热情洋溢的报道和宣扬。同时,瞿秋白也是唯一一个有幸亲眼见过革命导师列宁的中共早期领导人。在《赤色十月》中有这样一段精彩描述:

集会的人,看来人人都异常兴致勃发,无意之中,忽然见列宁立登演坛。全会场拥挤簇拥。几分钟间,好像是奇愕不胜,寂然一响,后来突然万岁声,鼓掌声,震天动地……

工人群众的眼光,万箭一心,都注射在列宁身上。大家用心尽力听着演说,一字不肯放过。列宁说时用极明显的比喻,证明苏维埃政府之为劳动者自己的政府,在劳工群众之心中,这层意义一天比一天增胜,一天比一天明了。

这段简短的文字,十分生动、逼真地表现了革命领袖伟大的人格魅力,和与人民群众血肉相连的深情厚谊。读来一如身临其境,并不由得不让人热血沸腾。

在瞿秋白存世不多的作品中,《多余的话》无疑是存有争议并产生很大影响的作品。《多余的话》的确不是一篇激励人们奋起抗争的战斗檄文,相反,大量的文字都叙述了作者选择并走上革命道路后的无奈、苦闷与自责。这样的文字,在当时那样十分恶劣的斗争环境中流传,确实会给革命者带来消极甚至负面的影响。但是,今天看来,如果从瞿秋白的成长经历、性格特征、身体疾病(痨病),和他最初的人生追求等方面去分析,《多余的话》其实更是一篇带有浓厚书生意气的、表里如一的、不带有半点偏见的人生告白。尽管作者用很多文字来否定自己的人生选择,但其目的并不是以此来否定中国革命和共产主义理想。相反,他认为,要成为真正的共产主义战士,必须要“有非常巨大的毅力磨炼自己”。他说：“从我的一生，也许可以得到一个教训：要磨炼自己，要有非常巨大的毅力，去克服一切种种‘异己的’意识以至最微细的‘异己的’情感，然后才能从‘异己的’阶级里完全跳出来，而在无产阶级的革命队伍里站稳自己的脚步。”但他认为自己直到生命的终点来临之时，依然没有彻底摆脱与生俱来的“绅士意识”，由此觉得自己不是一个“真正的共产党员”。这种近乎残酷的自我解剖与光明磊落的崇高境界，正体现出一个中国传统文人的傲然风骨和一个革命斗士的英勇气概。他的这种风骨与气概，在他生命走向终点时，表现得更为壮美如虹，淋漓尽致。

《新华文摘》2016年第7期转录了一篇回忆文章，题目是《宋希濂亲述奉命枪杀瞿秋白详情》，作者汪东林。汪先生长期在全国政协工作。“文化大革命”前受组织委托，要求他就瞿秋白“变节”之事与原国民党高级将领宋希濂进行接触，“探个究竟”。因为当年正是宋希濂的三十六师奉蒋介石“就地枪决，照相呈验”之命，于1935年6月18日在福建长汀罗汉岭枪杀瞿秋白的。此后，汪先生用了近10年时间，先后3次与宋希濂进行交谈，获取了瞿秋白在狱中及就义的第一手珍贵史料。在这篇回忆文章里，让我们可以更加清晰而强烈地感受到瞿秋白的文人风骨与斗士气概。比如，被捕后，一方面对敌人的软硬兼施不为所动，另一方面对宋希濂提供的生活优待“二话未说，欣然处之”(宋希濂语)。这让我想起了瞿秋白在《多余的话》中的最后一句话：“中国的豆腐也是很好吃的东西，世界第一。”

在一个人的生命即将遭到暴徒杀戮的时刻，竟然能如此的调侃和用如此充满人情味的话语与这个世界永别。这是一个真书生，也是一个真斗士。

就义那天，宋希濂的回忆是这样描述的：

……6月18日是个大晴天。清早进餐后瞿秋白换上了新洗净的黑褂白裤、黑袜黑鞋，泡上一杯浓茶，点支烟，坐在窗前翻阅着《全唐诗》。金灿灿的霞光投进了门窗。他翻阅，吟读，思索，然后提笔书写起来：

1935年6月17日晚，梦行小径中，夕阳明灭，寒流幽咽，如置仙境。翌日读唐人诗，忽见"夕阳明灭乱山中"句，因集句偶成一首：

夕阳明灭乱山中，（韦应物）

落叶寒泉听不穷；（郎士元）

已忍伶俜十年事，（杜心甫）

心持半偈万缘空。（郎士元）

此时，军法处长传令催促起程，瞿秋白于是疾笔草书：

方提笔录出，而毕命之令已下，甚可念也。秋白半有句："眼底烟云过尽时，正我逍遥处。"此非词谶，乃狱中言志耳。秋白绝笔。

10时整，军法处长传令出发。瞿秋白昂首走出三十六师大门，脚踩着行进的节拍，轮流用俄语、汉语高歌："英特耐雄纳尔，一定要实现！"

进入戒备森严、游客一空的中山公园，一桌酒肴已摆在八角亭里……照相后，他背北面南坐定，自斟自饮，旁若无人。酒兴中他又高唱《国际歌》《红军歌》数遍……痛饮多杯后，他又放声歌曰："人之公余稍憩，为小快乐；夜间安眠为大快乐；辞世长逝为真快乐也！"歌毕，瞿秋白在呆若木鸡的士兵环护之下，走出中山公园，漫步走向刑场。他手夹香烟，顾盼自如，再一次高歌吟唱，并不时高呼："中国共产党万岁！""中国革命胜利万岁！""共产主义万岁！"走到罗汉岭下蛇王宫侧的一块草坪上，他盘膝而坐，对刽子手微笑点头说："此地正好，开枪吧！"

读罢此文，瞿秋白，一个真正的共产党人的光辉形象，深深地印刻在我的脑海中。英雄不死，浩气长存。他的书生风骨与斗士品格，将永远激励后人前行的脚步，正如鲁迅先生指出的那样："瞿秋白的革命精神和为党为人民的崇高品格是杀不掉的，是永生的！"

2016年6月

中国女排，一个时代的记忆

2016年8月21日，星期天早上，爱睡懒觉的女儿难得早起，她要去驾校练车。前不久考科目二没能通过，辛辛苦苦学了一年多，好不容易有了感觉，上了考场还是黄了，这让女儿既伤心又很受刺激。于是，不得不早早地起来继续去练车。临出门前对我说，爸爸别忘了，9点半看女排决赛啊。

从女儿学驾驶就知道，她的运动技能一般般，差不多和她老子一样笨拙，平时在家，我们也基本不关注体育赛事——哪怕是让人癫狂的世界杯或欧冠赛，最多知道下结果或赛事花絮，作为我们茶前饭后的谈资而已。但这次里约奥运会，中国女排从最初的低迷，到渐入佳境，而后杀进决赛，自然吸引了我等国人的目光，但连我女儿都如此兴奋，倒是有些意外，足以说明中国女排感染力之强大。

和当下的年轻人不同，于我们这些“60后”的老家伙而言，中国女排是一个时代的记忆。

1981年11月16日，中国女排首次进入世界杯冠亚军决赛，对手是日本队，而比赛就在日本的大阪体育场举行。

那时，我刚过19岁，在镇江师专中文专业读三年级。记得那天是周末，吃过晚饭，我们几个悄悄来到校广播室，广播室里有一台当时学校里最好的日本原装彩电，是“日立”还是“东芝”或者“夏普”已记得不甚清楚，同宿舍的夏逸民是校广播站播音员。有这关系，自然近水楼台先得月，让我享受了一次难忘的“特殊待遇”。比赛刚开始，中国队顺风顺水，一路领先，但随着比赛的进行，双方进入胶着状态，每一球每一分，你来我往，你争我夺，都十分激烈，而宋世雄的解说，不仅专业、到位，更像一个鼓手，用他富有鼓动性的语气和连珠炮似的句式，击打着观众的心，把本已紧张的气氛更是吊到了我们的脑门上。最终，中国队3∶2艰难拿下日本队取得胜利，站到了冠军领奖台上。刹那，广播室欢呼了，校园喧嚣了，城市不眠了，整个中国大地都沸腾了。正是从这里开始，我们知道了“短平快”“背飞”“上手飘球”“一传”“二传”“主攻”“副攻”等排球比赛的专业术语；正是从这里开始，我们记住了孙晋芳、郎平、张蓉芳、陈招娣等女排姑娘的名字，当然还有她们的教头袁伟民；也正是从这里开始，中国女排在此后数年的国际大赛中创造了“五连冠”的奇迹。而“五连冠”奇迹的背后，凝聚的是中国女排“团结拼搏，为国争光”的意志品质和精神力量。这种意志品质和精神力量成为激励我们20世纪80年代年轻人奉献青春、奋然前行的人生动力，成为我们那个时代的共同记忆。

35年过去，弹指一挥间。当年的情景一如电影画面，牢牢地铭刻在我们的记忆深处。今天，因为中国女排，让我又一次端坐在电视机前观看比赛。比赛紧张激烈，尤其是第四局，中国队大比分2∶1领先，眼看胜利在望，但塞尔维亚女排姑娘同样十分顽强，双方争夺到了白热化，一直打到23平。就在这关键当口，对方发球“不可思议”地失误了，张常宁的发球“不可思议”地破坏了对方一传，而惠若琪“不可思议”的一记吊扣为中国队锁定胜局。

也许这胜利来得太过艰难、突然和神奇，当女排姑娘相拥在一起喜极而泣的时候,我的眼睛也不禁湿润起来。这仿佛是一次生命的轮回。今天的女排姑娘不仅为世人续写了中国女排的光荣与梦想,更传承和光大了当年的女排精神。同样如此,当下的中国,尽管和三十多年前相比发生了翻天覆地的变化,但是,“团结拼搏,为国争光”的女排精神,依然是我们这个时代不可或缺的正能量,是激励所有中华儿女不屈不挠、勇往直前的心声和动力。

中午时分,女儿练车回来,一进门瞪大眼睛问我,爸爸,女排赢了?我说赢了。女儿说,赢了就好。我说赢得很艰难,不容易。其实人活在世上做什么都不容易,正如有首歌的歌词所写的那样,“没有人能随随便便成功”。

但愿,中国女排在里约奥运会的荣耀与坚持,又能成为一个时代的记忆。

2016年8月

禅静之心

炳良兄喊我小老乡，一个“小”字让我喜滋滋地冒起泡来，快“奔六”的小老头儿了，还有人叫我小老乡，能不心生欢喜？不过，炳良兄还是用地道的武进普通话说，我大你10多岁呢，自然是我小老乡。

我是通过吴振立先生结识炳良兄的。吴振立是我敬重的书法名家，人品书品俱佳。有次我向吴先生讨教书艺，他问我认不认识唐炳良？我说不熟。“你老乡，作家，我多年的文友。”吴先生说，“前不久他写了一篇有关书法的文章，你有空可以看看”。几天后，吴先生把文章发给我，《禅静之美》。文字不长，却精致而又清爽，轻松而又简单，一如清晨的出水芙蓉，出淤泥而不染，濯清涟而不妖。远观，香远益清，扑鼻而来；近读，字字珠玑，晶莹剔透。小乘教里有“诸行无常，诸法无我，涅槃寂静”之说。某种意义上书法也是如此，有法亦无法，有常亦无常，乃至涅槃寂静。若非如此，我想断不会有王右军的《兰亭序》、颜鲁公的《祭侄稿》抑或苏东坡的《寒食帖》等妙品书法诞生于世的。

说实话，禅与静，禅静与书法，是很大很大的话题。在这篇三两千字的短文中，炳良用极富感性和张力的文字，把自己淡定自在的心气糅合在字里行间,将吴振立数十年一路走来的坚守和书法作品中的禅静之美娓娓道来,依然如出水芙蓉一般,中通外直,不蔓不枝。比如他说吴振立的字"安静有远意,简澹见曼妙,动静、虚实之间,平朴,淡古,自足,有安身立命之象";再比如他引用胡兰成描述村中井头的那株桃花"春事烂漫到难收难管,亦依然简静",来解读吴振立先生对书法"删繁就简,心无旁骛"的执着与追求;他还借用如废名(冯文炳)、沈从文、周作人等大家的人文风骨,把空灵的禅静之美让你"可以近前去,和他攀谈几句"。如此之禅静,生动形象,亲切自然,伸手可触,似兰斯馨。而作者三十多年前在省文联工作时,与民国大书家于右任"同居一室"的因缘,则把书法的禅静之美推到了一种"有与无"的境界:

东宫的静,仿佛有"分贝",我能听见;百米之外,马路上的汽车引擎声,车轮滚动声,人的喧哗声,仿佛没有分贝,我总也听不见。静的"分贝"中,我分明听见于右任的呼吸,脚步的走动,嗒,盖碗茶盏掀开,啜一口,又盖上。然后,极轻微的沙沙声,是毛笔在宣纸上书写。

静的,仿佛有"分贝",我总能听见;嘈杂的,仿佛没有"分贝",我总也听不见。老子云:有无相生。宇宙万象,原本如此。则是,于人而言,必有禅静之心,方能游走于这"有无之间",参悟出书法的禅静之美。

炳良兄年届七旬。老夫子言"七十从心所欲不逾矩",人到一定年龄显得从容豁达、禅静简约乃自然之道。不过,在我看来,炳良年轻时大概就很禅静。前不久在微信里他对我说,记得 1967 年,在乡下务农,摇一条 5 吨水泥船到常州运肥,船到上店遇大雨,我们 4 个人上岸躲雨,即使在那个年代,我记得我满脑子想的仍是恽寿平。

聊这个话题是我引起的。我的手机里存有一段 1991 年上店镇的视频,那天发给了炳良。视频非专业拍摄,但镜头却把沐浴在一个春的季节里的小镇气息记录了下来。石拱桥,青石街,弯弯的小河,摇头摆尾的小花狗,不时传来的鸡鸣声,两个稚气未脱的孩童,一左一右搀扶老爷爷颤巍巍地走上桥去,一位小嫂子边走边和老爷爷打招呼……“狗吠深巷中,鸡鸣桑树颠。户庭无尘杂,虚室有余闲”,那画面实在生动有趣。20 多年过去,现如今上店镇已荡然无存。上店镇的消失,于我而言,远不止一种失落。因为,这里留有我青葱年少的记忆。炳良没在上店镇待过,发给他看,纯粹觉得好玩,不曾想,在我拖着鼻涕穿了开裆裤满地打滚的年岁,因雨受困于上店镇的唐炳良已经在想着恽寿平了。恽寿平何许人也?恽寿平即恽南田,300 多年前,风雨飘摇中的大明江山即将易主之际诞生在上店镇的文化巨星和有骨气的文人是也。

1967 年,烟雨中的江南小镇。岸边摇晃的水泥船。滴滴答答的雨声。青石路上溅起的水花。偶尔撑着油布雨伞的行人匆匆而过。一个不到 20 岁,浑身上下湿漉漉,或许还饿着肚皮的乡下人,若非进入禅静境界,年轻轻的唐炳良,是难以穿越时空,与一位遥远的历史人物对接的——我想。

2017 年 10 月

2017 年 9 月,在南京朵上与著名作家、书画家合影留念。

自左至右依次为徐良文、储福金、唐炳良、吴振立、王刚、

张建秋、孙莉坪、余宗香(孙玉杰摄)

曹山之约

岁在丁酉，孟夏之初，七九中文，相约曹山。

曹山有七彩之誉。山道蜿蜒，盘桓而上，但见山色葱茏，碧池荡漾。鸟鸣林幽，空谷传声。极目处，云蒸霞蔚，气象万千；触手边，茂林修竹，花团锦簇。更有千年古刹，京林一寺，香烟缭绕弥漫于庭院，经声和鸣吟诵于庙宇。阿弥陀佛，救出众生苦；涅槃寂静，修得三世福。

是日也，天朗气清，惠风和畅；绿意盎然，丽日同行。京口三载同窗，情谊地久天长。拱手相见，又识年轻模样；把酒畅饮，诉说别离衷肠。忆往昔，青春勃发于寿丘山下，幽思萌动在梦溪河畔。临北固，不尽长江滚滚来，登南山，无边落木萧萧下。背几句《四书五经》，张口是仁义道德，读几篇《三言两拍》，尽说些明朝事儿。长亭一别，怎奈黯然销魂；劳燕分飞，敢问路在何方？背起空空行囊，行走茫茫天涯。也曾豪情万丈，嘻笑怒骂做文章；更有几多惆怅，酸甜苦辣入诗行。三十五年过去，弹指一挥间。行到水穷处，坐看云起时；青山依旧在，只留夕阳红！

俱往矣！人生苦短，来日方长。韶华虽逝，初心犹存；鬓毛已衰，尚能吃饭。道一声珍重，作别七彩曹山；说一声再见，勿忘侪辈同窗。

2017 年 5 月

老段不老

老段喜欢热闹，整天笑呵呵的，弥勒佛一般，但此刻，老段是安静的，并将之于永远——尽管，他那经典的朗朗的笑声和经典的常常让人捧腹的话语，是如此牢牢地、强烈地占据着我的脑海，仿佛就在我耳边、我眼前。安静的老段像个熟睡的婴儿，四周簇拥着黄的菊花和白的玉兰之类，散发出淡淡的哀愁的味道，弥漫在空气里，平添几分肃穆。其实，这对老段来说已没有任何意义。人死了就没了，没了就空了，真所谓“空空如也”。谁都一样，赤条条来，赤条条去——这或许是人世间唯一公平的所在。可是，活着的人必须得这么做，仅此而已。

老段是地道的南京人，认识他已有20多年了。记不得是如何认识老段的，但肯定与“黑头”有关。“黑头”是王林，与那位装神弄鬼的大师名字一样。他的绰号怎么来的，我没考证过，反正老段他们是这么喊的。我认识“黑头”是因为杂志印刷。20世纪90年代初，我在劳改局的内部刊物《劳改战线》当编辑。这份杂志最早交给溧水一家印刷厂承印。路远，不方便。后来的总编带我在劳改局附近找印刷厂,比较几家后选了上海路上的电力印刷厂。厂长老邱,丹阳人,个头不高,精明也不失灵活,是块搞经营的料。“黑头”就在这个厂里工作,是老邱的副手。

“黑头”属兔,比我小一岁。那时候,我们都30来岁,真是年轻。“黑头”其实不黑,还很帅。一米七几的个子,眉毛是眉毛,眼睛是眼睛,一头自来卷的黑发,穿着得体,很派,放在今天,是让很多娘们眼馋的小鲜肉。“黑头”在厂里负责业务,可他基本不问事,倒是喜欢交朋友,热心、豪爽,是个不错的社会活动家,尤其酒后,更是“气吞万里如虎”。记得那年9月,我被借用去司法部监狱局工作,临走前,《新华日报》的建明为我送行。那天中午,在管家桥的一家饭店吃饭,10人喝了11瓶白酒。我天生不胜酒力,除我以外,其余人差不多每人一斤。当时,私家车很少见,电视台的陆江有一辆老式桑塔纳。饭后,醉醺醺的“黑头”开了那辆白色桑塔纳,野马似地一路狂奔,从管家桥反道经华侨路开到上海路他的厂里,一头扎到老邱办公室门口,把老邱吓得不轻,更要命的是,车子卡在上面动弹不得,老邱在办公室里气得直嚷嚷。所以,“黑头”虽是老邱副手,但两人性格差距太大,总尿不到一块儿。

老段也做印刷业务,是南师大印刷厂厂长,厂子就在随园里边,是一幢单独的二层老楼,紧挨着田家炳楼和文学院。人家说同行是冤家,可“黑头”和老段似乎更投缘,整天腻在一块儿,一来二去,我和老段也熟识了。

老段比我要年长十多岁,但他更像个老顽童,笑起来透着一脸天真,待人热情爽朗,从不使心眼子,大块吃肉,大碗喝酒,天塌下来地陷下去也是南京人的口头禅“多大事啊”,对什么都满不在乎的样子。

我在北京西路上班时,时常去随园,除了那里的风景和校园气息吸引人外,老段是一个重要因素。每到中午,小楼里就热闹起来了。“黑头”照例从上海路赶来,斜躺在老段的老板椅上,抽着烟,跷着二郎腿,悠闲地等饭吃。“浪子”是厂里的二把手,他不仅精通印刷业务,还是美食家,烧菜做饭有几把刷子，午饭大多由他张罗，“浪子”的小娘子也在印刷厂，一起帮衬。到了开饭时分，老段、“黑头”、“浪子”两口子、“三陪”两口子、“小六合”等七八个人围坐在一起吃饭，就像一个其乐融融的大家庭，我偶尔也过来蹭饭。

午饭过后他们一般“斗地主”。我有时和老段杀两盘。输了，他哈哈一笑：“‘小炮子’，再来一盘。”显得比我还开心。老段的奖金大多用在了“地主”身上。输了钱，“黑头”问他：“明天继续？”“继续！”老段睁大了眼睛说：“多大事啊，怕你‘小炮子’？”不服输是老段的一贯品性。“黑头”他们赢了钱并不装进自己口袋，而是贡献给酒店老板。

老段的酒量不如“黑头”，但酒品很好，宁伤身体不伤感情，什么“一口闷”“令狐冲”都不在话下，三两下肚，老段吆五喝六，浑身是胆雄赳赳。这个时候，太太多半会来电话提醒，老段手忙脚乱，打开翻盖手机，先声夺人，“温柔”地对着手机说：“太君，知道了，不多喝，过会就回来，啊，嘿嘿，古德拜！”话音未落，“啪”，合上手机盖子嘟哝道：“老娘们就爱管闲事。”然后对着众弟兄“哈哈”一笑：“搞定，搞定！”喧嚣声又此起彼伏。

娘们管闲事其实是为她男人好，这个理儿男人们大抵都懂，老段也明白，只是在中国，很多理儿到了酒桌上就只能靠边站，像个丫鬟侍者默默地伫立一边，谁也不会注意她的存在，等想起，筵席散了，一切为时已晚，再好再多的理儿都显得一钱不值。

老段的毛病是他退休后不久发现的，膀胱癌。据说癌病与人的性格有关，但我相信老段肯定不属于癌病性格，那是否与饮酒或别的什么有关呢？我不得而知，或许有，或许无，这对老段来说都已失去了探询的必要。刚开始，老段的病情似乎并不严重。11 月 24 日是老段生日，每年都会约哥儿几个小聚。酒桌上，老段依然乐观开朗，抽烟喝酒一样不少，完全不像一个病人——事实上，大伙儿也没把他当病人。去年生日聚会时，老段脸色不好，浮肿发暗，酒已经不喝了，吃饭尚可，精神状态却一如往常，戴了生日卡通帽,打着节拍,和我们一起大声哼唱生日歌。那情景,这辈子我大概是忘却不了的。

今年9月9日,“浪子”的“公主”大婚,我们都去庆贺,之前听说老段也去,到了酒店却没他人影。“浪子”说,老段在医院,不一定来了。婚礼开始不久,隔壁桌上一阵骚动,老段在“太君”陪护下驾到,悄悄坐下,见到我们,习惯性地微笑挥手致意。大半年不见,老段明显消瘦,眼圈发黑。“浪子”给他发喜烟,点上,大口吸着,模样还是那么潇洒。我走过去与老段握手问候,手凉凉的,感觉很不好。嫂子在一旁说:“医生不让来,他非要来,说是看着姑娘一点点长大的,怎么能不来呢?医生拗不过他,勉强答应,但时间不能长,否则报警。”老段二话没说,拔了输液管打车来到酒店,出租车还在楼下等着呢。

婚礼在继续,现场气氛欢乐祥和,所有人都为新人送上最美好的祝福——其中自然也包括老段。坐了一小会儿,老段即起身告辞,我和“黑头”前去送行,谁能想到,这竟是我们的诀别。

9月25日,礼拜一早上,刚上班,“黑头”来电,直觉告诉我,一定与老段有关。果然,“黑头”告诉我,昨晚11点多,老段走了。

老段走了。从此,我的生活中便不再有一个老顽童般真诚可爱的兄长,不再有他诙谐的话语和朗朗的笑声——除非时光倒流,让我们回到从前。

2017年10月

旧城小巷格桑花

汤成难说,她喜欢西藏,喜欢得不行,于是在扬州倒腾出一个格桑花。

汤成难把格桑花安放在扬州的旧城小巷,融入周围的市井,安静而平和,成为一处独特却并不突兀的存在。萨特写过一部哲学巨著叫《存在与虚无》,汤成难的格桑花却是个实实在在地存在,与虚无无关。

我的这种感受是那天去了格桑花之后才有的——虽然,之前在微信里知晓一些汤成难们在格桑花的雅集,诸如阅读朗诵谈艺影评之类。

扬州去过多次,自以为还算熟识。第一次去扬州是有些久远的20世纪80年代初,在镇江师专读书,班级组织春游。京口瓜洲一水间,烟花三月,春游扬州,显得顺理成章。瓜洲渡、五亭桥、瘦西湖、平山堂,成为扬州留给我的最初印记。

此后又去过扬州若干次,大多来去匆匆,未及驻足观望,或者,即便有时间,也觉着就那么几处景点,没啥好看的。人大抵如此,再美的风景,若非入心,皆为走马者心态,观一足矣。

前不久，扬大医学院邀请我去开个讲座，我告诉成难说要来扬州，抽空想去看看格桑花。成难一口应允，告诉我格桑花紧靠医学院。果然，她发的地图定位显示，格桑花在广陵区毓贤街2号，离医学院不过一公里左右路程。

那天下午，天朗气清，惠风和畅，暮春的阳光普照在扬州古城的大街小巷。我对着手机上的高德地图，沿着汶河路往毓贤街走去，走不多远，见有小巷，拐进，方知是南门街，与汶河路并行，南北向，宽不过丈余，路边大多是老式平房，或二三层高小楼，和繁华喧嚣的大马路比，这里清静许多，并有旧城味道，颇合我意，不免心生欢喜。正想着，赫然见右侧灰色照壁上刻有一行烫金的伊斯兰文字，不知何意，转向左边，砖墙上镶嵌着的一块长方形汉白玉内刻着“仙鹤寺”三字，想来那金灿灿的伊斯兰文应为此意了。题写的牌匾无落款，帖意碑势，行楷兼顾，端庄雅致，再着上蓝靛色，汉文化与清真文化在这小小的碑匾中浑然交融，相映成趣，建造者的用心可见一斑。

仙鹤寺是伊斯兰教在我国东南沿海的四大名寺之一，与广州光塔寺、泉州麒麟寺、杭州凤凰寺齐名，因其造型如仙鹤而名之，建于宋德佑元年，明清重修，建筑风格巧妙糅合了中阿拉伯文化元素，且至今保存完整，寺内有诸多伊斯兰文化遗存，在海内外颇有影响。我压根没想到，在小巷里走着走着就遇见了一座名寺。

继续往前，右拐就到了毓贤街。此时，4点来钟，西斜的太阳不遗余力地把阳光倾泻在整座城市。我站在巷口，有点“乌衣巷口夕阳斜”的意思。顺着阳光远远望去，不见尽头，巷内行人稀少，更无车辆袭扰。狭长而幽深的旧城小巷，仿佛被岁月雕刻成了凝固的时光隧道，等着人们去穿越和感受它的过往与沧桑，而浸淫其中的格桑花，又将是一个怎样的存在呢？

步入毓贤街，不远处便是“阮元家庙及宅第”，属江苏省文物保护单位。阮元老家江苏仪征，清中晚期的重要历史人物。他于乾隆五十四年进士及第后,先后任礼部侍郎、兵部侍郎、漕运总督、湖广总督、两广总督等职,历乾隆、嘉庆、道光三朝。同时,他在经史、数学、天算、舆地、编纂、金石、校勘以及书法等方面都有着非常高的造诣,集著作家、刊刻家、思想家、书法家于一身,被尊为"三朝阁老、九省疆臣,一代文宗"。

阮元雕像(张建秋摄)

左边的紫薇树下,矗立着阮元的雕像,头戴瓜皮帽,嘴唇留有髭须,左手插袋,右手执卷,面目和善,神态自若,似乎正向你缓缓走来。右侧是一排回廊建筑,回廊上方有一匾额,上书"竹林茶隐"四字。回廊里的碑刻刻有阮元的生平事迹及诗词警句,很多内容今天读来依然让人心生敬仰。其中,有一块碑刻写道:

阮元自云:四十岁浙江巡抚任内,凡寿日皆茶隐于外,五十岁隐于漕舟,六十岁隐于兼粤抚之竹林,七十岁在黔溪雪舟中,终身避之哗嚣之境;及至八十二岁,茶隐于长庐庵,即定终身茶隐之局,从不受门生吏属一缣一烛之贺。

供职于朝廷,茶隐于竹林,终身避之哗嚣之境,从不受门生吏属一缣一烛之贺,"竹林茶隐"之谓也。

从“竹林茶隐”往巷子深处走去，纵横交错的小巷，血脉一般延伸四周。原来，这里已被打造为“仁丰里历史文化街区”。巷口相交处，不同颜色的标牌清楚地标着巷子名称及走向，“头巷”“旧城小三巷”“小虹桥”“迎春巷”“仁丰里”“曹李巷”等，巷中有巷，巷巷想通，井字形布局，密而有序，不用担心误入歧途，进得去出不来。北京的胡同就没有这么规整，特别是什刹海一带，地道的老北京、皇城根，胡同文化精髓所在，我曾在大金丝胡同寄住了两年多时间，可是，稍不注意，还是不辨西东，愣是走岔。所以方向决定道路，道路决定命运，实乃至理。

小巷虽小，却蕴含、承载并滋养着这座城市的历史和文脉，要不就不会有刘禹锡在乌衣巷口的怀古幽思，也不会有辛弃疾面对寻常巷陌留下千古诘问；戴望舒的《雨巷》，让多少舒哥“彷徨在悠长、悠长/又寂寥的雨巷”，而范小青的《裤裆巷风流记》，记录下了小巷人家的寻常事，人情味烟火味十足。古扬州在中国历史上地位举足轻重，自古以来文人骚客诗词歌赋无数，许多都可以找到小巷的影子和它们生于斯长于斯的主人。“夜市千灯照碧云，高楼红袖客纷纷。如今不是时平日，犹自笙歌彻晓闻”；“萧娘脸薄难胜泪，桃叶眉头易觉愁。天下三分明月夜，二分无赖是扬州”。这繁华喧嚣的夜市千灯，这倚门而立的桃叶女子，莫不与小巷息息相关。如今，当人们行走在凹凸不平的路面，触碰那残损的墙砖，静静凝视晚风中摇曳的墙头野草时，依然可以真切地感受到广陵天下所独有的生活场景和人文气息，仿佛从不曾离去。

我徜徉在旧城小巷，几乎忘记了格桑花的存在，格桑花却不经意出现在了我的眼前——或者说，一处墙面上盛开的蔷薇似乎在提醒我，格桑花就该到了。

格桑花在毓贤街和仁丰里的岔路口，坐东朝西的两间普通平房，灰砖黑瓦，门堂很小，也无招牌。乍看，与周围民居并无二致，但斜挂的门帘，典型的藏族图案和色彩。这让我想起了刚才经过的仙鹤寺那照壁上金灿灿的伊斯兰文字，点睛之笔，无须多言。多言数穷，不如守中。这比较符合汤成难的风格，寡言而多思，简约而散淡。在她看来，那条藏族风格的门帘，就像醒目的文章标题，足以告诉他人，此处就是旧城小巷里的格桑花——你来或不来，她就在这里。我掏出手机，随手照了一张格桑花，画面上一半阳光一半阴影。

汤成难在扬州的“格桑花”书吧(张建秋摄)

汤成难是扬州作家，年轻却内敛而低调，发表的短篇小说多次被《小说月报》《小说选刊》转载，在江苏乃至全国文坛颇为注目。去年5月，江苏省作协安排几位实力派作家到监狱采风，采风结束，她写了一篇短文《头顶的天空》，而去监狱采风前，她刚从西藏回来。所以，文章这样开头：

从西藏回来后就去了监狱，这个“去”是指采风，和去西藏的目的近似，为了体验和感受。西藏与监狱，这两个词语放在一起来说，挺有意思的，前者象征远方，自由及辽阔，而后者代表禁锢与束缚。

的确，西藏和监狱，这两个词语放在一起挺有意思。不过，对于汤成难来说，除了看到西藏与监狱的迥异之外，一定还敏锐地捕捉到了两者的某种契合，如“天空”。在雪域高原，天空是这片土地上澄净、辽阔与神圣的具象化符号，而在监狱，天空被赋予了自由与新生的意涵，作家通过心灵的审视与体悟，找到它们的某种契合，这或许就是汤成难“去”了监狱后对“天空”的深刻认知。这种认知别于常人，也该别于常人，恰如龙应台所言，一个优秀的作家不仅能看到岸上的白杨树，还能看到湖中白杨树的倒影。

我推门进入格桑花，好像进入了藏民家中，满屋都是藏族饰物。汤成难背对着我，上身短装，下面长裙，裙子上的线条很藏化，红的黄的蓝的镶嵌其中，怀抱着双手，正和一位年轻小伙聊着什么，小吧台里的姑娘见我微微一笑，显得有点腼腆，直觉告诉我，她是个藏族姑娘——不过，直到我离开和离开之后，依然只是直觉。

小伙子见有客人来，礼貌地打个招呼走了。汤成难朝我笑笑，告诉我说，除了有活动，平时不来这儿。知道你来，我早早过来，等了一会儿了。

我这才知道，这里是城东，汤成难家住城西，开车或坐公交都要四五十分钟，在扬州这是不短的路程。我有些歉意，耽误了汤作家一下午的时光。

坐下后，话题自然是格桑花。这一片原来是几间破败的民房，残垣断壁。几年前，成难看上这里，租下后改造成一处茶坊，非营利性的，以文会友。因为喜欢西藏，几乎每年都会去那里行走，茶坊就以藏族格调为主，“格桑花”，自然也是这个意思，凸显藏文化元素。

简单介绍了格桑花的前世今生，成难忽然想起什么，对我说，来杯酥油茶吧？

我稍犹豫，点点头说，来一杯吧。

我从未喝过酥油茶，那年去西藏也没碰一下。酥油茶、糌粑等，是藏民常用食物，但对我来说，这些食物好像也笼罩着宗教的色彩或隐含着宗教的含义，就像内地寺庙里的素斋一样。而对于宗教，我只有敬畏，不敢轻易触碰,但今天,在格桑花,大概得破例了。

不一会,小姑娘递上了一杯酥油茶。乳白色,温热。我抿了一口,味甘而清淡,一饮而尽。解渴。仅此而已,与宗教无关。但是,我想,假若此时有三五文友“茶隐”格桑花,酥油茶也罢,碧螺春也罢,铁观音也罢,品茗赏艺谈天说地,再有高亢悠远的《青藏高原》或长篇史诗《格萨尔王》相伴,那又是怎样的感觉和体验呢？比如,最近的一次,汤成难在朋友圈说,5 月 20 日,下午,格桑花,体验雕版印刷,感受传统文化,动手印《心经》……

旧城小巷格桑花,这是一个奇妙的富有想象力的构思,一点不亚于汤成难的小说创作——并且,我想,她的存在,其意义和价值并不止于汤成难的喜欢。

2018 年 6 月

钢笔画:《走吧》(汤成难作)

总有些记忆值得珍藏

《江苏警视》创刊30周年了。当年的创刊人或退休，或调离，早已各奔东西，鼎诰先生甚至已故去7个年头了。遇见，告别，人世间的一切大抵如此，但回望我们走过的岁月，看远山近水日落日升，春之勃发秋之萧瑟，夏之绚烂冬之沉默，在平凡至简的日子里，总有些记忆是值得珍藏和回味的。

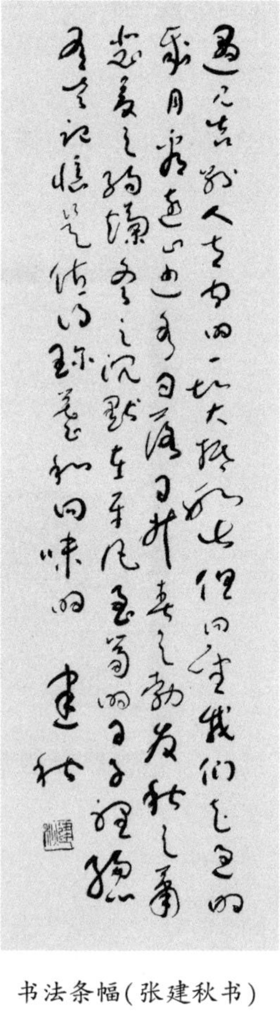

书法条幅(张建秋书)

王鼎诰和一报一刊

大概在1987年下半年，江苏省劳改局(现省监狱管理局)正式决定创办内部报刊，鼎诰先生第一时间把这消息告诉了我，并让我做好到编辑部工作的准备。但好事多磨，我直到次年4月底才走进编辑部——这是后话。

其实,早在一年多前我就听鼎诰先生说,省局要创办内部报刊。那是1986年夏天,鼎诰把我和当时已经被借用在省局帮忙的大中农场(今盐城监狱)民警谷跃先,邀请到他在仙霞路3号的家中作客。谷跃先比我年长些,毕业于盐城师专,在报刊上发表了几篇小说,才华初现。我呢,也因为有几篇论文发表在学术期刊上,1985年年初被借用到了司法厅研究室,去召见我的正是同样从劳改局被借用在研究室帮忙的王鼎诰。就这样,我有幸结识了大名鼎鼎的"王大学"。

王鼎诰先生20世纪60年代初毕业于南大中文系,与南大副校长、著名戏剧文学研究专家董健是同班同学。老家江西,在当地属名门望族,仅从他的大名就可看出王家家学繇邈。那个年代,很多工农干部对"王鼎诰"三字不认识,写不好,王鼎诰顺应潮流,与时俱进,"鼎诰"简化为"丁浩",渐渐地,人们只知王丁浩"王大学",很少有人知道"王大学"是王鼎诰。

1986年6月,由司法厅研究室组织撰写的报告文学《醒来是早晨》在镇江通稿。结束后在镇江南山合影留念。照片下方依次为李奇、丁长镜、王鼎诰、潘爱珍(时任厅研究室主任)、张建秋、宦毛茹;照片上方为潘君明、许剑明(照片提供:张建秋)

鼎诰先生个头不高,脑门挺大,肚子里货多,但有时说话不太利索,出门在外,不修边幅,见谁都是笑眯眯的,凑上去聊上几句,蹦出一些“惊世骇俗”的话语,比方“要想混得好,头发往后倒”,“外国有个‘加拿大’,中国有个‘大家拿’”等,让人忍俊不禁,喜感十足。我在厅研究室工作了将近半年时间后又回到少管所,鼎诰也回到劳改局,从此,我们老少爷俩就有了交集,只要到南京就会去他那儿坐坐聊聊。

那年夏天,我去南师大随园参加函授学习,他知道后,把我和谷跃先约了到他家小聚。期间,鼎诰先生对我们说,局里要办一份内部杂志,若是你们二位能来,一个负责文艺,一个负责理论,那是最好的。三人相谈甚欢,得意时,谷跃先甚至拍着鼎诰先生的大腿,一口一个“鼎诰兄”地呼将起来。次年 3 月,鼎诰先生亲自给我来信。信中说:

礼拜一我值班,陶局长来聊天,谈起了您和谷跃先同志,他很感兴趣,最后叫我把您与小谷的情况写给他,他交给王主任调。从目前来看,可能性还是大的,另外,我已向领导表示了:“没有小张小谷,这个刊物办不好,只要他两人,其他人由您们调好了”。

可见,他对我和谷跃先的器重。此信我至今还保留着。

此后,有关办刊的消息时断时续,但鼎诰先生一直在为创刊作努力,包括申请内部刊号(后改为准印证号),物色编辑人员等。到 1987 年下半年,省局决定正式创刊,调任丁长镜(时任镇江劳改警校,即今天的司法警官职业高等学校副校长)担任创刊负责人,王鼎诰则具体负责报纸的创办工作。1988 年年初,《江苏劳改战线》正式创刊,1994 年年底,《监狱法》颁布后,根据要求,《江苏劳改战线》更名为《监狱通讯》,之后又更名为《江苏警视》。报纸是供犯人阅读的,叫《江苏新岸报》,王鼎诰担任总编,报名也由他题写。1997 年后,新岸报停刊,后改为电子读物《阳光下》。

借调省局

1988年4月29日，我们少管所一行数人，在周锡根政委的带领下，与当时在南京师范大学政教系任主任的公丕祥老师，及他的几个弟子如刘旺洪、夏锦文等一起，对《犯罪社会学》书稿进行最后统稿。该课题从1985年启动，历时近三年才基本完成。据说，这是新中国成立以来第一本理论与实务相结合的犯罪社会学专著。课题由公丕祥老师和周锡根政委共同主持完成。在研究过程中，公丕祥老师自始至终亲自参与，并撰写了第一章，让我们感受着他渊博的知识、严密的哲学思辨能力和敦厚的人格魅力。周锡根政委文化程度不高，但自学成才，理论修养深厚，是劳改系统有名的“周马列”。他调到少管所工作后，鼓励年轻人多学习多思考，注重开展学术研究，还专门成立“研究室”，培养了一批监狱理论研究人才。

统稿结束已近傍晚时分，春日的夕阳尽情地把余晖洒在南师大这所古老而美丽的校园里。公丕祥老师在南师大的教工食堂宴请了我们。晚饭后我们准备回单位，周锡根政委慢悠悠地对我说，小张，你今天就不要回去了，明天到局里报到吧。

早就听说我要被借调到局里工作，但不曾想过在外出差时接到这个通知。我毫无思想准备。天黑了，看不清政委一贯严肃而智慧的表情，我还是感激地看着他，心头热腾起来，不知如何回答，只是机械地说，好的好的。今天想来不免有些滑稽。若干年后老政委对我说，当时不让走的主要原因就是那个课题还没结束。

第二天，我到省局政治部报到，进入《江苏劳改战线》编辑部工作，负责文艺副刊，从此，我与监狱的新闻宣传结下了不解之缘。谷跃先却一直没有过来，回到大中农场后不久被调到了公安系统工作。

五图河印象

说不清楚为什么，自从踏上五图河这片土地，我对她似乎就情有独钟。

1988 年冬天，我和同事玉方兄弟一起去五图河采访。下午刚到，大概是为了有个直观印象，农场的于家标场长就安排宣传科的王建平科长带我们出去转转。

建平科长英俊帅气，脸上还总是挂着笑，一看就觉得亲切，言语不多，一口一个“恩呐”更是透着质朴和诚实，也让我直想笑——这是第一次听到这样的应答方式。

说话间，建平不知从哪里开了一辆三轮摩托过来，我们坐上，摩托车在沙石路上飞驰，身后的尘土高高飞扬，弥漫在空中。不一会儿，我们进入大田农作物区，道路虽宽但却不平坦，泥路上爬满了深浅不一的车辙，将曾经发生的一切凝固在这沟沟坎坎中。摩托车颠簸着，像风中飘忽不定的小船，忽上忽下，路边枯黄的芦苇，随着呼呼的北风，婀娜着枯枝败叶。建平一边开车一边指指点点，介绍五图河的历史和现状。五图河农场的体制几经变更，解放初期是劳改农场，“文化大革命”开始后变成了知青点，“文化大革命”结束后划归省农垦系统，1983 年“严打”后又变更为劳改农场。农场体制的更替，多少也打上了那个年代社会变迁的烙印。在一排平房前我们停了下来。建平说，这是一个中队的关押点，平房正是当年下放知青用过的。仔细一看，果然，墙上用石灰或红漆刷的标语还依稀可辨，如：

“广阔天地，大有作为。”

“阶级斗争要年年讲、月月讲、天天讲。”

“战无不胜的毛泽东思想万岁！”

看着斑驳的标语，想着坑坑洼洼的车辙，当年纯真无比的知青，如火如荼的战斗场面仿佛就在眼前。

离开平房，建平又把我们带到了沂河塘大堤，这才让我直抒胸臆呢。登高望远，苍凉的天穹下乌云翻卷，茫茫的河道中，万顷麦田无边无际。建平说，这是泄洪河，一年种一季，到明年夏天就用作泄洪河道了。听他这么一说，我仿佛看到了那汹涌的洪水一泻千里、直奔东海而去。

然而，后来我得知，这泄洪河其实给五图河农场带来了许多灾难。比如，洪水提前到来，将到手的麦子淹了，如海水倒灌把肥沃的土地变成盐碱地。所以，很早以前当地就流传着这样一首顺口溜：

“七道沟，八道沟，十年九不收。男的推毛盐，女的挖泥鳅”。

七道沟是五图河农场的地方名称。这一首顺口溜，足以让人感受到了这里的艰辛和坚守着艰辛并顽强拼搏的人们。

其后，在编辑部工作期间，我几乎每年来五图河农场采访，从一个侧面记录了那个年代在这片土地上工作和生活的人们，同时，也多次将那首有些苍凉的歌谣引用在文章里。

江伟夫妻

“相传在古老的江南小道上，有五六个恶少横行霸道，被凌空飘行的绿色仙女所发现。绿仙愤然拔出了发笄，掷地化成了一座绿色的丫形大山，压住了嚣张的恶少们，然后又飘然远去了。村民们为了纪念绿仙惩除邪恶的功绩，便将这山敬称为‘丫笄山’。”

——江伟《丫髻山的情意》

这是江伟发表在《江苏劳改战线》创刊号上的一篇散文。当时，我与他并不认识，后来，我因负责文艺栏目的编辑，经常要与一些写作爱好者约稿，江伟自是其中的重要对象，也就熟识了，而且也认识了他的妻子傅雪健。

原来，江伟和傅雪健是苏州大学中文系1979级的同班同学。大学期间，他们彼此相爱了，这在那个年代着实是件难得的事。当然，也足以看出江伟的魅力和行事风格。毕业分配时，受到了“理所当然”的“惩罚”——被“发配”到劳改单位教书。据江伟说，本来是要分在苏北的洪泽湖农场中学当教师的，省劳改局考虑到他们俩的家在南方（江伟的家在泰州，傅雪健的家在江阴），就把他们两个分到离家近些的竹箦煤矿中学当老师。从此，在竹箦煤矿中学的历史上，就有了他们两个的名字。

是金子总是会闪光的。

江伟和傅雪健的才华，很快在学校乃至在整个竹箦煤矿显现出来。江伟被提拔为副校长，而傅雪健也成为学生喜爱的语文老师。不久，江伟又被任命为单位宣传科科长。这样，我们就有了更多接触的机会。江伟的文章一篇篇在杂志上刊登：《突破模式》《九里山：历史的山》《吹皱一池春水》《007 在行动》等。江伟不仅自己写，还鼓励单位的年轻人写，竹箦煤矿的大墙文学在江伟他们的努力下，一直走在全省劳改系统的前列。

1989 年 4 月，竹箦煤矿发生了一件让人揪心的大事。

那年 4 月 26 日，西安石油学院 87 级学生唐春雨，为抢救落水女工英雄献身，年仅 19 岁。他正是傅雪健老师的学生，师生间有着深厚的友谊。唐春雨牺牲后，傅雪健怀着十分沉痛的心情写了一篇满怀深情、如泣如诉的悼念文章《带走了永远，留下了永恒》——

“春雨：我想我们最后一次见面，也是在这鲜花盛开的五月吧。因家中突然有急事，匆匆地，没有说一声‘再见’，更没有潇洒地彼此挥一挥手，就这样，就这样，一天早晨，在你没有到校之前，我走了，离别了学校，离别了即将毕业的你。记得在此之前，你曾向我问及你的前程。我说，我了解你，你会成功的。你笑了，笑得那么开心，又是那么淘气。那甜甜的笑永远留给了我：弯弯的眉毛，细细的眼睛眯成一条缝。我戏称为‘月亮弯’。如今，月儿弯弯挂在遥远的天边，却是那么的冰冷、悲凉，唯有那点点春雨，滋润在我的心头。”

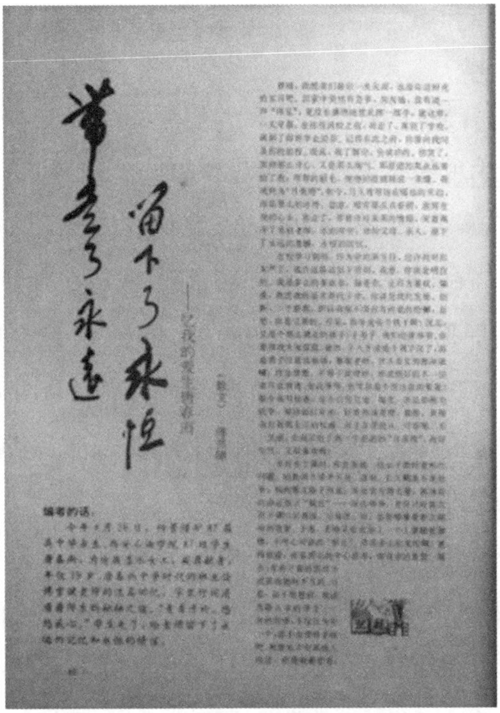

带走了永远
留下了永恒

傅雪健发表在《江苏劳改战线》1989 年第 6 期
的文章《带走了永远,留下了永恒》,
标题为王鼎诰所书

文章发表在《江苏劳改战线》1989 年第 6 期上。字里行间,点点滴滴,无不透着傅雪健老师的善良、细腻,与无尽的悲伤,至今读来,恍若昨日。

然而,更让人唏嘘不已的是,在写作此文时,傅雪健自己也已经重病在身。仅仅隔了数月,竟然也撒手人寰!清楚地记得,那年,她才刚刚 28 岁。我在随后不久写了一篇小散文《忘不了,那个暖融融的秋日》,记录了我们的友谊和我的哀思。

日子过得真快。一晃就 28 年了,一个生命又将轮回。

洪泽湖·尹廷波

洪泽湖监狱——曾经的江苏省第一劳改支队，在江苏的监狱(劳改)史上有过许多第一：土地面积第一、押犯规模第一、干警和职工人数第一、输出人才第一……这么多个"第一"，当然也是我们宣传报道的重点对象。

第一次到洪泽农场是在1983年年底，那时我还在少管所基层中队工作，同样因为"严打"，押犯爆满，就要把超龄的少年犯分流到成年犯关押单位，其中有一批就被分流到了洪泽农场。那天我们凌晨从少管所出发，到洪泽湖已近黄昏，住在他们徐洪河桥边的招待所，第二天一早就返回，时间太过匆忙，对洪泽湖也就没留下什么印象。

第二次去洪泽湖已经是5年后的1989年年底了。记得那天非常寒冷。陆德高总编带了摄影师老邓和我，一行三人，清早从中央门坐车去洪泽湖。中午时分，我们的车才到安徽的天长市境内。长途客车把我们丢在路边店，我们没有进去，陆总编想得周到，带了鸡蛋和干粮，我们要一点开水，将就着吃了。虽然站在屋檐下阳光很不错，但还是冻得够戗。到洪泽农场已经夕阳西下了，走了整整七八个小时。如今到洪泽湖监狱最多3小时就能到了吧？

那次在洪泽湖待了有好几天，几乎跑遍了整个农场。1大队、12大队、纺织机械厂、农科所、化工厂、扳手厂等，也结识了很多的领导和朋友。回来后，我们写了一篇长篇通讯《耕耘者之歌》。

第三次去洪泽农场大概是在1990年或1991年的深秋或初冬，去给农场民警讲写作知识。时任政治处副主任的吴旭到局里接我们几个。记得出发时就已临近傍晚，天又下着小雨，路途便变得有些艰难。要命的是刚过六合，面包车就出了故障，三里一停，五里一歇，有时还得推着前进，就这样走走停停，停停走走，一直到将近晚上12点钟才到洪泽湖。吴旭一脸歉意，反而弄得我们很不好意思。而车刚过徐洪河桥，就有一群年轻人迎将上来。原来是姜金兵、夏苏平、李三中他们，都夜半时分了，他们居然都还在那里等候我们。那感觉真有点"绿林好汉上梁山"的味道，你不感动也要感动的。

说到洪泽农场，有一个人是不能不提的，虽然他只是一名普通民警，但在当时我们编辑部，却是个鼎鼎大名的人物，他就是洪泽农场《洪新报》主编尹廷波先生。

尹老先生之所以被我们熟识甚而推崇，自是与我们的工作分不开的。

他原本是中学语文老师，"严打"时，劳改单位扩招干部他就成了人民警察，但他对文字的热爱并没有因此而改变，即使说"痴"也不为过。到劳改系统短短几年时间，就在报刊上发表各类作品200多篇。1989年11月，编辑部在镇江监狱召开通讯员座谈会。在这次会议报道中，编辑部同人秋实对老尹作了这样的描述：

尹廷波同志，这位来自洪泽湖畔的民警连说话的声音都带有洪泽湖碧波的韵味。年近半百的他，告诉同志们是怎样笔耕的：闷热的夏晚，蚊子叮虫子咬，他就穿上塑料雨衣写稿；寒冷的冬夜，写稿到深更，困了，就洗个冷水澡继续干。

其实，这里写得还有所保留。据老尹说，他对付蚊子还有"绝招"：把双脚放在瓮头里，有时干脆赤膊上阵，全身抹上肥皂"裸写"。这在当时我们听了实在是有些骇人的。

老尹热爱写作，待人还特醇。高高的个子，背有些微驮，大大的国字脸上嵌着一双并不明亮的小眼睛，看人时，眯着的眼睛仿佛总是在微笑。一只黑色的人造革皮包，塞满了他必需的日常用品，也是他的精神家园。每次去农场，老尹鞍前马后，不亦乐乎，把我们当自己的亲人一般。若酒到微醺，脸上泛着红光的老尹，真诚与率性更是暴露无遗。记得有一次饭后我们几个去农场扳手厂洗澡。当时老尹喝得有些醉意。在澡堂里，他全身上下打满了肥皂,看到我后,摇摇晃晃地跑过来要为我擦背。我见状笑着走开了,结果他不依不饶追了过来,我们就围着池子兜起了圈,引得大家都笑得前仰后翻的。

我离开编辑部后,与老尹的联系就少了,直到我在厅杂志社工作期间,他又来找过我。那时他接近退休的年龄了,说愿意为杂志做点事,如校对,费用不论,可见其对文字的热爱。其实,在我们江苏监狱系统,如尹廷波这样热爱写作的文化人有很多很多。我想,正是因为他们,才使我们监狱的文化事业得以不断发展并壮大。

2018 年 11 月

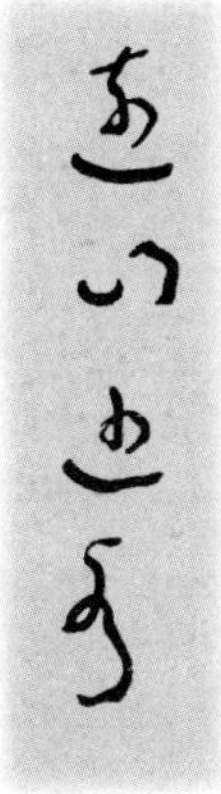

耕耘者之歌*

1. 谁能想象，这里，曾是一块沉默而荒凉的土地，而今，却稻花飘香，工农并举，绿树成行，阡陌纵横，恰似江南鱼米乡。沉默的土地不再沉默。

谁能想象，他们，曾像一个个良知泯灭的冥灵游荡在人世间无恶不作，而今，却在这特殊的熔炉里，净化了灵魂，获得了知识，荒芜的心田不再荒芜。

朋友，你用不着怀疑，因为这里有一支用特殊材料铸成的劳改干警队伍。纯朴的洪泽人，以他们的忠诚、勤劳和智慧，在这块鲜为人知的土地上耕耘、创造、扶正祛邪，宛如那高高的白杨，深深地扎根在这块土地上，愿作哨兵，一身正气，守卫着人民的安宁；愿作冬柴，无私奉献，默默地燃烧着自己……

2. 孟冬季节，我们一行三人来到江苏省第一劳改支队——洪泽农场采访。在广袤的苏北平原，洪泽农场不过是块弹丸之地，但在江苏劳改系统内却是人口最多、面积最

* 本文系1989年12月与时任《江苏劳改战线》杂志总编陆德高、摄影邓正明共同采访并完成的写作，由本书作者执笔。

大的单位。13 万亩土地坦荡无垠,数十万年的地质运动,把这块土地推到了洪泽湖西北端。波光粼粼、碧波荡漾的洪泽湖,像一颗明亮的珍珠,镶嵌在苏北大地上熠熠发光,而这里却是易涝又易旱的低洼湖区。自古以来,人踪难觅,自生自灭的茫茫苇草是它的评价,灰兔、毒蛇、野鸡是它的伙伴。这是一块沉默的土地,是一处被世间遗忘的角落。

从 1965 年开始,这块荒芜的土地开始着上人间春色。我们的劳改干警以大无畏的气概,带领犯人开进湖区。他们垦荒滩、住草棚以苦为乐;他们教育犯人、启迪心灵为人师表,树立了崇高的人民警察形象。当老一辈创业者从他们眷恋的工作岗位上渐渐离退之时,洪泽农场新一代劳改干警牢记前辈们的谆谆嘱托,没有因为远离现代都市却要改造现代文明的破坏者而退却、而颓唐,以饱满的热情承担着超负荷的工作,以无私的奉献谱写了一曲曲新的赞歌。

这天上午,天气真好,冬日的阳光尽情地抚摸着大地。在场党委会议室里,满头银发的邱维湘场长和其他几位场领导与我们侃侃而谈。20 多年的创业史留下了这样一组数据:从 1966 年至 1986 年的 20 年,洪泽农场共改造了数万犯人;工农业产值和经营性利润连年增加。“严打”以来,在党的劳改工作方针指引下,农场的形势更加喜人。改造秩序日趋稳定,农场成立了文化技术学校,各大队成立了分校,逃跑率逐年下降,1983 年,逃跑率为 5.93‰,1988 年降至 0.09‰;生产经营性利润 1988 年达 956 万元,1989 年因受灾损失约 1000 万元,但经营性利润仍可达 800 万元左右。这些看似简单的数字,却好像熟透了的一串串紫葡萄,每一个符号、每一个小数点都浸透了既酸又甜的滋味儿。

3. 我们下基层的第一站是洪泽农场第 12 大队。这个大队离场部有 20 余华里,濒临洪泽湖,20 多名干警管理着 3000 多名犯人,从事近 7000 亩土地的农业生产,在农场属于边远地区,却连年被评为“先进集体”。

11 月 29 日一早我们驱车来到这里,大队部正在组织民主评议党员工作。年轻的副教导员陈宗标把我们带进简陋的接待室。门外的井台上,一位年轻妇女正在洗刷着什么,一个可爱的小女孩绕膝蹦跶,后来才得知,她们是小陈的妻子和女儿。抽空从场部过来看望丈夫,看望难得见面的爸爸。

一会儿,大队长徐永奎和其他几位领导进来和我们握手。寒暄过后,老徐便直率地讲了大队这几年的变化情况。

在 1986 年以前,第 12 大队无论改造还是生产都不景气,犯人脱逃成风,生产连年歉收,干警人心不稳。1986 年 1 月,第 12 大队连续发生 2 起脱逃事故,成为农场犯人脱逃的"冒尖户"。如此下去还了得?追捕犯人的同时,处分干警的决定也在进行。很快,场部的一份批评通报发到全场各单位,全大队 20 多名干警中,有 15 人被列入通报名单,其中包括大队长徐永奎,2 位直接责任者还受到了行政警告处分。

发生这样的事真让人感到沮丧。农民辛苦一年尚能"欢欢喜喜过个年",工人操劳一年也能和亲人欢度良宵佳节,可我们的干警得到了什么呢?莫说团聚,即使不发生逃跑,也得紧绷着神经过日子,何况还要背着处分过年。是劳改干警命该如此吗?不!这是劳改工作的性质使然。

讲到这里,军人出身的徐大队长,刚毅的脸庞上露出了微笑。他接着说:"劳改队碰到这等倒霉事,牢骚再多也无济于事,丧失信心只会更加乱套。你只得认了,并且好好想想,从中吸取教训,唯一的办法是重整旗鼓。"

正是从这年开始,第 12 大队在场党委的领导下,徐永奎率领大队干警进行全面整顿和改革。思想建设上,狠抓干警的工作责任心、事业心教育和艰苦创业的传统教育;组织建设上,加强和完善党团组织生活,充分发挥党支部的战斗堡垒作用和党员的先锋模范作用;干部管理上,实行聘任制,能者上、庸者让、劣者下;改造上,逐级承包,制定严格管理和教育转化犯人的责任制;生产上,讲究科学管理,注意双增双节,努力降低成本,提高产量和效益;对青年干警的培养上,既严格要求,又关心爱护。

1986年夏的某一天,烈日炎炎,一位青年干警一手撑着阳伞,一手拿着小板凳,胳肢窝还夹着小说书正要去带班,老徐瞧着这模样,脸色变得威严而冷峻。他当即令那位小青年把阳伞换成草帽。青年人尚在申辩,说什么草帽和阳伞都是为了挡太阳,二者有何不同,干吗非要戴草帽?老徐对其诡辩感到可气又可笑。耐着性子反问道:"衬衣和裙子都是为了遮体,两者并无不同。你干吗要穿衬衣,不去穿花裙子呢?你是警察,不是公子哥儿。你在看押犯人,不是去展览馆参观!当然只能戴草帽。否则,警察的形象哪去了?"一席话讲得年轻人羞愧难当。

严格要求的同时不忘解决实际问题。当时全大队36名干警中有15条光棍汉,着实影响他们的情绪。大队党支部专门开会研究,为青年干警寻找意中人创造条件,提供方便,有的老同志还充当了月下老人。

这一系列行之有效的措施和做法,彻底改变了第12大队的落后面貌。干警的思想稳定了,责任心加强了;犯人的改造积极性提高了,正气也抬头了。年初的通报批评换成了年底的奖状。从1986年至今的3年多时间里,"三个秩序"持续稳定,全大队没有发生一起犯人脱逃事故;生产大幅度超产,1987年、1988年两年均创历史最高水平,干部奖金一跃成为全场之首,人均达1300多元,连犯人也能拿到300多元的奖金,他们捧着劳动挣来的钱热泪盈眶,既是对往日的追悔更是对未来生活的憧憬。

今年春夏之交,人间的风暴虽未刮进偏僻的农场,随着人祸的天灾却降临苏北大地,幽灵般滞留在洪泽农场的10多万亩土地上。正值麦收季节,阴雨天气连绵不断,愁煞了第12大队的干工包括犯人。望着金灿灿的麦子行将发生霉烂,谁不心疼?怎么办呢?与天奋斗,人定胜天。一场战前动员激起了人们必胜的信念。从场部赶来的干警家属,起早摸黑浆洗缝补,声声嘱咐,句句问候,件件物品,针针线线,都渗透着亲人的浓厚情意,场面令人感动，可我们的干警却习以为常，只是洒脱地一笑，向贤妻和娇儿爱女道一声抱歉和保重。

一中队周广年队长已年过半百。在“三夏”中，他带领5名干警、100多名犯人奋战在4700亩土地上，从收到晒，从拔秧到栽插，他都要精心安排，还要留心犯人的动态，心力交瘁，终于有一天他晕倒在田头……

老干警张玉良，原来是正职指导员，聘任中被降为副队长，他不计得失，依然勤奋工作。晒场是一个非常重要的部位，他日夜坚守在晒场，实在困了打个盹，任凭苍蝇、蚊子的侵袭，全然不顾。望着堆满食堂、宿舍里金黄的麦子，他心中充满了胜利的喜悦。

内勤干事王强，刚刚踏上工作岗位的年轻警官，老家在百里外的淮阴，家里有数十亩责任田，父母年岁大了，来信叫他回去帮忙。可等他回去时，家里的责任田里早已披上了绿装。

副大队长崔健是大队里农业技术的行家。此时此刻，连瘫痪在病榻上的女儿他也来不及去顾盼一眼，施舍一缕父爱之情！

整整45天的抢收抢种，干警们个个瘦了一圈，犯人也都全力以赴，换来的结果是麦产量仍高于去年，损失降到了最低程度。还有什么好说呢，一切全在不言中。

我们走出接待室时，但见平坦的麦田笔直地延伸到远处的湖堤，堤外烟波浩瀚，水天相连。神秘而深情的洪泽湖啊，你博大的胸怀是否也在为这动人的场面、感人的事迹而震撼，而跳荡。

4. 如果不是事先约好，站在面前的徐胜洪一定让你不以为然：瘦瘦的身材，黑黑的皮肤，架着一副眼镜，并没有给他增添多少知识分子的气质，鸭舌帽一戴，再套上一件风衣，咋看倒挺像村办厂的厂长。

正是这位不引人注目的农科所长、甚至有些古怪的老头，能把全所30多位有知识的中青年干警团结得一个人似的；他能在3分钟内把全所人员召集起来;他作报告时会场聚精会神,鸦雀无声;他为全场农业单位提供的农业科技数据及时而准确;他内联外合,与省农林厅、省农科院、南京农业大学等科研机构、大专院校合作开展独具特色的农业试验;他给犯人举办培训班,讲授文化科技知识,让犯人荒漠的心田长出绿洲;他还在这个农科所里兴办小工厂,赚钱为发展农业科技服务……

他能做而已做的事太多太多,数不胜数。这位1959年从盐城农校毕业的老科技工作者,以中国知识分子诚挚的情感和执着的追求,把青春和热血奉献给了这片热土。无论是往日的普通党员还是今日的党支部书记,地位的升迁并没有降低共产党人的要求。他严于律己、以身作则,所以,尽管都知道农科所管理严格,一般人望而却步,但工作一段时间就不愿离开了。因为他们切身感到这是一个富有战斗力和工作效率的集体,更有叫人钦佩和爱戴的好领导。

桃李不言,下自成蹊。在徐所长的影响下,全所干警都能恪尽职守,坚守岗位。所部离场电影院只有几百米,场部放电影从来看不到农科所的年轻人露面。似乎有些不近人情,但没有这铁一般的纪律,劳改工作又怎能顺利开展,党和人民赋予的重托又怎能完成!

既是农科所,当然要搞科研。老徐和洪泽农场的土地打了几十年交道,结下了深厚的情谊。多少个晴朗的天气,他顾不上看一看自然界的如画风景;多少个雨天,他踏着泥泞的路去测量土壤水分;多少个星夜,他蹲在田头观察水稻分蘖;多少个吃饭时间,他回不了家,只得两顿并成一餐……老徐对农场的各种土质均有详细的观察资料和土壤分析参数,并一一装在心里,只要告诉他哪块田、种什么,他就能分析出要施哪类肥料,如何施法;哪块田施了多少肥料,种了什么庄稼,他就能估计出这块田的产量。

这几年来,所里一批年轻的科研人员,在老徐的指导和帮助下,带领犯人开展了一项又一项的农业科学试验,取得了可喜的成果,在1988年江苏省

“丰产杯”竞赛中就有 5 项夺标。

大地是宽厚而仁爱的，谁要赋予它汗水，它就会给以累累硕果报答。

5. 1988 年 12 月，石城南京，江苏省劳改劳教系统首届因人施教工作经验交流会正在隆重而热烈地进行着。洪泽农场 1 大队 1 中队指导员刘洪启在会上发言：

“前不久，几位同志在一起拉家常，谈起了家庭、老婆、孩子，一位同龄人问我：‘老刘，今年快有 40 了吧？’听了这话我十分诧异，我才 29 岁，怎么称呼我是 40 岁的老刘呢？回到家里，悄悄地照照镜子，看看自己脸黑、皮粗、发稀，确实一副老相，不禁长叹：怎么搞的，短短几年时间，模样竟如此大变。但仔细回顾这几年的经历，又使我感到欣慰，在洪泽农场这块土地上，留下了我坚定的脚印，在我平凡而宝贵的青春年华里，一样刻下了闪光的年轮……”

1983 年 8 月，刘洪启从江苏人民警察学校劳改专业毕业，分配到洪泽农场工作，一晃六年过去了。六年的风风雨雨，六年的酸甜苦辣，全都在这位沉稳而又敏捷的年轻警官一举手、一投足中悄悄逝去。我们和他初见面时，他只是坦然一笑：“没什么，只做了我应该做的一点工作。”

是的，一切往事，不管多么沉重，都不会有不堪重负的感觉，你尽可以舒心地笑一笑，可是当我们记录着刘洪启几年经历中的点滴事迹时，手中的笔好沉好沉！

1986 年 6 月，“3 · 20 事件”的阴影尚未散去，改造秩序很不稳定。年仅 25 岁的刘洪启受命于危难之际，担任指导员全面负责中队工作。所有工作中最棘手的便是那 14 名反改造“尖子”。在基层干过的人都知道“尖子货”是什么角色。刘洪启与战友们一起分析研究，凭着年轻人的勇气和胆略，独自承包了 7 名。罪犯刘某某，号称反改造“王牌”。一次，刘犯姐姐来接见，对他说：“家中年老的父母和我们兄弟姐妹 8 人都盼着你回家拍个全家照。”

刘犯冷冷一笑:“你们先拍吧,给我留个空,权当我死了!”姐姐碰了一鼻子灰,伤心痛哭。刘洪启第一次找他谈话,刘犯横眉冷对,出言不逊:“我刑也加了,禁闭也关了,镣铐也戴了,处分也背了,无话可说了。”似乎真是一张“王牌”。可就是这张“王牌”,在1987年春节大年初一这天,面对着中队全体犯人,痛哭流涕地对刘洪启说:“指导员,我对不起你,我理解干部的心,真心感到了温暖,我也是人,不能没有良心,你只当我新入监,才开始改造……”干涸的心田终于长出了希望的嫩芽。个中甘苦,只有刘洪启知道。

1989年春节前,高堂老母远道而来,看望儿子和孙女。返回时,刘洪启请好3天假准备护送母亲回家,车票都已买好,可临上车前小刘又改变了主意:快要过节了,中队干部太少,万一……于是,小刘只得朝母亲笑笑,拜托同路人照顾。坐在车厢里的老母亲望着儿子消失的背影,眼睛湿润了……

参加工作6年来,刘洪启从没有在家中与亲人度过一个春节,除了结婚外,从没有请过一次事假回老家看看,从没有想到要“跳槽”,当然,也从没有收受过犯人、犯属的金钱和礼品……在刘洪启的心中只装着工作,忘我地工作。究竟是什么动力促使他这么做?当我们向他提出这个问题时,小刘依然憨厚地笑笑:“我是农民的儿子,没有党的培养,到不了这项特殊的工作岗位上,曾经也有人劝我离开这里,可是中队里50年代参加工作的老同志,至今疾病缠身还坚持工作,他们能干,我们还有什么理由不好好干。”

是的,大地之子是不会忘记大地的养育之恩的。

6. 短短的几天采访,虽然有“伏尔加”为我们奔驰南北,也难窥洪泽农场13万亩土地之一斑。

那天晚饭后,我们溜达到场部办公楼的传达室。刚过6点钟,机关工作人员陆续开始上班。6点3分,场长邱维湘到了;6点7分,年轻的副场长李新潮到了;6点20分,副场长吴以龙到了;6点40分,副政委顾芳初和副场长刘先锦又到了。5位场领导都和普通工作人员一样,每天晚上都自觉登记上下班时间。我们作了这样一个统计,从6点上班算起到10点以后,5位场领导在11月晚上的加班达112人次。每人每月达22.4次,一个月加班达89.6小时、11.2天。不用说,这就是农场发生巨变的密码。

这是一片神奇的土地。这里有老干警们埋下的忠骨,有新干警们洒下的热血和汗水;有成为农场经济支柱的金陵扳手,有白鹭翔集效益显著的麦鱼轮作区;有快速出击的支队特别行动小组,有灯光下干警呕心沥血、循循善诱的教诲;有朗朗的读书声,他们是祖国的花朵、农场的未来。这一切的一切,虽没有诗人为你作诗,没有画家为你作画,没有歌唱家为你唱歌,可那汩汩流淌的徐洪河将永远为这样一群特殊的耕耘者轻轻吟唱。

1989年12月

万水千山总关情

写在前面的话

乘着三月的春风,我们踏上了西去的列车,1994 年 3 月 16 日至 4 月 10 日,笔者与本刊同仁春华兄,对陕西、青海两省的部分劳改单位作了为期近 1 个月的采访,前后行程万里,采访了 7 家劳改单位、1 家劳教所,掌握了许多感人至深也叫人深思的第一手材料,使我们真切地感受到了西部劳改干警豁达、豪爽的性格,以苦为乐的敬业精神和默默无闻、无私奉献的可贵品质,同时,通过采访也增进了了解,建立了友谊。特别是我们所到之处,都受到了兄弟省劳改局领导、编辑部同行的热情接待、支持和悉心照顾,从而使采访工作得以顺利进行。

回到家里,日子又恢复了往日的平静,但每每想起这段经历,想起采访中接触到的每一个人和每一件事,心中就会激起层层涟漪。四海之内皆兄弟,更何况"天下劳改是一家"。我想,万水千山隔不断我们真诚的友谊。

本文以日记的形式,扼要介绍我们在采访途中的所见所闻所感,今后还将择要编发一些重点采访文章,作系列报道。

3月17日　星期四　晴

经过近22小时的颠波，今日下午1时30分我们平安到达了古城西安。

走出站口，首先映入眼帘的便是宽阔、热闹的广场，广场的南头就有一堵高大、完整、气势恢宏的城墙横亘在我的面前，心中不禁油然而生起一种肃穆之情——一千多年前的京都长安，该是何等气派！

来不及多瞧一瞧，更没法往深处想，得赶紧找到接站人，结果在广场上转了一圈未能见到，不免有些着急，回头再找，果然，在人群中发现了《江苏新岸报》的牌子。我俩赶紧跑过去，自我介绍、热情握手，见到了自己人，心中不由得升起阵阵暖意。接我们的是陕西《新生报》副主编张淑琴和小梁编辑。他们的爽直、好客，让人一见如故。

住下以后，张主编便带我们品尝了西安的风味小吃——辣子面，辣得我们浑身直冒汗，邵的额顶亮晶晶的也越发可爱，叫人忍俊不禁。

在家时，觉得西安非常遥远。出来以后，才知道这仅仅是想象而已，世界原本就很小。

3月18日　星期五　晴

上午去了陕西《新生报》编辑部，具体商量一下采访活动的安排。

出发前我们便打算要采访一些有特色的东西。陕西的特色是什么？上午，教改处的赵处长来看我们，和张主编议及这个问题时他们非常谦虚，说陕西很落后，哪方面都比不上江苏，要说“特色”只有“延安精神”——传统的艰苦奋斗精神。他们说在延安地区有家劳改单位，条件很差，干警非常辛苦。如果真要体验“延安精神”就去延安。我们自然求之不得，决定明天动身去革命圣地延安。报社在人手非常紧张的情况下派小毛编辑陪同我们一起去。

小毛就是陕北人,学校毕业后还在那个农场工作过,对情况比较熟悉。看上去小毛是一位容易接近的小伙子,他的言辞不太利索,长相亦看老,在一起用午餐时才发现他其实是一位颇为幽默、活泼的小伙子。他说他爱写诗和散文,还是中国乡土诗协会会员,从他黝黑的脸上,又使我想起陕北的李有源,一曲《东方红》使他成为一名永恒的诗人。陕北的黄土地本来就充满着独特的诗韵,捏一把黄土就会触摸到其中空灵的诗境和醇厚的诗风,否则,怎会有那高亢、悲怆的“信天游”、那情意缠绵的“兰花花”?生活在这片土地上的人们,大概“不会吟诗也会吟”了。

3 月 20 日　星期天　多云

小时候便知道延安有座光芒四射的宝塔山。读大学时,贺敬之的《回延安》也把我们带进了梦回延安之中:一回回梦里回延安/双手搂定宝塔山/三十里铺柳林川……诗句虽已基本淡忘,可好梦成真,延安竟就在我的眼前。

昨天钻了 101 座山洞(隧道)后,从西安来到了延安。住在宝塔山脚下姚家坡农场驻延安市的转运站内,早晨起床,拉开窗帘就能看到那挺拔的宝塔山。据说去姚家坡还有 90 余公里的路程,还没到农场,但农场的气息已扑面而来了。

洗刷过后准备去用早餐时,小毛带来一位年轻人。小毛说,他是姚家坡农场最偏远的一个中队的指导员,今天星期天,进城办点儿事,寒暄一番后便作自我介绍,姓邓,叫邓小林。1986 年从省警校毕业后分在姚家坡最偏远的五中队工作,一待就是 8 年。他说那里称得上是深山老林,成群的乌鸦在林梢上空盘旋,冬天还有老狼出没……三年前在老家找了个媳妇,如今也调到农场来了。

我问他在农场工作这么多年有什么感想,他说苦确实很苦,但工作总得有人干。小毛说,他是农场年轻人中比较出色的一个,不到 30 岁主管一个中队的不多。

小邓笑笑,连声说没啥、没啥。他说你们要采访还是去采访一下冯场长,采访一下马老师,我和他们家住在一块儿,过去只知道冯场长是个工作狂,天天加班,其他的我还不知道呢。其实马老师更苦,身体不好,拖儿带女,养老抚幼,冯场长从来不问家里的事……

吃早餐时,在转运站的食堂里见到一位面目和善的中年妇女也在用餐。一大碗小米稀饭,一只馍馍,一碟小菜,一个人默默吃着,见我们进来,她欠了欠身,善意地点点头,笑了笑。小毛走过去把我们介绍给她,原来,她就是冯场长的爱人马老师。

我们边吃边聊,她直说农场好苦,但农场干警从不叫苦,没有怨言。去年粮食夺取了大丰收,比上年翻了一番。她来农场已经28年了,从延安师范毕业的,一直在农场教小学。老冯是陕西师大毕业的,他俩是高中同学,结婚以后就在这个农场一直到今天。说到家,说到孩子,马老师不能自已,掉下了眼泪。28年的艰苦生活、风风雨雨,使她疾病缠身。如今,第二代又开始扛起了父辈肩上的重任。

吃过早饭,她和小邓起身告辞。望着他们远去的背影,我们的心情变得沉重起来。姚家坡,究竟是个啥样子呢?

3月21日　星期一　多云

今天终于向姚家坡农场出发。

出了延安市,迎面矗立的一座山叫任台山,看上去山并不很高。沿着盘山公路爬到半山腰,回头望望,公路就像一条飘带若隐若现,车到山顶,左顾右盼,沟壑纵横,满山杂草丛生,也有少量并不茂盛的次森林。小毛说,你们来得还早,到了五六月,山上的野花开了,草儿绿了,那才美呢。秋天,各种野果成熟,树叶或红或黄,又别有韵味,真是层林尽染。

正说着，汽车开始下山，这时才真正能体会到“上山容易下山难”的滋味，一边是陡峭的石壁，另一边是深不见底的悬崖，180度的大回弯一个接一个，速度越来越快，我连大气也不敢喘，双手紧扶把手，窗外的景致再也无心观赏。

翻过任台山就到了南泥湾。南泥湾是延安的粮仓，是“塞北江南”，也是在这里形成并得以发扬光大的艰苦奋斗精神的代名词。汽车在平整而肥沃的大地上行驶，眼前不禁浮现出电影中经常能看到的南泥湾大生产的热闹场面，在有些山壁上，“自己动手、丰衣足食”“自力更生、艰苦奋斗”“延安精神万岁”的字样还依稀可辨，我不知道是否还是当年留下的。

下午2时30分终于到达姚家坡，“迎接”我们的果然是一只硕大的乌鸦，在高高的白杨树上跳跃，翻飞，神气活现——这里有成群的乌鸦，我们的心里早有准备，也就无所谓了。

姚家坡农场夹在两座山中，一条狭长的东西向山川是主要耕种地，加上山林，小水库等约有3万多亩土地面积，以种植玉米、水稻为主，年产值240多万元，其中农业产值占70%左右，场办工业很少，只有一座小煤窑、一座小砖窑，年产值80万元左右，240多名干警，关押1000余名犯人。由于亏损严重，效益较差，干部的收入不是很高，工资拖欠现象严重，奖金几乎没有，其他的物质生活条件也相当艰苦，但从场党委到基层干警都有一种想法，那就是立志改变贫穷落后的状况。

为了抓紧时间，晚饭后我们就跑了场部附近的几个中队，又分头去进行采访活动。我去了马老师家，冯场长出差去了，采访一下他的家人也许能从另一个角度了解到一些有价值的东西。

马老师也是今天才从延安返回的，听说在延安又发病了，看上去气色不甚好。见我去，还是非常热情地接待了我，又是倒茶，又是拿出又大又红的枣儿，要我品尝品尝，我吃了一只，果然甜美。

因为有了昨天早晨的接触，我的采访也就从冯场长的罗曼史开始，婚姻、家庭，工作、事业，欢乐、痛苦，无所不谈，越谈、越使我感动，冯国玉——一位普通的劳改干警，一位忠诚的共产党员的形象出现在我的眼前。为了工作，为了这个农场，他顾不了孩子，顾不了多病的妻子，更顾不了远在黄河岸边年迈的双亲。

天色已晚，我起身告辞。一阵夜风吹来，我不禁打了个寒战，陕北的夜晚比江南要冷得多，但我的心中却依然是热乎乎的。明天如果有时间，还想再作些补充采访。

3月22日　星期二　小雪转晴

早晨起床后天空就有些阴沉。气温降下来了，不久天空居然飘起了雪花，跟随我旅行多日的毛衣终于起了作用。

今天主要去五中队采访。早餐后，我们乘上吉普车往山里开去。中队指导员邓小林和我们一同前往。

汽车紧贴着山脚在崎岖的山路上爬行，雪越下越大，不多时便成了一个白色的世界。

五中队离场部有30余华里的路程，和场部相比，这里显得更加荒凉。中队里大多是30岁上下的小伙子，他们说，工作上苦一点算不上什么，最难耐的是“寂寞”，待上半个月都看不到一个女人，只有成群的乌鸦，在发出怪唳的叫声。

在这里工作的每一个人身上都有一段耐人寻味的故事。其中，有这样一位小伙子，他今年才23岁，1992年从延安师范毕业后分到这里从事管教工作。去年5月的一天，他突然感到右眼非常疼痛，有时还有充血现象，当时邓指导叫他去检查一下，但中队正忙着春播，人手紧，他也没多在意，拖到6月底，场部医院要求他到延安大医院去彻底检查。事有凑巧，7月5日那天

五中队民警在中队院内合影留念

后排右1为毛一奇(张建秋摄)

山洪暴发,同时发生犯人脱逃事件,他因病未去追捕,但还是坚持去带了一天工。等追捕人员回队他才去治疗眼病,诊断结论是“绝对期青光眼”。并且,拖延时间过长,必须要摘除眼球,否则将危及左眼。听到这个消息,他几乎不相信自己的耳朵,但诊断书上白纸黑字却不容半点怀疑。9月,他一个人去西安作了眼球摘除手术,摘除眼球的同时,女友“因难以在他与父母的反对中作出抉择”而“礼貌”地分了手。

小伙子在学校就是位品学兼优的学生,女友是他同学、同乡,终于还是“明智”地离开了他。“失明”连着“失恋”,命运对于他来说太不公平,但他却十分坚强,始终没掉下一滴眼泪。今年春节回家,当父母亲问他的眼睛咋样,这位小伙子竟然撒了一个令人心碎的谎言,说眼睛还能看见的。

医生说,过半年再去复查一次。如今半年已过,他说,眼看着又要大忙,复查的事还是等过了忙再说吧。

多好的同志,请记住他的名字:他叫王剑峰,一位年仅23岁的青年干警。

午饭是在中队吃的,真正地体验了一下艰苦的生活:主食是一碗洋芋粉皮,一只馍馍。照顾我们两个南方人,外加了两碗粗糙的大米饭。中队同志一再向我们表示歉意,条件有限,这已是最好的饭菜,平时没这么好,这样的吃法,一年中大半是这样。嚼着没有滋味的饭菜,我的心中更不是滋味……

晚上又去了马老师家,作了一些补充采访,明天按计划返回西安。在姚家坡的时间虽然短暂,来去匆匆,但感触颇深,收获也不小。

该好好休息一下,明天一早还得赶路。

3月26日　星期六　晴

今天采访了陕西省劳改局党委书记贺文明同志,他向我们介绍了陕西省劳改工作的基本情况和今后的发展蓝图,其中,他特别向我们介绍了陕西省委、省政府贯彻去年国务院第17次总理办公会有关决定的情况。他说,陕西省常务副省长徐山林去年年底专门就这个问题作了批示:财政再紧张再困难,也要执行中央的决定,也要解决这个问题。

作者(右1)采访贺文明(邵春华摄)

贺书记说,这是一个令人鼓舞的决定,但我们也清醒地意识到,不能因为吃了"皇粮"、吃了"囚粮",反而背上新的包袱,那就是懒惰的包袱,不思发展的包袱。陕西省的劳改工作在1984年前情况是比较好的,对国家是有贡献的,以后未能抓住机遇,掉下来了,现在既然有了这样良好的外部条件,应该奋起直追。

贺书记的话语里充满了坚定的信心。我们也相信,陕西的劳改事业一定会有一个辉煌的未来。

3 月 29 日 星期二 晴

今天下午顺利到了西宁市。

西宁处于青藏高原的边缘地带,海拔 2000 多米。我们感觉尚好,没有什么所谓的“高原反应”。

去车站接我们的是《青海新生报》主任编辑严老洪闻先生。在西安我们知道了他的一些情况:上海人、戴假发、酒量很大,也特别热情、善良。因此一见面,我们便变得非常熟识。严老已 60 岁开外,20 世纪 50 年代大学新闻系毕业后便直奔西宁,一辈子给了高原的新闻事业。如今,他除讲话还略带吴语细音外,其他都变得青海化了,真是“乡音未改鬓毛衰”——他其实已是“鬓毛稀”了,讲话时,他不时地用手扶一扶那个并不十分牢固的假发套。

一路说说笑笑便到了劳改局招待所,省劳改局管教处的公处长早就在迎候我们,住宿也已安排好,这又使我们心中暖暖的。

晚上招待我们,喝上了有青海特色的“刮碗茶”和青稞酒。我和春华都不胜酒力,但还是喝了不少。用他们的话说,到了青海不醉酒就不算喝酒,他们还不无自豪地说,西宁市的酒销量名列世界第二,仅次于莫斯科。我想,不管怎么理解,至少反映了他们的豪放与热情。瞧他们行令划拳时的热闹气氛,其乐融融,置身其中,不醉也醉。

4 月 4 日 星期一 晴

这几天都由严老和报社的刘记者陪同,采访了西宁附近的劳改支队,对青海的基层劳改单位有了一个大概的了解。我们发现,这些单位经济效益不很理想，但改造工作都很扎实，不仅重视教育转化工作，而且非常注重文明管理和监区的环境建设，使犯人能在一个优美的环境中得到改造，尤其对外省籍犯人和少数民族犯人，无论在改造教育上还是在生活卫生上，都有许多好的经验和做法。

采访中我们也发现这里的犯罪情况特别是女性犯罪，与东部沿海地区有明显区别，女性吸毒、贩毒以及女性暴力犯罪十分突出。

连续几天的奔波，也使我们感受了高原气候的特色——干燥。鼻子里整天火辣辣的，嘴唇舔上去就像锯齿一样。其他方面都还行，没什么不适应。

4月5日　星期二　晴

采访塘格木农场这是在家中就计划好的。今天，我们乘上塘格木农场来西宁调犯的便车，踏上了去塘格木的路途。

塘格木农场是因为1990年4月26日那次大地震而闻名的。那次大灾难，犯人无一伤亡、无一逃跑、无一恶性案件发生，在中国乃至世界监狱史上创造了奇迹。这也是驱使我们一定要来采访的主要原因。西宁的同志提醒我们，那里至今余震不断，有些甚至达到6级左右，我们去采访的决心丝毫没有动摇。

今天是一个非常晴朗的好天气，一路上，蓝天、白云、苍茫起伏的群山和辽阔无垠的草原，成群的牛羊无忧无虑，悠然自得的牧人赶着羊群，叫人尽情地领略到了高原的美丽风光。

下午3点钟光景我们到达了塘格木农场。

接待我们的是管教科的张科长。他说，你们来正赶上了好天气，不过，根据我们的经验，有可能发生地震，前几天刚刮了几天狂风，又突然变得温顺，这不是好兆头。

虽然我们有心理准备，但如果要震起来，心中也没谱儿，只得听天由命。

说着，张科长便带我们去看“四·二六”大地震过后新盖的4层办公楼，果然，不久前两次大余震使东西两头的楼道都又裂了大缝，三楼、四楼没法办公了。

新修的办公楼，两侧因余震开裂属于危房

（张建秋摄）

因为时间很仓促，晚上我们就去采访了一位青年干警，他是教育能手，名叫骆五一，那次地震，他失去了2位亲人，2岁多的儿子小骆威和刚过50的母亲都被埋在了那间破土房中。失去亲人的打击并没有改变他对劳改事业的执着追求和强烈的责任心。在他的努力下，成功转化了多名反改造尖子，1992年，他被评为青海省首届个别教育能手。

他的爱人，还是我们老乡，江苏如皋人，19岁那年，她顶替父亲来到了这里，在农场总机工作，从她家采访结束，我们特地去看望了这位故乡人。

4月6日　星期三　晴

今天重点采访了塘格木农场党委书记、场长谢有容同志，他向我们详细介绍了农场的历史和现状。特别是那次大地震过后，塘格木人没有被无情的天灾压倒、压垮，而是强忍着巨大的悲痛，在各级领导、社会各界以及兄弟单位的大力支持下，仅仅花了不到一年的时间便重建了家园，并且，在改造、生产等各方面都取得了突出的成绩，这不啻又一个奇迹！

今天，最叫人难以忘怀的还是去看了农场的那块墓地。那次地震，农场除犯人没有一人遇难外，干警、工人、家属、学生、孩子等共有110人惨遭不幸。墓地离场部约一公里，在一块十分空旷的沙地上，四周除了呜咽的风声外一片寂静。一簇簇坚硬的芨芨草在阴风中瑟瑟颤抖。清明刚过，墓前有新烧的纸钱，纸钱随风飘零。大大小小的坟堆前，竖着一块块石制的或木制的墓碑。而当我看到墓碑上几乎在同天刻下的"显考千古""爱夫安息""爱女安息"等字样时，我的心仿佛停止了跳动，禁不住潸然泪下。不幸，为什么总要降临到善良而无辜者的头上！极目处，是起伏的群山。群山，能替我回答吗?!

4月7日　星期四　晴

今天从塘格木农场返回西宁，严老他们为我们订好了返程的车票。如果不出意外，明天下午就可以踏上回宁的火车，这次采访活动基本结束。回想这二十多天的生活，现在脑中一片混乱。但我想，在今后日子里，一旦想起这段不平常的经历，一定会有许多现在也许还不能体会到的感受。我将永远记住，记住在这次采访中结识的每一位朋友，和他们的故事。

1994年4月

遥远的塘格木

早就听说,在遥远的青海湖畔,在苍茫的阿尼玛卿山脚下,有一座闻名遐迩的中国西部监狱——塘格木,1990 年 4 月,一次里氏 6.9 级的强烈地震,使这个农场变成了一片废墟,也夺走了许多无辜者的生命。

如今,灾难已经远去,但那山、那水、那神奇的土地和那热土上的人们,却始终深深地吸引着我们,虽然我们相距遥远,彼此并不相识,但我们的心却相通,于是,当我们确定去西部采访,便计划好,到青海一定去塘格木……

那一天终于如期而至,1994 年 4 月 5 日。我们在青海省劳改局管教处的安排下来到塘格木,作了为期两天的采访。两天时间太短太短,但遥远的塘格木却永远留在了我们的记忆深处!

塘格木——天上的星星降落的草毡

塘格木位于青海西宁南部,离西宁市 200 余公里。那天上午,我们搭乘一辆塘格木农场来西宁调犯的便车,踏上了去塘格木的路途。

还记得那天的天气特别好，一路阳光，一路蓝天，风儿轻轻，云儿淡淡。第一次踏上这美丽的青藏高原，真让人有一种说不出的兴奋。偶尔，高原上的雄鹰在天空中自由舒展地飞翔；偶尔，成群的牛羊无忧无虑，徜徉在广阔无垠的大草原上。汽车在柏油公路上行驶，车辆很少，行人更少，除了车轮发出“沙、沙”的摩擦声外，天地间竟显得如此宁静、安详。天堂大概就是如此吧——我想。

从西宁出发不久就要翻越青海著名的日月山。日月山其实并不高，海拔3000多米，它是青海农牧区的分界线，山东是农业区，山西为牧区，因而很有名。关于日月山还有许多美丽的传说，据说当年文成公主进藏，吐蕃王松赞干布亲临此地迎候。大唐公主回首举目，故国一片烟雨中，好不心酸，好不依恋，万般思念涌上心头，手中的宝镜跌落在地，遂成日月二山。

山不在高，有仙则名。汽车远远地在日月山脚下绕行，我凝视良久，心中不免涌上几份感悟：历史与现实、战争与和平、军号与驼铃、族旗与嫁妆、吐蕃王与大唐公主……这一切皆集于一山，今日能过此山，当属幸运——日月山，一座美丽的山。

翻过日月山，经倒淌河，便进入了塘格木农场所在地——海南藏族自治州共和里境内，下午三点钟光景，我们到达目的地塘格木。

据当地人介绍，“塘”在藏语中是“平坦”之意。“塘格木”在藏语中读成“塘格木拉麻”，意为“天上的星星降落的草毡”，这是一个充满浪漫气息的名词。建场前，这里是荒无人烟的荒漠草地。方圆几十公里内没一座村庄，只有成群的野狼出没。

1955年10月，一堆篝火照亮了这沉睡千年的荒滩戈壁，昭示着一个辉煌明天的到来。为了巩固新生的人民政权，上级决定在这里开荒垦地，创建劳改农场。驰骋在剿匪战场上的军人服从国家需要，就地转业，成为农场的第一代拓荒者。他们为农场的建设与发展克服了难以想象的困难，在这人迹罕至的荒草地上，建设成了一个具有相当规模的现代化劳改农场，真正地变成了“天上的星星降落的草毡”。

然而，刚刚步入20世纪90年代的塘格木，一场劫难正悄然逼近。

“四·二六”大劫难

4月的高原风沙弥漫，天地间一片昏黄。拥有20余万亩耕地、5千余人口的塘格木农场，远远看去，躺在这一望无际的草原上，多少让人感到孤单。

但进入场部便有种似曾相识的感觉，农场特有的气息扑面而来。岗楼、高墙、电网；蓝天下高高飘扬着鲜艳的五星红旗，还有许许多多穿戴不甚整齐的干警们，来来往往忙碌着。这一切明白无误地告诉人们，这里是专政机关，是劳改农场。当然，场部也像一座小镇，当地的农牧民牵着驴、骑着骆驼，三三两两来场部商店购买日用品，悠然而来，悠然而去。

在场部，最引人注目的还是那座高耸入云的纪念碑。纪念碑矗立在场部影剧院的土广场上。碑的正面是江泽民同志的亲笔题词：“四·二六抗震救灾纪念碑”。另一面是碑文写道：

1990年4月26日下午6时37分，海南藏族自治州共和县、兴海县之间发生6.9级强烈地震，位于震中的青海塘格木劳改农场场部周围遭到毁灭性的破坏……

我不忍再往下看。阳光下，纪念碑显得庄严、肃穆，令人肃然起敬。4年前，那惨淡的一幕仿佛就在我眼前。

那天上午，在场长办公室，塘格木农场党委书记、场长谢有容接受我们采访时说，这件事叫谁遇到了都终生难忘！

怎么不呢，地震发生时，场领导就他一人在家，该担多少斤两、负多大责任啊。谢场长的语气显得非常平缓，但从他艰涩的记忆中能让人感受到常人难以体察的感受。

谢场长说,记得那天是个大晴天,风很大。一早,他带了几位科室人员上了农场水库,水库离场部20多公里,正在修一条管道解决农场饮水问题。中午吃饭前又到监房查看犯人伙食,给犯人作了春耕动员。下午,沿着管道来到六中队,有条深沟挡住了去路。谢场长叫其他人绕道开车回去,自己步行,到场部已将近6点,在生产科批阅了两份文件,又到财务科询问有关情况。这时,西南方天空呈暗红色,陡然间又变得十分昏暗,原本呼呼的风沙也安静下来。谢场长对财务科的闵科长说,怎么这么闷。话音未落,大地抖动了一下。闵科长反应很快,说,哎,地震了吧?话音未落,地面剧烈颠簸,像大海的波涛。闵科长抓住了谢场长的手不知所措,隔壁农机科科长从办公室冲出来,也紧紧抓住谢场长的手。谢场长当即意识到问题的严重性,与两位科长一道尽力往大门爬去,场部房坍屋塌,尘埃满天,妇幼啼号,哭声震天,更多的人惊慌失措,乱成一团。

震后的塘格木到处残垣断壁(照片提供:张建秋)

一切都那么突然,仅仅十数秒钟世界就变得惨不忍睹。

作为农场最高行政长官(当时谢有容为党委副书记,场长、党委书记、政委及其他场领导均因公在外),谢有容意识到肩上的职责。面对残酷的现实,需要冷静、果断和勇气,头等大事是救人并维持稳定。

最先赶到的还是驻场武警官兵,魏副大队长带着一队人马赶来,谢有容场长下达的第一道命令是要求一部分人控制监狱;一部分人到商店、储蓄所、配电房、武器库等要害部位值勤,其余人员现场救援。

农场纪委何书记顾不上家里的情况(事后得知,何的妻子遇难),匆忙赶到谢场长跟前请求分配任务。办公室的行政管理员从瓦砾中扒出一张破桌子、一张椅子,摆在路边,农场抗震救灾临时指挥部宣告成立。谢有容发布的第二道命令是,伤残人员集中安置到学校操场,车队负责火速送往海南州府抢救。

灾情比预料的要严重得多。干工住房基本倒塌,许多人埋在里边,其中大部分是来不及撤离的老人、孩子,而农场自身的抢救力量非常有限,通讯又中断,无法与上级取得联系。即使联系上,救援队伍也难以立即赶来。

就在这紧急关头,一大队大队长跑来请示谢场长,能否带领犯人组织救援?这能行吗?谢场长沉吟片刻,一声令下:干!出了事,我负责。这是谢有容发出的第三道命令。

过后想想也确实后怕,谁能知道那些人会趁机干出些什么来?但在那种特殊情况下也顾不了那么多。谢场长说,没有比救人更要紧的,我只算一笔账,那就是如果跑掉了两名犯人而救出了两名遇难群众,值!

警惕是必要的,担心也不是多余的,但那些参与救援的服刑人员拿实际行动来回报了曾经挽救过他们的干警,用他们的良知和行动向世人表明:犯人也是人,是有血有肉有感情的人。许多犯人得知允许参加救援激动得掉下了眼泪,而有些表现不佳被禁止参与救援的犯人则一次又一次地请求,甚至长跪不起。其中有名犯人正受戴铐处理,他跪在队长跟前乞求,一定得让他去救人,回来以后再铐上,铐多久都行。

就这样,一大队共有 80 余名犯人参加紧急救援,118 名埋在废墟中的民警职工家属、孩子、老人得以被救出，幸免于难。

晚上 10 时左右，海南藏族自治州党、政、军以及自发组织的救援队伍 400 余人首先赶到地震现场；第二天凌晨 4 时，青海省副省长、政法委书记及有关方面负责人，带领中国人民解放军、武警官兵约 2000 余人到达塘格木，各种救灾物资也源源不断运到灾区。

这时，已连续工作了十五六个小时的谢有容才感到口干舌燥，喉咙早已嘶哑。

这次地震，塘格木农场 14 万平方米的房屋倒塌或倾裂，各类设施、设备及个人财产损毁严重；110 人遇难，126 人致伤致残，这其中没有一名是服刑人员。在这艰难时刻，所有服刑人员都显示出善良的一面和人性的光芒，不仅积极参与救援，而且自觉维持秩序，没有一名服刑人员脱逃或趁火抢劫，在中国乃至世界监狱史上写下了光辉的一页。

抹不去的哀思忘不了的情

岁月悠悠，春去春又回；芳草萋萋，几度枯又绿。4 月，对于塘格木人来说是一个充满苦涩记忆的季节，无论高原的风多大、高原的天多蓝，都难以抹去他们心头的点点哀思、缕缕悲情。

今年 31 岁的副科级指导员骆五一，4 年前是一大队二中队负责管教的副中队长。那天下午轮到他带班，傍晚收工刚把犯人带进到监房就发生了地震，他立即把犯人带到院内，边稳定犯人情绪边控制现场秩序。几个小时后才有人来接替，他匆忙赶回家——哪儿还有他的家呀！54 岁的母亲和 2 岁零 8 个月的儿子同时遇难。骆五一红着眼，一遍遍呼唤着母亲和儿子小骆威的名字。面对苍天，面对辽阔的草原，面对茫茫群山，小伙子欲哭无泪，欲喊无声，只能轻轻地抚摸着亲人的躯体请求原谅。

那个宁静的夜晚，骆五一向我们断断续续叙述那不堪回首的往事。当他取出儿子的照片,照片上小骆威天真的笑靥让我不忍卒睹而紧闭双眼,耳边却仿佛传来了小骆威清脆的笑声。

农场中学化学老师龙建勤与我年龄相仿,看上去却显得疲惫而苍老。从他黝黑的脸容和忧伤的眼神中能感到他的心依然在流血。地震中,年轻力壮的龙老师冒着生命危险冲进教室救出 4 名学生,荣立一等功,1 岁多的女儿龙洁和年仅 19 岁的妻表妹却一同埋在了自家的废墟中,不幸遇难。而龙老师的家,离学校只有 200 米远,仅仅 200 米!

地震过后,农场的家属、群众集中到了文化中心广场。失去了亲生骨肉的龙老师和他的爱人相依在一起,以泪洗面,默默无语。不知什么时候学生们来了,一个,两个……20 多个学生围在老师身边,从家中带来的馒头、饼撒了一地,恳请老师吃一点,保重身体,今后日子还长呢。一名平时比较调皮的男生,紧紧拉着龙老师的手不放,满含热泪深情地说:"龙老师,原谅我。从今往后您看到的不再是过去的我,您放心。"

想起那惨淡而艰难的时光,龙老师多次哽咽着说不下去,大颗大颗的眼泪顺着他瘦弱的、满脸胡茬的脸颊淌下,打湿了我的心。

秦文碧,塘格木农场幼儿园的一位普通老师,在那次地震中化作了冰山上洁白的雪莲。

大漠孤烟直,长河落日圆,戈壁草地的傍晚自有她独特的壮美景象。那天傍晚,刮了一整天大风的塘格木终于安静下来,太阳还没有落山,无垠的草原残阳如血。

一切都跟往常一样,忙碌了一天的人们准备下班回家。秦老师也已做好了下班前的准备工作:给孩子们洗脸,擦手,衣服穿戴整齐,书包也背好了。孩子们排队等候在门口,只等爸爸妈妈、爷爷奶奶来接。

天天如此,日子虽然平淡,可望着眼前这一个个精灵似的小淘气,在自己的精心哺育下一天天长大,秦老师的心中涌上了难以言表的甜蜜与幸福。

就在这时,灾难从天而降。

地震发生后,人们第一时间赶到场部幼儿园救援,幼儿园的土房完全倾覆。人们徒手扒开残垣断壁,震撼的一幕出现在大家眼前:教室门口,秦老师半蹲着,左手抱一个,右手拉一个,另有两个孩子紧紧跟在身后,一根横梁打在后脑。秦老师一动不动,雕塑一般。

见此景象,现场所有人都掉下了眼泪。

那次地震,幼儿园的秦文碧老师和 9 名儿童一同遇难。从现场可以看出,秦老师离生仅半步之遥,她却把求生的瞬间化作了永恒的爱,献出了年仅 44 岁的宝贵生命,青海省人民政府授予她“革命烈士”荣誉称号。

秦文碧是四川人,1965 年 3 月,一线姻缘把她牵到了戈壁草地,那年她年方 20 岁。刚来时没有工作,被临时安排教书,高中毕业的秦文碧在农场算得上是个知识分子,从此她与学生、与孩子便结下不解之缘——虽然她始终是个“临时”教师,有时只去代课,代一个学期、一个月,甚至一个星期,不拿一分报酬,她都去干。

1988 年,农场聘她当幼儿园教师,她二话没说,自学有关幼儿心理、幼儿教育知识,把幼儿园办得有声有色,嘹亮的歌声与稚朴的话语不时从土房子里传出。

农场人都知道她爱孩子,把孩子交给她你尽可以放心而去。有时来不及去接孩子,她会把孩子带到自己家,有时下雨下雪家长来迟了,她就送上门。冬天天气很冷,为了孩子她总是先到教室生炉子,孩子们去了以后暖融融的,一个个像只快乐的小鸟。这一切对于她来说太平常。孩子是她的生命和全部人生,就在地震前一小时,有人还看到她在幼儿园门口平地,免得孩子们奔跑玩耍不安全。

震后,遇难孩子的家长一致要求把孩子和秦老师埋在一起,永不分离。如今,在秦文碧烈士墓周围簇拥着 9 颗小星星,永远陪伴着他们的老师。

墓 地

如果不是什么特别的日子,或者具有什么特殊的纪念意义,我想,人大抵不会轻易去亡故者安息的地方走走、看看的。

但有时在旅途中,面对窗外孤独地沉思,忽然眼前闪过杂草丛生的墓地,我的脑中随即会冒出一些奇怪的念头,譬如他们活着的时候,为了生活也一定得四处奔波,也有过无数的梦想与太多的失望,他们或许死而无憾,或许带着遗憾而去等。但这些念头大都一闪而过。人生在世,终有归期,生生死死本是生命的轮回,从来的地方来到去的地方去乃是一种必然。

然而,我这种似乎超然的生死观并非是一种固有的人生积淀,相反,面对人世的生离死别,我那脆弱的心灵常常会感到不堪一击,感到不知所措,而如同那暮秋的落叶一般,只剩下无奈的叹息与悲哀。

在塘格木农场的那几天,当我们采访了骆五一等人后,我的心情便一直沉浸在那种境界里难以自拔。于是,在那天下午,我们又去了在地震中遇难者安息的地方。迈着沉重的脚步,慢慢地、慢慢地走过那一座座长满芨芨草的坟墓,那如冷霜一般的悲凉便袭上心头。虽然,高原的阳光总是那么灿烂,灿烂的阳光却怎样也不能照亮我那黯淡的心情。

墓地在农场东北部一块空旷的草地上,就在他们生于斯、长于斯的土地上,也成了他们永久的归宿。四周除了风声外一片寂静。墓地上除了参差不齐的墓碑什么也没有,光秃秃的,墓碑有石制的,也有木制的,立碑的日期几乎在同一天——1990 年 4 月 29 日,也就是地震 3 天后。眼下清明节刚过,墓前摆着一些祭品,新烧的纸钱随风飘零,寄托着未亡人的缕缕哀思。

唉,去的就这样去了。他们,或许都很平常,没有太多的奢望,也没有惊天动地的业绩,但我想,真实的生命不首先就在于他的平常和平凡吗?

我从墓前走过,轻轻地、轻轻地移动着我的脚步,唯恐惊动了九泉下的长眠者,眼泪默默地在心中流淌,洒落在这广阔无垠的草原上。

是的,生命总有归期,但他们是否去得太匆忙,在突如其来的訇然声中化作了永恒,让人只剩下一片悲凉。

高处不胜寒。在这永恒的去处,我脆弱的心灵,我惨白的心绪,终究难以感受到高原阳光的灿烂辉煌——生命是宝贵的,可不幸为何总要降临在善良而无辜者的头上?极目处,是苍茫的群山,群山,能替我回答吗?!

再见,塘格木……

没到塘格木之前,青海省劳改局的同志就告诉我们,那里至今余震不断,有些甚至达到6级。到塘格木后,接待我们的管教科张科长笑着:"你来正赶上了好天气,前些日子连续刮了几天的狂风,今天风和日丽,很温顺。不过,据我们的经验,像这样的天,得提防着,有可能地震……"

"四·二六"大地震后,这里一直余震不断,仅今年就发生了两次较大的余震,一次是元月3日,强度6.3级;另一次是2月16日,强度为5.8级。这两次地震给重建起来的塘格木又造成了相当大的损失,那座漂亮的4层办公楼两端裂了大缝,三层、四层已无法办公。此外,监狱围墙、岗楼等又出现坍塌,监房中的防震棚至今没有撤掉。

面对暴戾的天灾,勤劳、朴实、豪爽的塘格木人没有退却,在上级部门和地方各级政府的大力支持下,在场党委强有力的领导下,仅花1年多时间就基本完成了重建工作,并从1991年至今,他们在余震不断、连续二年干旱的艰苦条件下,改造、生产都取得了突出成绩。改造上,改造秩序稳定,几年来未发生一起重大恶性案件,规范化管理、"三分"工作都已全面推开,改造质量不断提高。生产上,他们"克服等靠要"思想,坚持自力更生,工农业生产连年上新台阶,1991年,农场亏损达300余万元,此后每年减亏100万元。1993年,塘格木允亏110万元,实际亏损101万元;1994年,上级核定塘格木允亏50万元,而他们的目标是争取实现收支平衡。这在塘格木农场的历史上又将是一个新的里程碑!

数据是枯燥的,但枯燥的数据却凝聚着塘格木人的全部才智、心血和汗水!

两天的采访只是短短的一瞬,临别时好客的主人为我们送行,场长谢有容依然用他悠悠的话语对我们说:欢迎你们再来!

我紧握着他宽厚而有力的手,点点头,轻轻道一声再见,塘格木……

1994年8月

生活着是美丽的*

值此第四次世界妇女大会在中国隆重召开之际，谨以此文献给为监狱事业默默奉献的女干警，并向她们致以崇高的敬意。

——题记

都说做女人不易，做一名女干警就更难。

但在地处长江入海口的江苏省南通监狱女犯大队，却正是一个由女性组织的群体，她们还是一个久负盛名的先进集体。

这个大队共有女干警72名，担负着1000多名女犯的监管改造和针织服装缝制任务。多年来，突出的成绩使这个大队获得了许多荣誉。自然，荣誉的背后凝聚着她们无数的心血和汗水。

8月的一天，我们慕名来到这里采访。征得监狱和大队领导同意，我们着重采访基层一线女干警。

其实，她们都很平常，是极普通的女性。在家，她们为

---

* 本文由本书作者策划、通稿，与徐虹、万众共同采访并完成写作。

人妻、为人母,是家庭的主妇,得为一日三餐操劳,得设法为丈夫“乔装打扮”,得精心呵护宝宝,愿他日日平安,快快长大;她们是女人,女人天性爱美,爱在一起说悄悄话,有时还爱哭鼻子……

但是,她们是警察,是管理、改造女犯的女警官。于是,所有关于女人的话题,在她们身上就不得不被极富个性化的职业所掩盖,并在她们看来是极普通极平凡的学习、工作、生活中演绎出一个又一个酸甜苦辣的人生音符!

你要女儿,还是要犯人……

刘卫,你着一身警服,显得比同龄人更加成熟、稳重、深沉,尤其是那双眼睛仿佛能穿透一切,平时总是一副冷冰冰的样子,但在我们的多次接触中,我渐渐地被你“外冷内热”的魅力深深吸引……

身为干部子女,你已是第二代“劳改”了,也许,从小就为父辈们创业、吃苦和无私奉献的精神所熏陶、感染,如今,当你在这个特殊的岗位上默默耕耘的时候,你便无怨无悔。

有人说,女人是水做的,但我没想到你这里竟关了那么多杀人犯、抢劫犯,她们难管吗?你自信地笑了笑说:“她们大多性情暴躁,往往一念之差就会酿成大祸,管理她们要掌握火候,进行适时的冷热处理。”你的一席话,如数家珍,使我油然心生敬意,尽管你的面孔依旧是冷冰冰的,可掩饰不住对工作的热情,对女犯的关心。

在我的采访中,我亲眼所见有一名女犯刚刚被确诊为乳腺癌,诊断单递到你面前,你说:“人命关天,抓紧时间立即办理保外就医。”第二天是双休日,对一名癌症患者来说,时间就是生命,容不得半点拖延。第二天一早,你就去为女犯的保外忙碌开了,而你却又一次放弃了休息。

你是一名干警,也是一位女人,既是妻子,又是母亲。在女儿的成长过程中,你常常感到深深的内疚。你对我说,在女儿上幼儿园时,因无暇顾及女儿,阿姨曾怀疑这孩子怕是没妈!

都是独生子女,难道你不想更多地关心女儿的成长?不。天底下哪个做母亲的不爱自己的孩子呢!可你实在是分不开身。

数年前初秋的一天夜晚,电闪雷鸣,风雨交加,监区突然停电,停电就是命令。可爱人出差,女儿还小,怎么办?你毅然推开缩在怀里的女儿,不顾女儿撕心的呼喊,径直往中队跑。耳旁久久回荡着女儿的哭喊:"妈妈,你是要犯人,还是要女儿?!"每次想到这样的事,泪水总会盈满你那双大大的眼睛。妈妈真的这样狠心吗?妈妈何尝不要女儿,可妈妈更放不下那需要教育挽救的女犯啊。

1990年以来,你一直担任六中队主要领导,还被聘为副科级中队指导员,从中队长到指导员,肩上有分量、有压力,强烈的事业心和责任感使你不敢懈怠。不过,我对你说,你要女犯,也要你的女儿呵……

结束采访时,我提议咱俩合个影。瞧,照片上的你笑得是那样的真切,那样的实在。

选择了这一行,就要把这项工作干出色

她叫殷红云,看得出来,她是一个办事认真的姑娘。1987年抱着一心跳出"农门"的纯朴念头,考取了江苏省公安专科学校,学的就是劳改专业。三年后,分到南通监狱,开始了管教女犯的工作。

"选择了这一行,就要把这项工作干出色",她是这样说的也是这样做的。工作五年来,她一直从事女犯的思想教育工作,把自己的专业知识与犯人实际紧密结合起来,针对不同类型、不同地区、不同身份、不同家庭背景的女犯开展行之有效的分类教育,平时做事总讲究"认真"二字。这"认真"二字使她在工作中探索和积累了丰富的管教经验,并由实践上升到理论。几年来,先后完成了《女犯分类教育的实践与思考》《暴力型女犯的改造特点及

对策》《浅谈新时期女干警队伍建设》等论文。也是这“认真”二字使犯人对她敬畏、信服。如今她从一名普普通通的管教干事成长为一名省级个别教育能手,并挑起了中队管教副队长的重担。

在外界看来,监狱干警仿佛个个都不近人情,可走进她们的生活,她们的内心世界也是那么的丰富多彩。她们体贴、温柔、细致入微;她们也爱美、爱打扮、风姿绰约,只是为了这项特殊而神圣的事业,把这一切深深地藏在心底。红云,虽然拥有这个美丽的名字,也不例外,她和她的同伴一样,付出的太多太多。女人,结婚生子是一生的大事。1992 年下半年,已身怀六甲的殷红云为了迎接一年一度的全省监管工作大检查,坚持工作到临产前。

如今,随着社会主义市场经济的确立,犯情狱情也发生了很大变化,对监狱工作提出了更高的要求。为了适应这种要求,她边工作,边又拿起了书本学习有关理论知识,参加法律专业本科段的自学考试,现已通过 9 门考试。我想,这正是我们新一代女干警的风貌,充满了竞争意识、进取意识和积极向上的精神风貌。

两次推迟采访的李灯兰

李灯兰,南通监狱女犯大队七中队副科级指导员。1986 年从江苏省人民警察学校毕业分配到这里便一直在基层工作。一晃十年了,当年 20 岁出头的大姑娘,如今年届 30 岁,她也从一名普通的管教员成为出色的中队负责人。去年,这个中队还被局团委授予“青年文明号”光荣称号。

忙。14 名干警管理 280 多名犯人,其中 60% 以上是恶习难改的盗窃犯,犯人劳动又实行两班倒。14 名干警中,除去怀孕生小孩的、学习开会的、外出有事的,警力显得捉襟见肘,正常当班干警常常要工作十几小时,还经常得不到补休,她这个当头的就更忙了。

那天下午 4 点钟,采访开始不久李灯兰便朝我歉意地笑笑,说晚上要组织犯人进行“学习监狱法知识竞赛”活动,得去安排一下。她去了,直至晚上10点钟整个活动圆满结束,她一直未回家。晚饭在中队吃的,是一袋方便面。后来约好第二天上午再谈,结果8点半她来电话又是表示歉意,说9点钟狱政科下来检查监管安全,走不开……

这两件看起来并不起眼的小事,给我留下了深刻的印象。中队工作就是这样,不仅忙,而且繁杂琐碎,但她们却一丝不苟,无怨无悔。李灯兰说:中队干警都这样,都能相互体贴和关照,有强烈的集体荣誉感,遇到中队的事情,不管大小,大家都很自觉,都会争着上。

的确,要管理好280多名犯人,眼泪是不能解决问题的,靠某一个人也是不行的。

近十年来的出色工作,李灯兰获得了很多荣誉。对这一切,她只是一笑了之。她说她是一个讲究实际的人,没有太多的奢望,只希望尽自己的努力,踏踏实实把工作做好,能得到别人的理解就是最大的快乐。

不过,提到远在故乡年迈的父母,这位坚强的女警官还是忍不住眼圈儿红了。她永远也忘不了,那年去警校报到,善良的母亲和小妹一起送她,娘仨都未出过远门,一路折腾摸到警校天黑了,食堂也关门了。母亲去买了几个包子,塞给她和妹妹。她问母亲怎么不吃,母亲说晕车吃不下去。其实根本不是这么回事。那天母亲饿极了,只是想多省一点儿零用钱给女儿用……如今女儿早已长大成人,却无法回到母亲身边尽女儿的孝心!

是的,忠孝不能两全。但是,用出色的工作来回报父母的养育之恩,这能否算作做儿女的孝心呢?望着李灯兰远去的背影,我这样思量着。

何季红的“改造经”

今年才27岁的七中队管教队长何季红,有一双透着她一身灵气的大眼睛,更有一个响当当的绰号——“何大人”。我们在交谈时自然而然地从她的绰号开始了。

“也许我这个人比较死，遇到一些违法乱纪的事情，该怎么处理就怎么处理，尽量做到客观公正的缘故吧。”快人快语的何季红这么说起了她“雅号”的来历：“可是犯人总有那么些邪头喜欢你对她特殊些。如果真给她‘特殊’了，就不可能管好犯人，大多数犯人也不会服气。”

她说，犯人虽然犯了罪，但在犯人中间也有是非标准，就看我们干部能否秉公办事，不徇私性，做到一碗水端平。如果是这样，她就服你，如果不这样做，她表面上服你心里是不会服的。要知道我们在研究犯人，犯人更在日夜琢磨我们干部呢。

一番话说得我连连点头，“何大人”果然名不虚传。

1989 年，何季红从省劳改警官学校毕业，她说最留恋的还是 2 年警校生活。那时，她常常为走不好正步走挨训，至今想来竟是如此甜蜜。当年毕业分配，许多人劝她去男犯单位，可以不用直接管犯人。她想，去男犯单位会轻松些，可学了劳改专业又不去管犯人，那是很遗憾的事，于是她要求分到这里。不过，管犯人真是件苦差事，犯人中的情况太复杂了。说到这里，她笑了，我也笑了，我也管过犯人，能体会个中滋味。

今年五一节才结婚的何季红，还没有尝到家室之累。夫君是一家银行职员，条件自然不必说。我便问她：“他能理解你的工作吗?”何季红坦言道：“要真正理解恐怕还要有一个过程，倒还支持。就像今天（注：星期日）到这里来，我说到中队有事，他就说你去吧。这也是常有的事，有时我们连吃饭都碰不到。习惯了。”说完，何季红又一次笑了。我知道，这是她发自内心的、幸福的微笑——两情若是久长时，又岂在朝朝暮暮。

李艳芬——“规范化示范中队”的“领头雁”

你从苏鲁交界的黄海之滨走来，带着少女多姿多彩的梦，踏着时代的浪潮。你在警校读书时就暗自发誓，党把你放在哪里，你就在哪里生根、开花、结果。如今十几年过去了，你依然痴心不改，家里人几次欲将你调到徐州，你说离不开心爱的事业。

这里集中了社会上的坏女人——女杀人犯、女贼、女流氓、女骗子……对她们你恨其罪，爱其人；哀其无知，怒其不改；晓之以理，动之以情，导之以规，以罗丹的艺术之手，托起了一个个堕落的灵魂，再将她们送上新生的归途。你在平凡的岗位上创下了不平凡的业绩。

你是一缕清新的风吹开了多少迟开的花朵，吹绿了多少荒芜的心田。一位叫苏某的少女，因贪污被判无期，在你的耐心开导和真诚挽救下，终于鼓起了新生的勇气。如今在劳动、学习及各项活动中都走在同犯们的前头，并报名参加了英语自学考试。她对我说："能到八中队改造是一种福分。"腐朽能化为神奇！

你牢记国徽的神圣，执法的天平不能向任何一方倾斜，党的阳光雨露是公正无私的。有个叫吴某某的上海籍犯人，为了达到保外的目的，其家人竟要将大把大把的钞票掏给你，你不为所动，严肃地给予批评教育，你以实际行动维护了法律的尊严。

热情是你的性格，泼辣是你的工作作风，你知道自己的使命，义无反顾地将自己当成一把火，将生命之火熊熊燃烧，用温暖热情体贴关心部下，用以身作则带动大家，用坚毅战胜困难，用泼辣开创工作局面。于是，你就有了凝聚力，有了中队工作的新台阶，有了连续 3 年被评为先进集体，连续 10 年未出"三防"事故，有了"百安赛"连年优胜单位，有了"规范化示范中队"的称号。

荣誉属于集体，但我知道，女人们的事业成功往往要比男人多付出一倍甚至更多的汗水。

王宏脸红了……

她是一位干警的女儿，生于斯，长于斯。打懂事起，就喜欢上了橄榄绿。到警官学校读了2年书，像只燕子，飞出去又飞回来了，从此，南通监狱八中队又多了一名漂亮潇洒的年轻女警官，工作仅3年就被聘为管教副队长，稚嫩的肩头上挑起了并不轻松的担子。

我采访她时，她打开话匣子一个劲地说指导员工作能力如何强，业务水平是怎样高，她写的论文指导员一眼就看出了毛病所在；她说同事陈翠萍抓犯人的生活卫生很有起色；她说丁秀梅挺着大肚子，还冒雨从家赶来给犯人上政治课……在我的再三要求下，她才很不情愿地谈了她自己的事，而且脸红了。

我实在没什么好谈的，只不过是按上级的要求努力干好自己的本职工作。搞队列训练，抓文体活动，那是我的兴趣所在，哪像她们说的，什么不管分内分外的事都抢着干。再说本来就没什么分内分外，都是自己中队的工作，大家又都是好姐妹嘛。

终于开了金口，还是这么谦虚，我马上鼓励她说下去，她却说采访我算你找错对象了，我没有惊天动地的事迹让你妙笔生花。其实，工作上我总是感到力不从心，经验不足，不够老练，有时心里也老懊恼的。我要女犯每天写日记，想让她们自己暴露心理缺陷，然后给予必要的指导，可她们不乐意干，这种事情又不能强迫，怎样才能做到心理相容呢？我还没有找到对策。

处理犯人的问题，我是比较注意方法的，总是耐心地帮助她们分析为什么错，错在哪里，今后怎样注意，讲了那么多道理，她好像接受了，可有的好不了几天又犯了，真叫你着急。我也会产生畏难情绪，特别是有几个女诈骗犯，嘴皮很能翻，但对违规行为推得一干二净，屁股一拍三个谎，有时还真拿她没办法。够了吧，我身上确实没有多少闪光点。

“听说你内勤工作很出色。”

嘿,你别听她们吹。我只是能按时搞好各式各样的材料,该上报的上报,该归档的归档,再加上认真就行了。这工作不能拖,你越拖工作量就越大。

果然是平常人做平常事说平常话,但在这“平常”之中却让我感受到她那并不平常的追求。

采访稿写到这里,我们三人都感到意犹未尽,由于篇幅所限,还有许多被采访了的女警官未能得到反映,就像那位为了工作而三易其居的吴晓梅,七中队的老大姐连素萍,八中队的丁秀梅、陈翠萍,等等。在这里,我们只能表示深深的歉意和遗憾!同时,她们平凡而感人的事迹,同样会深深地印刻在我们的心中。

生活着是美丽的。让我们都记住所有为生活酿造甜蜜和幸福的人们……

1995 年 8 月

1998年:嫩江岸边的四方坨子

奥迪汽车在平坦的柏油马路上疾驶。

窗外,呼啸的北风裹挟着早冬的冰雪漫天飞舞,告诉人们北方的严冬已经来临。

老侯说,从长春到嫩江岸边的四方坨子有400多公里,乘长途车得一整天时间。老侯人称棋王侯五步,是一位心地善良让人一见就乐的老知识分子,在吉林新生报工作,我们原来是同行。这次我到吉林采访,老侯自然很高兴,丢下家中生病的老伴便随我去四方坨子,令我非常感动。司机小尹第一次见面,却一见如故。得知我要去四方坨子,就有太多的共同语言,他在省局为局长开车。抗洪期间,50多个日日夜夜,跟随局长战斗在抗洪一线,组织数万名群众、犯人大转移,那提心吊胆、涉水探路的每一个细节,历历在目,难以忘怀。

下午3点钟光景,我们踏上了四方坨子——吉林省镇赉监狱分局所在地,那是1998年12月16日,一个平常却多少让我期待的日子。

四方坨子的夏天

那天下午，当我们从镇赉县城往莫莫格渐渐进入四方坨子地域时，司机小尹不时向我指点着那桥上、路上、墙上、树上等被洪水浸泡、冲毁的痕迹。风中那一排排高高的白杨树默默不语，却分明在向过往的人们诉说着刚刚逝去的一切……

今夏进入汛期以来，地处嫩江岸边的吉林省监狱管理局镇赉分局所属9个监狱，肩负着嫩江吉林段0～38.2公里处的防洪护堤任务。从6月23日至8月28日的63个日日夜夜里，镇赉分局将工作重心全力转移到抗洪护堤上来，分局的广大干警、职工和服刑人员团结一心，众志成城，与洪水进行了顽强的抗争，以坚韧不拔的意志，不屈不挠、舍生忘死的精神保护大堤，为保住吉林省白城区数十万老百姓的生命安全，避免国家财产遭受更大的损失作出了突出贡献。

然而，镇赉分局的男男女女、老老少少该永远记住这个日子：1998年8月14日，正当分局干警、职工和服刑人员像往常一样在嫩江大堤上日夜坚守、拼死抢险的时候，意想不到的灾难发生了。

8月14日，嫩江第三次洪峰到达白沙滩水文站，水位高达137.50米，比警戒水位高2.6米，比危险水位高1.30米。就在这天，与镇赉分局接壤的黑龙江泰赉县嫩江大堤北王家子段决口，洪水如脱缰的野马奔腾而下，从分局所属五监狱西北部侵入，向全场推进。8月19日，四方坨子通往镇赉县城的公路被洪水切断，20日，洪水大量涌入，供水供电全部中断，至24日，镇赉分局9个监狱、13万亩土地、208平方公里，除去地势最高的分局办公楼所在地——四方坨子中心方圆不足3平方公里的土地外，全部被淹，平均水深2米以上……短短10天时间，噩梦般的“灭顶之灾”无情地降临在四方坨子肥美的黑土地上，42年，几代人的艰辛和血汗毁于一旦。

荣获抗洪二级英模称号的镇赉分局二监狱监狱长刘玉杰清楚地记得,7月5日,分局在二监召开了农业丰产优胜单位现场会。二监这几年的生产形势一直不错,1998年粮食的长势特别喜人,产量有望突破历史最高水平。刘玉杰希望粮食卖掉后,先偿还向干警、职工借贷的工资(由于缺少流动资金,二监每年都在年初向干工扣发工资,用作农业投入,秋后再补),另外改善一下民警与罪犯的工作条件和改造设施。现场会第二天,也就是7月6日,刘玉杰就和他的战友上了嫩江大堤,再也未能看上一眼丰收在望的玉米、稻谷。如今,一切美好的愿望定格在了1998年7月5日这一天。

紧临嫩江大堤的一监狱有座鹿场。洪水到来,500多头花鹿、马鹿被冲散,四处逃命,终究没能逃出洪水的魔掌。养了一辈子鹿的老场长吴锡岳心如刀剐,老泪纵横,宛如噩梦。

集体财产损失惨重,干工家庭更是倾家荡产,户均损失达10,000元以上,一夜回到解放前。许多家庭住的是"干打垒",在汹涌的洪水面前泥菩萨一般不堪一击,而干警职工又都在大堤上抗洪抢险,撤退时连家都没回便跟着转移了。五监狱赵小燕的爱人是以工代干的工人,一月拿500多元工资,她本人没工作,婆婆因癌症刚刚动了手术。这次洪灾,五监狱最早遭到洪水袭击,损失也最重,赵小燕家也不例外,除一台电视机外,其他都被冲走了。如今,赵小燕一家被临时安置在一间仓房内,她说,她现在最希望的就是有个温暖的家。

当然,洪水到来时,更棘手的还是犯人问题。这里关押着近万名囚徒,他们的安全是活命问题,还是政治问题。

面对滔天洪水,吉林省监狱局报司法部和省委省政府同意,决定将囚犯迁移至安全区域。

转移前,驻军某部紧急调动直升机19架次,投运各种急需物资和必备药品;省防汛指挥部调动各种车辆50台,并准备了运输船只。8月18日,第一批近千名老弱病残犯首先转移，省监狱管理局副局长于广胜和镇赉分局副政委陈风春坐镇指挥，经过2天的艰难跋涉，终于安全转移到白城市监狱。8月23日至28日，其余囚犯也有序转移到安全地带。

前后10天的万名犯人大转移，途中经过7座城市，行程数千里，动用车辆800多台次，警(兵)力数千人，所有罪犯全部被转移到安全的地方，没有一人逃跑，没有一人发生传染病或死亡，这不能不说是一个奇迹。而奇迹的背后，当然是党和政府强有力的领导与支持，是英雄的监狱人民警察的付出与牺牲。

接到大转移的命令，带着犯人依然奋战在抗洪救灾一线的民警职工根本来不及回去看一眼，也不知道妻儿老小是否安全转移，转移到哪里去了，只是含着泪水深情地望了望汪洋中的家园，便毫不犹豫地走进了转移的队伍，承担起监管和服务的双重职责。他们知道：确保犯人安全，这是监狱民警的天职。

1998年，四方坨子万名囚犯大转移，书写了新中国监狱史上浓墨重彩的篇章。

四方坨子的冬天

灾后的镇赉人的冬天怎么过？这是记者所关注的话题。那几天在四方坨子采访，白天的最高气温已达零下10度左右，呼呼的北风无遮无挡，好像成了天地间唯一的存在。灌溉渠里、稻田里、玉米地里尚未泄掉的洪水已冻成了厚厚的冰面，未及收割的玉米、水稻也被凝固在冰雪中，只剩下枯黄枯黄的枝干，北风吹过，呜咽声声，好像哭泣一般。

1998年8月28日，嫩江水位回落，恢复到正常水位以下，镇赉分局接到上级命令，宣告嫩江大堤的抗洪抢险任务结束。然而，分局党委清醒地认识到，更艰巨的战斗又开始了。

凝固的洪水与冰封在地里的高粱(张建秋摄)

当时他们面临着怎样的形势呢?第一,要排除积水,仅境内积水就达5.9亿立方米,加上过境泄洪达11亿立方米,整个一个中型水库;第二,分局的水、电、交通、通信全部中断;第三,干工住房、犯人监房大都倒塌或浸泡水中;第四,有近万名犯人、1万多干警、职工及其家属疏散转移在外;第五……面对这山一般的困难,镇赉人咬紧牙关,来不及洗尽腿上的泥巴,找一找各奔东西的亲人,就全力投入了抗灾自救、重建家园的建设中,在上级政府的关怀和社会各界的大力支持配合下,他们有条不紊地开展各项抗灾自救工作。破堤排水,恢复供电、供水,恢复交通、通信等基础工作于9月20日前全部结束,同时大规模地抢修倒塌的房屋,想法腾出办公室、仓库等空余房,为犯人、灾民的回迁做好充分的准备。1998年10月底,镇赉的严冬到来之际,疏散转移在外近2个月的镇赉分局干警、职工、家属及近万名犯人全部安全回迁,无一人掉队,无一人伤亡。镇赉人终于又回到了生养他们的黑土地上。

当记者去采访时,洪灾已过去4个多月,四方坨子又恢复了往日的生机。通往镇赉县城的长途车、小公共汽车来来往往,偶尔还能看到夏利出租车。分局中心的商店、邮局、饭馆都正常开门营业,中小学传来的琅琅读书声,更让人感到四方坨子的活力与希望。室外虽然十分寒冷,但室内温暖如春。

陪同的同志说，今年每家都分到了一吨优质过冬煤，还有液化气，即使住在简易房内，走进去也是暖融融的，灾民的粮食、蔬菜也储备充足。

在采访中，记者还听到了这样一个真实感人的故事。

在镇赉分局一监狱有位生下刚18天的小灾民。母亲孟宪华8月1日在白城剖腹生下小宝宝。18日，洪水淹到了家门口，被迫疏散转移。母亲坐月子，儿子未满月，转移途中，母子俩成为大伙关注的对象。老侯对我说，他在一篇题为《爱心无价，真情永远》的通讯中作过报道。老侯在文中描述了当时的情景：

危难之际，安置小组的王学谦副处长和刘英科长接她来了。为防止路上发生意外，他们还请来一名护士护送她到长春。

小孟到长春监狱后，由于一路颠簸，手术切口处感染，监狱卫生院副院长王玮就天天给她换药，直到痊愈。女干警们还给她送来了红糖、奶粉、鸡蛋、小孩换洗的尿布、衣裳，食堂给小孟做了小米粥、炖鱼和鸡汤、猪蹄汤……8月29日，小孩满月，卢国志副政委、孟志辉副监狱长代表监狱给她送来200元慰问金，食堂送来了热气腾腾的饺子。卢国志副政委高兴地给孩子起名赵碧洪……

“碧洪”——避洪，这是人们共同的心愿，也是留给小宝宝的最好纪念。那天，记者在一监狱监狱长刘士春等人陪同下，专门来到小碧洪家。小家伙在热乎乎的炕上睡得正香。小孟知道我们的来意后，一脸灿烂，抱起小宝宝给我们看。小家伙长得白白胖胖，非常神气、可爱，睁开眼睛打量我们，一点也不怕生。小碧洪如今已改名为“赵永吉”，永远吉祥，多好听的名字呵。但愿小永吉永远吉祥，但愿灾难永远不再降临到善良人们身上。

犯人的情况怎样呢？记者去了一监狱、二监狱、三监狱、五监狱，看犯人穿的衣服、戴的帽子、盖的被褥都是新发的。犯人们说，这是由其他监狱以及社会各界捐赠的，伙食也不错，和过去比质量没降低，主食是米面，一星期两次荤菜,伙房内储存了大量的大白菜、萝卜等北方人喜爱吃的蔬菜。由于卫生防疫工作做得好,灾后没发生任何疫情。许多犯人说,遭这么大灾,政府对他们安排得这么好,真没有想到。

四方坨子的春天

42 年前,这里还是一片荒芜的沼泽地,其中一处地势稍高,老百姓给它起名“四方坨子”,一直沿用至今。42 年来,随着一具具死魂灵的复苏,四方坨子变成了土地肥沃、绿树成行、水草丰美的塞北江南,宛如镶嵌在嫩江岸边的一颗明珠,熠熠闪耀。特别是 1994 年国家对农业实行政策倾斜以后,镇赉分局一举摘掉亏损帽子,几年盈利都在 600 万 ~ 1000 万元,成为吉林监狱系统的盈利大户。1998 年原本又是一个好年景,却被洪水冲得干干净净。然而,希望,在朴实善良的镇赉人心底并未泯灭。他们把心中的希望寄托来年的春天,寄托在生于斯、长于斯的黑土地上……

——犯人沈某某说,“抗灾自救、再立新功”是他来年的最大心愿

在 1998 年中国监狱抗洪斗争中,所有服刑人员没有辜负特殊园丁的期望和教诲,用他们自身的行为获得了政府和人民的褒奖。

今年 27 岁的服刑人员沈某某是吉林松原市人,大专文化,原本有一份不错的工作,却伙同他人盗窃汽车,被判重刑投入镇赉分局三监狱改造。由于表现较好,已经减刑一次。在抗洪斗争中,沈某某多次不顾生命危险冲在前头,排除险情,因表现突出,获减刑 2 年半。沈某某说,抗洪救灾让犯人也受到了很好的磨炼和教育。如今大家比学习、比劳动、比遵规守纪,都希望在今后的抗灾自救、重建家园中再立新功。

在镇赉,记者看到,干警组织犯人们大规模兴修水利。现场气温虽低,但大家干得热火朝天。许多犯人说,这里是监狱,也是我们的家,我们的家被洪水冲毁了,谁不愿意在重建家园中多出一份力呢。

服刑人员抢修水利，热火朝天（张建秋摄）

——三个小学生的故事

镇赉分局共有10所小学，分局中心小学是其中的一所。张洋洋、邢杏嫒和迟予埔都是这所小学六年级一班品学兼优的学生。洪水到来后，他们被分别送到了白城、镇赉县城、长春市的亲戚家。在等待复学的2个多月日子里，小洋洋们盼呀盼呀，只盼学校早点开课，盼着能和朝夕相处的小伙伴一起走进课堂。复学那天，学校举行了隆重的复学典礼。同学们笑逐颜开，相互拥抱，叙述着分别后的思念之情。小洋洋说，复学后，老师想方设法为他们补课，同学们学习也更加自觉、刻苦，连过去调皮的学生都开始认真学习了，非常珍惜这来之不易的学习机会。

是的，不幸常常能够成为一种财富。但愿小洋洋们能永远记住1998年那个没能使他们按时开学的夏天。

——吴锡岳的养鹿情结

再过两年，鹿场场长吴锡岳就要退休了。但是，望着鹿场内空荡荡的鹿棚，他的心中一刻也不能平静。他对监狱长刘士春说，只要用得上他，他愿意留下来，什么报酬都不要，只希望鹿场重新兴旺起来。

今年已58岁的吴锡岳是山东潍坊人，从小随父母支边来到东北，19岁开始养鹿,成了名副其实的"鹿倌"。东北的风、东北的雪,还有那一群群花鹿、马鹿的陪伴,养成了老吴刚毅而敦厚的性格。老吴说,人都是这样的,干什么喜欢什么,和鹿打了一辈子交道,心里装的尽是鹿。憨厚的话语中透着山东人的朴实和东北汉的豪爽。我相信,不久的将来,鹿场一定会兴旺起来。

——儒将崔国文心中的宏伟蓝图

镇赉分局局长、党委书记崔国文看上去颇有几份儒雅风度。20 世纪 60 年代初从农校毕业后,崔国文就在四方坨子这块黑土地上默默耕耘,从技术员、中队长到四方坨子的掌舵人,一晃三十多年过去了,他已年过半百。四方坨子的昨天、今天,他比谁都清楚。1998 年遭此大难,他承受的压力最大、痛苦最多。如今,四方坨子的春天依然装在他的心中,依然担在他和他的战友们身上,依然需要两万多镇赉人的辛勤劳动从黑土地上描绘出最新最美的图画。

那天上午,冬日的阳光暖暖地照进了崔国文局长的办公室,他向记者详细介绍了镇赉分局抗灾自救、重建家园的宏伟蓝图。他说,从现在起到 2003 年用 5 年时间,按照司法部创建现代化文明监狱的标准和小城镇建设规划,我们将建设一个面貌全新的镇赉分局。我们的目标是 5 年赶超 42 年。

5 年赶超 42 年,这是何等的勇气和信心呵!我们信,历尽磨难、自强不息的镇赉人,一定会用他们勤劳的双手创造出更加光辉灿烂的明天!

冬天已经来临,春天还会远么……

1998 年 12 月

《监狱法》，我们身边的法律

——湖南、湖北贯彻落实《监狱法》纪行

《监狱法》，顾名思义，是为监狱依法执行刑罚制定的法律。

1994 年 12 月 29 日，全国人民代表大会常务委员会通过了《中华人民共和国监狱法》，从此，中华人民共和国的监狱工作有了一部属于我们自己的监狱法典。至今《监狱法》已颁布施行了整整 5 个年头。日前，记者走访了湖南、湖北部分监狱，所到之处，基层监狱人民警察全面贯彻落实《监狱法》的执着追求时刻感染着我。公正执法、文明管理、从严治警、保障犯人的合法权益等观念和意识深入人心，更成为广大干警平时工作的准则，充分展现了当代中国监狱人民警察全新的精神风貌。

江夏监狱——4 年四大步

坐落在汉水岸边的江夏监狱，是湖北省的重刑犯监狱，毗邻武汉市区。罪犯从事室内劳动，较之偏远的农场监狱来说，江夏有着诸多的优势。但是，1994 年冬，震惊全国的

"张忠银案"暴露出该监在管理教育罪犯上的诸多漏洞和不足。正是从那时起,监狱党委一班人痛定思痛,吸取教训,紧紧抓住全面贯彻落实《监狱法》的契机,整顿干警队伍,严格依法管理,深化改造工作,始终坚持"惩罚和改造相结合、教育和劳动相结合,将罪犯改造成为守法公民"的监狱工作方针,针对近年来狱内押犯构成的重大变化,积极探索行之有效的教育改造方法,努力提高罪犯改造质量,取得了明显成效。自《监狱法》颁布实施以来,连续4年实现无罪脱逃、无重大责任事故、无重大狱内案件的成绩,实现了4年四大步的跨越。

那天上午,笔者来到江夏监狱,接待我的是政委杨长楚。老杨向笔者全面介绍了该监近几年来学习贯彻《监狱法》的做法和取得的成效。他说,依法治监,依法管理,公正文明执法,首先是从严治警,努力建设高素质的干警队伍。几年来,江夏监狱按照《监狱法》《人民警察法》《国家公务员暂行条例》等法律法规,结合监狱自身实际,建章立制,以制度管人,先后出台了《关于违反监管纪律的处罚规定》《江夏监狱关于加强工作纪律、改进工作作风、提高工作效率的实施意见》等一系列规章制度。每次制定和实施制度以前,先组织干警讨论提出修改和完善意见。制度出台后,组织干警系统学习,进一步提高认识,使所有干警知道什么事该做、什么事不该做,从根本上提高广大干警的执法意识和执法水平,把监狱的一切工作纳入了法制化、规范化的轨道,依法、依制度办事在监狱蔚然成风。杨政委向我讲述了这样一件事,一监区三分监区罪犯黄某某,因诈骗罪被判处有期徒刑15年,于1990年8月投入江夏监狱服刑改造。该犯不认罪不服判,为了达到保外就医、逃避刑罚的目的,卧床装瘫达6年之久。在其目的未能达到的情况下,黄犯家属通过黄犯定居在海外的两个姐姐,先后通过湖北省侨联向湖北省委政法委、省监狱局控告江夏监狱不人道、不尊重犯人人权,不按政策法规办事。在这种情况下,江夏监狱一方面对黄犯坚持做耐心细致、苦口婆心的教育转化工作;另一方面根据《监狱法》等有关法律的规定,对黄犯的病情作司法鉴定,结果表明黄犯病情不符合保外就医的法定条件,同时,监狱积极为黄犯治病。通过有理有节的斗争和春风化雨般的转化工作,黄犯幡然悔悟,成为一名积极改造分子。

笔者提出能否去采访一下黄犯,杨政委笑笑说,黄犯因表现突出连续获得减刑,前不久已刑满出狱。

几年来,江夏监狱全面贯彻落实《监狱法》,通过依法治监带动监狱工作全面发展,使监狱秩序持续稳定,面貌焕然一新。1999 年 2 月,江夏监狱被授予"省级现代化文明监狱"称号,并被列入湖北省创部级现代化文明监狱的重点单位。

为女犯申诉的故事

《监狱法》第 7 条第 1 款规定:"罪犯的人格不受侮辱,其人身安全、合法财产和辩护、申诉、控告、检举以及其他未被依法剥夺或者限制的权利不受侵犯。"第 24 条规定:"监狱在执行刑罚过程中,根据罪犯的申诉,认为判决可能有错误的,应当提请人民检察院或者人民法院处理……"

申诉是罪犯应有的权利,但过去往往被认为不认罪服法。《监狱法》的颁布后,明确规定罪犯的申诉等权利不受侵犯,保证罪犯的合法权利不受侵犯是监狱干警应尽的责任。在武汉女子监狱,笔者便了解到这样一个真实的故事。

原武汉女子监狱服刑人员阳霞(化名)于 1986 年 2 月 1 日,因贪污公款 5 万元人民币被湖北省荆州市中级人民法院判处无期徒刑(剥夺政治权利终身)。阳霞不服,上诉湖北省高级人民法院,1986 年 4 月 8 日,湖北省高级人民法院作出刑事裁定,驳回上诉,维持原判。其后阳霞被投送武汉女子监狱一大队服刑改造,因表现良好,先后于 1990 年 2 月、1992 年 4 月获得两次减刑。

1994年4月，阳霞从一大队调至二大队缝纫中队，服从管教，积极劳动，表现稳定，但稳定的背后似乎潜伏着危机。中队干警从阳霞给家属的信件和接见监听中了解到：该犯依然认为原判量刑过重，还想申诉，又担心被认为不服判决，申诉不成反而影响改造，加之该犯服刑后，家庭解体，其夫再婚，与后妻又生了孩子，阳霞担心自己的孩子受到虐待。掌握这些情况后，中队长王金莎和其他干警多次找该犯谈话，开导启发，嘱其放下包袱。经过耐心细致的教育，阳霞稳定了改造情绪，因表现突出1996年再次获得减刑，同时，如实写了申诉书交给民警。干警们仔细阅读、认真分析阳霞的申诉材料，结合她服刑以来的一贯表现，认为原判决确实有值得商榷的地方。按照《监狱法》的有关规定，在请示监狱领导后，王金莎队长亲自寄发了阳霞的申诉信，并和指导员一起多次前往法院询问此事。

1996年6月，阳霞，一个普通女犯的命运又一次得到改变。

1996年5月17日，湖北省高级人民法院鄂刑再终字(1996)第17号刑事判决决定，撤销对阳霞的原判决决定，将阳霞原判的无期徒刑改为有期徒刑10年，刑期自1987年3月5日起至1996年3月4日止。根据新的裁定，阳霞在接到判决书的当天即被宣布释放。阳霞不禁喜极而泣。获释后，阳霞给中队干警写来了情真意切的感谢信："我没花一分钱，没跑一步路，因申诉获得改判而提前新生，全靠《监狱法》维护我们的合法权益，全靠法律的公正，全靠干部的悉心挽救。只有在我国社会主义法制日益健全的今天，只有这样依法办事的好干警，才会有这样让我终生难忘的经历。"

阳霞的故事是令人感动的，它从一个侧面反映了施行《监狱法》后监狱法治的进步与干警严格公正执法意识和水平的极大提升。

花园式单位——湖南省少管所

那是个秋雨绵绵的下午，当笔者踏进位于长沙市岳麓区的湖南省少管所时,被眼前碧绿的草坪、娇嫩的鲜花和成行的绿树所吸引,整齐的办公楼、教学楼、监房掩映其中。被湖南省政府命名为“花园式单位”的湖南省少管所,果然名不虚传。

近几年来,湖南省少管所以《监狱法》为准绳,根据少年犯的身心特点,坚持对少年犯实行依法、文明管理,有力地保障了少年犯的合法权益,促进了改造质量的不断提高。在所党委会议室,所长、党委书记李绍武向笔者介绍他们的做法和成效,如数家珍。根据《监狱法》及其他有关法律的规定,制定和完善监管工作制度,统一和规范业务建设;强化少年犯的行为养成,促进规范化管理上水平。他们经常对少年犯开展行为养成教育,在少年犯的学习、生活、习艺等场所张贴、悬挂各种有利于少年犯品格塑造的警告、警句、劝学牌匾等,营造良好的改造氛围;坚持“三分”原则,实行分级处遇。他们按照少年犯中比较集中的暴力型、财产型、性罪错型等犯罪类型,从有利于少年犯的管理和教育改造出发,采取了“新收分流,监区互调,逐步到位,逐年提高”的方法,使分押纯度保持在80%以上,并建立了示范区。在分级处遇上,对少年犯只实施所部宽管级、监区宽管级、普通(甲、乙)级、基础级,不设严管级,加大对少年犯的奖励面,降低惩罚面,分类教育按罪犯的犯罪性质编班,突出个别教育和因人施教工作的开展,充分体现了《监狱法》中对未成年犯进行改造的有关法律规定;改善少年犯生活条件,保障少年犯身心健康。

少年犯作为未成年人,是特殊的罪犯群体,在改造他们的犯罪心理和不良行为习惯的同时保障他们的身心健康成长是少管所义不容辞的职责。为此,少管所做了大量工作。如加大“三自”供应力度,确保针对少年犯的实物量供应标准不仅不降低,还有所提高,建立健全医疗卫生制度,设立了卫生防疫站,每年对少年犯进行一次体检,杜绝传染病的发生,加大投资力度,不断改善少年犯的生活环境,使他们在优美的生活、学习和劳动环境中陶冶情操,矫正恶习。

一分耕耘一分收获。近几年来,湖南省少管所坚持依法治所、文明管理,根据少年犯的身心特点开展针对性的教育改造工作,确保了所内改造秩序的持续稳定,改造质量不断提高。这一切,为这个"花园式单位"增添了浓墨重彩的一笔。

一名刑释人员安置问题引发的思考

10月26日下午,笔者又来到湖南省长沙监狱采访。在这里,一名刑满释放人员的安置问题引起了笔者的注意和思考。

今年56岁的童某某因盗窃被判刑9年,1993年3月投入长沙监狱改造。因其患风湿性瘫痪,自1995年起便卧床不起,生活不能自理。由于该犯系"三无"人员,保外就医一直无人承保接收。根据该犯特殊情况及其改造表现,1995年6月该犯依法获得减刑14个月,1998年9月又依法减去余刑8个月,童犯获得刑满释放。根据规定,长沙监狱于1998年8月20日就向童犯户籍所在地涟源市有关部门发出了刑满释放预备通知书,并派专人前往联系有关安置事宜。但一直未得到复函,9月28日,监狱再次派专车和两名干警将童某某送到涟源市。依然无人接收,只好将童某某又带回监狱。监狱出于人道考虑,暂时将童某某接收,安置在监狱,一年多过去,问题仍未解决。

童某某的安置问题,给监狱和监狱工作,甚至《监狱法》留下了一尴尬的局面:一名刑满释放人员在依法释放后仍滞留监狱,时间长达一年多(如果得不到解决,还要继续滞留下去),不管处于监禁或非监禁状态,于理于法都说不通。《监狱法》第37条第1款规定:"对刑满释放人员,当地人民政府帮助其安置生活。"该条第2款还规定:"刑满释放人员丧失劳动能力又无法定赡养人、扶养人和其他生活来源的,由当地人民政府予以救济。"童某某是属于后一种法律明文规定应“安置”和“救济”的“三无”人员，但为什么得不到落实呢？年轻的长沙监狱监狱长曹学军说得很直率，我们对《监狱法》的宣传还很不够，没有形成应有的法律权威。

其实，在基层工作中让人尴尬的局面还很多。譬如，监狱经费的保障问题，监狱的设置、搬迁问题，监狱机关与其他政法机关的相互配合和协调问题等。其中有的已经明文规定，需要切实加以执行，有的法律规定尚不够完备，需要进一步完善，但愿在不久的将来，我们能拥有更完备、更具权威性的监狱法典。

短短几天采访，笔者看到，这几年来湖南、湖北省的监狱工作的确有了很大发展，在依法治监、从严治警、加强对罪犯的管理和改造等方面都取得了明显的成效。改造秩序持续稳定，押犯脱逃率、狱内发案率均大幅度下降，干警的政治业务素质得到进一步提高，杜绝了干警中严重的违法违纪现象。但是，由于历史欠账太多，监狱的基础工作相对薄弱，今后的发展还面临着艰巨的任务。对此，湖南、湖北省监狱局党委都表示，他们将学习借鉴兄弟省市的成功经验，根据本省实际情况，坚持依法治监，不断深化改革，积极进取，勤奋工作，努力使本省的监狱工作达到一个新水平。

监狱古已有之，中华人民共和国的监狱工作也已走过了整整 50 个春秋冬夏，而《监狱法》才刚刚 5 岁。我们相信，随着依法治监工作的不断深入，监狱法制建设的不断完善。《监狱法》——我们身边的法律，必将在 21 世纪的中国监狱事业中放射出更加绚丽夺目的光芒。

1999 年 10 月

到地球的另一半去

很小的时候就听说,我们的脚底下是美国,美国在地球的另一半。于是我曾经幻想着,用一把很长很长的钻头钻过地心,钻透地球,去看看地球的另一半究竟是啥样。2003年3月中旬,应美中国际交流促进会洛杉矶分会的邀请,江苏省司法厅司法考察代表团一行9人到美国进行司法业务考察。我作为成员之一,随团来到了地球的另一半。

阳光之都——洛杉矶

北京时间2003年3月16日下午1时30分,我们一行10人搭乘美国联合航空公司波音747－400大型客机,从上海浦东国际机场起飞前往美国,经过近10小时的飞行,于美国西部时间3月16日早晨7点安全抵达美国西部城市旧金山。入关后很快又转乘美国国内班机前往我们的目的地——洛杉矶。又经过近2小时的飞行,于美国西部时间3月16日上午10点到达洛杉矶国际机场。负责我们这次活动行程的美中国际交流促进会洛杉矶分会主任程家驹先生早已等候在那里。见了面,握了手,程先生用他纯粹的国语说，欢迎你们。虽然离开国门不过短短的十几个小时，但在异国他乡看到熟悉的身影，听到熟悉的语言，自然顿生许多亲切感。

从机场到我们下榻的宾馆有半个多小时的路程。由于时差，我们都有些困倦，但刚到一个陌生的世界，又让我们有些兴奋。眼前的景象美不胜收：蓝天、白云、阳光，青山、绿草、鲜花，宽阔的高速公路上是长长的车流，川流不息，路旁，风格各异的建筑掩映在绿树丛中。程先生说，洛杉矶被誉为阳光之都，气候宜人，四季如春。

半个多小时后，程先生把我们安顿在了一家名叫亨廷顿的海滨饭店"Hotel HuntingTon Beach"，那已经是 2003 年 3 月 16 日美国西部时间的中午 12 点——我们有 20 多个小时没休息了。但为了尽快适应时差，程先生并没有安排休息，他说这样晚上才能睡个好觉。于是，在一家华人餐馆简单地用过午餐后，程先生就把我们带到了附近一处名叫"Irvine"的社区进行参观。整个社区里行人很少，非常安静。成片的独立别墅依山而建，错落有致，各种树木、鲜花、成片的草坪，在美国西部阳光静静的照耀下，散发出阵阵清香，随风飘扬，扑面而来，沁人心脾。看着眼前的一切，自然又让我们颇多感慨，如说国内目前的房地产开发问题、小区环境建设问题等。

此后的几天，随着我们的考察交流和参观访问的进一步深入，这种感慨有增无减，甚至不得不用国骂来代替我们的感受——真他妈的美国！但在感慨和"嫉恨"的同时，我们又都在自觉不自觉地思考着议论着更深层次的问题，那就是美国究竟靠什么发展到这样的水平？通过考察、分析、比较，除了其他众多的历史与现实原因外，我们普遍认同的有两点：一是完备的法治；二是人的素质。这两者缺一不可。

华人法官刘成威

我们这次的考察时间只有短短的 10 天。时间短暂，但整个考察过程，在程家驹主任和他的助手韩俭副主任等朋友的热情接待和悉心安排下，圆满完成了预定的参观考察任务。

考察期间，我们分别与美国加利福尼亚州高级法院（United States District Court-Central District of California）首席法官 Ronald S . W. Law（中文名刘成威）先生、加州爱满地市高等法院（Rio Hondo Courthous）法官、检察官就中美有关司法制度进行了交流，现场观摩了主审法官的庭审过程，考察了加州爱满地市警察局、监狱。其中，与刘成威先生的交流给我留下了深刻的印象。

按照美国法律规定，联邦高级法官由美国总统直接任命，终身制。今年已经年过花甲的刘成威先生祖籍广东台山，出生在美国，曾作为美国司法代表团到中国访问过，并在北京受到江泽民同志接见。那天刘先生有些感冒，但精神矍铄，在百忙中他饶有兴趣地和我们交流了一个多小时。根据我们代表团成员的身份和所从事的工作逐一询问。其中，他对我们的法律援助工作、依法治理工作和监狱工作似乎更感兴趣。他说，在美国也有类似的法律援助机构和相应的律师人员为有关当事人提供辩护。律师的费用由纳税人提供，律师必须依法为当事人尽心服务，如果当事人认为律师未能为其发挥应有的作用，当事人还有权起诉法律援助机构或辩护律师，确保辩护律师在辩护过程中的公正性和有效性。

说到依法治理工作，刘大法官听不明白。他说，美国没有这样的机构，也没有这样的做法，我们听了以后笑了。在法制比较完备、法制观念深入人心的美国，自然是不需要提什么“依法治国”的口号、实施“依法治国”的方略推进“依法治国”的。但在问清楚了中国设置这个机构的目的和具体职能后，他非常赞赏中国领导人的胆识和策略，认为这能够更快更好地促进中国的法制化进程。

监狱问题在中美之间是一个相当敏感的问题，这大概也是刘先生感兴趣的原因。他专门询问了我们监狱犯人的劳动问题,我们作了客观的实事求是的回答,刘先生表示理解和接受,同时,我们也询问了美国监狱的有关问题,如对重刑犯的关押问题、监狱产品的收购问题。刘先生说,美国对重刑犯一般都单独关押。在美国,重刑犯的含义和我们不同,主要体现在刑期上,我国一般10年以上算作重刑犯,美国3年以上就算了。至于监狱产品的收购问题,美国基本上由政府下达生产计划并由政府采购,这从根本上解决了监狱产品的出路问题,减轻了监狱的负担和压力。

从提供的个人资料中得知我是杂志主编,刘先生很在行地询问我杂志是月刊还是季刊,主要内容是什么。我说是月刊,内容以面向普通读者为主,主要为他们提供法律帮助,普及法律知识,促进全社会法制水平的提高,同时我们也刊登对有关法律问题进行理论探讨和实务研究的文章。他很高兴地点点头。我又顺水推舟,向这位资深法官约稿。他欣然应诺,并且起身要找文章,会客室里本来有些拘谨的气氛一下活跃起来。文章没有找到,我搜肠刮肚,冒出一个英文单词:"Wait, Wait。"刘法官听懂了,停止翻找,拜托程主任将来把文章寄给我发表。我又说:"Welcome, thank you。"并说文章发表后还要寄稿费给他。程主任翻译给他听后他连声说"不用,不用"。我说那是不行的,发表文章不给稿费就侵犯人家的著作权了。刘先生听懂后爽朗地笑了起来。

转眼已12点多了,一个多小时的会谈很快过去,我们又忙不迭地和刘先生合影留念。从此,记住了一个人的名字——华人法官刘成威。

小偷与战争

在这个世界上,烦恼总是到处存在的。强大的美帝国同样如此。

刚到美国的几天,我们在西部的几个城市参观访问,感觉甚好,似乎进了人间天堂,但到了东部的华盛顿、纽约等城市,导游对我们讲得最多的一句话是“注意你们的护照,注意你们的钱包,注意你们的机票”,好像我们到了贼窝似的。

这不是导游杞人忧天,而是有过血的教训。“在华盛顿、纽约等地发生过多起护照被盗、钱包被抢的事故”,来自上海的导游赵敏先生说,“一旦发生这样的事就会很麻烦”。这当然,尤其是护照遗失后,就要惊动领事馆甚至大使馆,说不定老美还把你当成非法移民关上几天。因此,所到之处,赵先生一边滔滔不绝地向我们介绍美国200多年的发展史,一边不忘记提醒我们注意这、注意那,弄得我们始终要把口袋捂得紧紧的,也难为了赵先生。

好在我们的警惕性高,或者小偷知道我们这个代表团里“穷鬼”多,一路没发生意外,但烦恼事还是有,那就是每到一地的“安检”,总要把我们折腾一番。

出国前就听说美国自“9·11”后安全检查特别严,到了美国才知道这种严格的程度。一是“安检”的点多。进出空港、重要景点、司法机关和政府要害部门等都要严格检查。美伊开战后气氛更紧张,天上直升机不停地盘旋,海上巡逻舰游弋,街头的警察、国民警卫队员荷枪实弹,如临大敌,随时盘查过往车辆行人。我们的车在纽约街头就被国民警卫队员拦下盘查过。二是“安检”很到位。不仅脱外套,还要解裤带、脱鞋子甚至脱袜子,对于他认为的“可疑”人员,则被拉到一旁单独过堂。

当然,那当口最烦恼的恐怕是“小布希”(美国总统小布什在美国华文报纸上的音译)和“胡赛”(伊拉克总统萨达姆·侯赛因在美国华文报纸上的音译),一个忙着开战,一个忙着备战;一个要争取合法支持,一个想争取世界同情,整个世界因为他们而变得热闹起来:反对战争的,支持战争的,害怕战争的。终于,当全世界人都在为“战”而奔波争吵时,小布什等不及了,美国东部时间2003年3月17日,美英联军杀向了伊拉克——人类21世纪的第一场大规模常规战争拉开了序幕。国内的亲朋好友也因为我们在美国而担心起来——虽然我们是这场战争的"局外人"。

战争的结果因为实力的极其不对称而变得非常简单。那天，我们来到白宫南草坪前，看着那幢不起眼的三层白色小楼，楼里的主人正在指挥一场人类战争史上最现代化的战争，但楼顶上居然有警卫人员在为他站岗放哨，我的脑海里顿时出现一幅很滑稽的画面——那个站岗的哨兵，远远看去多像我们当年的儿童团员呀！

著名法哲学家拉德布鲁赫说过（没有比这句话属更严重的错误了）：如果你想要和平，就要准备战争。

是的，战争不会给人类带来和平，但战争必将还要存续下去。

于是我想，还是赶紧回家的好。那里没有战争，没有恐怖的阴影，我可以相对自由和平静地生活着……

向着太阳飞行

2003 年 3 月 26 日下午 1 时 30 分（北京时间 3 月 27 日早晨 5 时 30 分），我们再一次经过严格"安检"，从美国西部城市旧金山国际机场登机，向着太阳，一路西行。13 小时后，我们安全降落在上海浦东国际机场，回到了地球的另一半——我的祖国。

地球原来真小！

2003 年 4 月

监狱蹲点日记

为了确保"青奥"顺利举行，根据江苏省监狱局统一安排，今天，机关各处室处长下基层监狱蹲点，检查落实安保工作，时间从8月12日开始到28日结束。昨天下班前，金兵局长、保民政委、宇梁副局长召集我们开会，作了"战前"动员，提出了明确的工作要求：三查、四问、五必到、六自觉，可见局党委对这次工作的安排重视程度非同一般。

我去徐州监狱。徐州监狱以前去过多次。最早是在1984年年初，去对刑满释放的少年犯进行社会调查。那是我平生第一次去徐州。我们就住在徐州监狱招待所。从那时起，我就记住了铜沛路和黄河古道。到局里工作后，又去过若干次，再后来就去得少了。

下午2点50分，我登上了去徐州的高铁，仅仅70多分钟就到达了目的地，以前从南京到徐州至少得花大半天时间。将近5点，司机把我接到监狱。眼前的徐州监狱面貌焕然一新，但铜沛路似乎变化不大。向罗杰监狱长和石栋政委报过到后，监狱办公室的李令华主任把我领到为我准备的办公室，然后又带我去宿舍，晚饭就在监狱食堂吃——

按照要求,一律从简。这对我这个不善应酬的人来说,实在求之不得。

8月13日,星期三,小雨转阴转多云

今天是来徐州监狱蹲点工作第一天。

一早去食堂吃饭,早餐很有北方特色。我要了一个夹了卷心菜的饼,又要了一个煮鸡蛋。在一旁的副监狱长汤继乐问我怎么吃那么少?我说够多了。我正要刷卡,汤继乐抢着帮我刷了,真是不好意思。打开夹心饼,结果里面还有肉脯和煎鸡蛋。北方人就是实在,一顿吃两个鸡蛋,显然多了。

办公室里已经给我配了两台电脑,一台外网,一台内网。外网很快打开了,内网却始终打不开。我很想先上徐州监狱的局域网浏览下内容。要想尽快融入徐州监狱,这是很好的途径。我只好找李主任,李主任很快安排信息中心的小伙子来处理问题。小伙子姓唐,同样打不开,歉意地说,电脑在他们那里是好的,怎么在这里就打不开呢?我说可能欺负我这个陌生人吧?把他逗笑了。过一会儿,小唐说把电脑主机搬到信息中心去,我说好的,尽快修好就行。他们走后,小李来电话说,省局的倪龙兴副局长他们到会议室了,要我过去参加会议。

倪局长和张如强、俞荣林、刘勇等几个也是昨天来徐州监狱的,主要任务是"青奥"安保检查。在听取了监狱长罗杰的简要汇报后,检查组兵分三组,分别检查监管安全、生产安全和队伍安全,我和张如强、刘勇负责监管安全检查。在政委石栋、副监狱长汤继乐、狱政科宋鹏科长等人陪同下,我们分别检查了伙房、医院、高危犯监区、车间、监房等重点部位、重点人头,总体感觉,监狱落实省局监管安全的制度和措施还是很到位的,但不少地方还存在安全隐患,突出反映在管理不够精细上。

下午2点半上班。到办公室后,信息中心和狱政科的两位小伙子分别来给我拍照和取指纹,为我制作临时的门禁卡,并将我的信息输入人脸智能识别系统。没多久,信息中心给我送来2张卡,一张是武警检查用的监门哨卡,一张是门禁卡,连同昨天给我的饭卡,我已经有3张卡了。

下午4点多,办公室李主任通知我去3楼开会,省局检查组向监狱反馈检查结果。倪龙兴副局长在反馈意见中对监狱取得的成绩给予了肯定,对存在的生产安全、监管安全等问题逐一列出,同时提出了整顿的意见和要求。倪局长特别强调,关键还是牢固树立安全意识,落实安全责任,强化安全制度,在精细和自觉上下功夫。他说,其实很多问题都算不上问题,只是马虎和大意,不够精细,不知道这或许与北方的文化有关?我听了觉得很有道理,想起了早上的夹心饼,北方的东西很实在,但不够精细。

晚上,罗杰监狱长带着负责基建的副监狱长赵建设和我一起进监房巡查。我正好把下午才办好的2张卡试了试,结果都好用。现在到一个监狱,如果不会使用这些玩意几乎寸步难行。一直到将近8点我们才出来。路上,罗监狱长说,他和政委商量了,要我挂钩8监区、9监区两个监区,问我有没有问题?我说没有问题,服从安排。

8月14日,星期四,多云

今天是监狱全监集中教育日,也是"周分析"日。按罗杰监狱长的安排,我应该去8监区或9监区(我挂钩监区)去参加会议,但我觉得还是应该先去"高危"监区更合适,因为掌握"重点人头"是重中之重。

早晨去食堂吃饭,正好碰到狱政科的宋鹏科长。我问他到哪个监区参加周分析,他说11监区,也就是高危监区。我说正好,我跟你跑,我想去高危监区听听。他说好的,监区9点半开会,到时来通知我。

快到9点半时,我又接到政治处陈主任电话,说宋科长临时调整到其他监区去了,他安排组织科的赵科长来带我去11监区。我说好的。

将近9点40分,我和小赵到11监区,监区分析会已经开始。分管改造工作的徐建副监狱长早已在这儿。10 多位民警围坐在一起,徐监把主持人的座位让给我座。我似乎又回到了几个月前在南京监狱工作时参加挂钩监区周分析的情形,很是亲切。

这个监区还承担着新犯集训、病犯康复等任务,全监 22 名限制减刑罪犯,这个监区有 4 名,另有 7 名异地关押罪犯,连"基本犯"在内一共收押 301 名罪犯。押犯成分十分复杂,给监区的管理带来很大难度。

会议开了将近 2 小时,每一位民警都对分管小组的犯人情况进行了认真分析,提出了针对性措施。监区长姓范,40 岁左右,典型的北方汉子,壮实彪悍,快人快语,他说他这个监区是第五监狱(徐州监狱原来是省属第四监狱),意思是肩上的担子很重,要求全体民警要认真履职。他从加强管理、加强个别教育、做好隐患整顿以及注意廉洁执法等几个方面对民警提出了要求。他特别强调,犯人风气正不正看民警,民警风气正不正看班子,要求监区领导班子成员以身作则,做好表率。

我听了颇以为是。我也在会上作了发言,对分析会和监区工作给予了肯定,同时对某些方面存在的不足提出了我的建议,离开监区已经 11 点半过了。

来到办公室,有两个未接电话,其中一个是同事刘方冰打来的。我回他,他说他和张留保下午从连云港监狱过来。这事我们在家就基本约定了。这周他们俩在外面采访组稿,周一就出发了,先去了苏南几个单位,现在又跑到苏北的盐城监狱、连云港监狱、徐州监狱,一路走来,几天工夫跑遍大江南北,真不容易。他们的主要任务是围绕民警队伍建设进行组稿。

下午 3 点半左右,方冰打电话给我,说已经在 3 楼会议室了。参加会议的有汤继乐副监狱长、赵建武副政委,还有几位科长。赵建武副政委分析监狱民警队伍现状,指出了存在问题的原因,提出了一些很有针对性的措施和做法。应该说,徐州监狱在民警队伍管理上的工作是很有力度的,措施是扎实的。监狱现有400多名民警,经过认真排摸,有40多名民警存在“短板”现象,张留保询问了一个名叫张恒进的民警的先进事迹。在说到这个民警时,大家七嘴八舌议论起来。我听了以后,觉得是一个很好的典型,尤其难能可贵的是,他不仅仅体现了我们监狱民警的风采,而且更体现了我们这个时代急需倡导的正能量。

8月15日,星期五,多云

昨晚,张留保、方冰和我都住在这家名叫“全季艾美”的小宾馆。宾馆不提供早餐,一早,服务员从外面买了早餐送给张留保和方冰,也给了我一份。早餐有一袋小包子,一袋小菜,还有一袋羹汤,没有稀饭,也没有碗,只有一双筷子。这怎么吃呢?我想还是带张留保他们一起去监狱食堂吃饭,张留保说算了,不麻烦了,免得李主任为难,以为没安排好。我听了觉得有道理,就不勉强了。我说那我还是到食堂吃,我喜欢喝稀饭,就此与张留保和方冰告别。

来到食堂,我打了一碗稀饭,就着宾馆里带来的包子、小菜吃起来,但无论包子还是小菜,分量都很多。这就是北方人的特点,不会像上海人那样用小碟子来装菜。这么多东西,虽然不值钱,倒掉到底可惜,周围又没有我熟悉的人,还真不好处理。正思忖着,看到11监区的小范监区长来吃饭,昨天在他那里开会,算是熟人。我招呼他坐在我对面,他的餐具里只有一块油饼,一点小菜。我心里想,这么壮实的汉子吃得很少嘛。趁他去盛稀饭的当口,我悄悄夹了3个小包子放在他盆里。小范也很实在,没说谢谢我。我又叫他吃我带来的青椒丝小菜,他边吃边问我还吃得惯?我说还行,有点辣。他说一点不辣,很爽口啊。还说为什么独独我们徐州、连云港一带能吃辣,在北边山东、南边淮安都不吃辣?他看了历史地图后才明白,徐州、连云港一带古代属于楚国,所以能吃辣。

这下我无语了。没想到眼前这李逵般汉子居然是个有心人。

油饼、包子下肚后,范意犹未尽,放不下那辣椒丝小菜,又去买了一个馒头,见办公室的李主任过来,招呼他来一起吃。小范把馒头掰成两半,小菜铺在上面,合将起来,三下五除二,馒头不见了踪影。

我心满意足地看着他们,不仅解决了我的难题,更觉得我们监狱民警的可爱、可亲、可敬。

将近9点,狱政科宋科长给我电话,本来他要陪我去突击检查的,上午他有会,临时安排老科长陪我进去。

9点多一点,狱政科的老科长老孙已经带了6名武警战士集合完毕。老孙简单提了要求就出发。因为是临时突击检查,事先我也不知道去哪个监区。进入监狱,老孙七拐八弯把我们带到了11监区。

又是11监区,看来我和这监区还真有缘!

监区大院有20多名服刑人员在训练,步伐整齐,口号响亮,见到我们进去,齐声高喊"警官好"! 我报以微笑。

监房门口,着装整齐的小范已经在等候。行过礼,老孙带我们去活动室进行检查。首先对在活动室内上课的囚犯进行搜身,然后对储物柜进行检查。储物柜里东西比较杂乱,里面有香烟、食品甚至剃须刀,显然不符合要求。范为难地对我说,地方太小,没处摆。我说这不能成为理由,安全问题没有理由。小范连声说:"是是是,立即整改。"不知道什么时候,驻监监察室的检察官(后来得知他姓杨)也加入我们一起在现场检查。

接着去楼上检查厕所、监舍、盥洗室等地方,发现不少问题。比较突出的是清洗工具如拖把、扫把等随意乱放;犯人喝水用的水杯太大,外面包了软包,像炮弹似的,变成了一个很结实的打人工具;犯人的整理箱里食品过多。在重危犯号房里的盥洗室,一名武警战士还在落水管里搜出好几把旧牙刷。小范看到后有些不好意思。在另一个号房内,我在一个枕头芯里搜到一件棉毛衫,还有两块手帕大小的碎布条,这也都不符合规定。现在一般不允许犯人自带衣服,至于碎布条就更危险。我拿着碎布对范说,知道这两块布能干什么吗?小范反应很快,满脸堆笑对我说,知道知道。我说知道就好,赶紧收起来,以后搜查还是要仔细。范满口应允。

中午吃饭时,李主任通知我下午参加机关科室负责人会议,主要是传达和落实省局关于监狱领导干部进一步转变工作作风的通知精神,同时,拿出徐州监狱的具体工作要求和贯彻意见。

开完会已经将近5点。明后天是双休,不知道该干什么。回到办公室,我把李主任叫来,让他向石栋政委汇报,周六和周日安排我值班,只要不当主班就行。不一会儿,石栋政委带了办公室的一位副主任来找我,和我商量说周末就不要值班了,下周再安排。我说没关系,就安排在周末。见我坚持,他答应了。

8月16日,星期六,多云,闷热

今天上午和下午分别与监狱督察组的同志去了车间、医院、围墙周界、开饭现场、应急指挥中心等。监狱督察组有4名同志组成,上午和下午2人一组分别进行巡督察。

上午9点左右,信息中心的吕主任来问我是否下去,我说可以,和狱政科的老李一起去今天出工的车间巡查。刚到劳务车间大楼,本来进一楼的,但突然看到一名犯人抱了一捆腈纶棉飞快地往楼上窜去。我感到奇怪,就问干什么的?犯人却没有停下脚步,一晃就不见了。于是我们就直接跟到2楼。哪里还有人影?2楼是9监区车间。我们就在9监区车间开始检查。

监区值班领导陪在我身边,其他民警则都按照原有站位执勤,秩序良好,但还是发现了一些安全隐患,清扫工具随意乱放,机修区的线路私搭乱接,存在用电安全。在机修区还有一块区域存放着废弃的缝纫机,我又走进去检查，居然发现了那一捆腈纶棉。我问一旁的监区领导，那犯人是不是你们监区的？他说不是。这物品是不是你们监区的？不是。这回答让我更感到纳闷了。犯人和物品都不是这监区的，那这物品怎么能到这里来呢？当即我要求吕主任认真查一下。

接着我们又分别去了8监区、7监区、6监区和医院进行巡督察。

下午5点一刻吃饭，吃完饭和督察组的另外两位小伙子去监狱周界、开饭现场巡查，最后去了监狱的应急指挥中心。在应急指挥中心碰到吕主任，我问他上午的事情有没有眉目，他说调查清楚了，是4监区民警带犯人到13监区取东西，带队民警在13监区聊天，犯人自己回车间，正巧碰到我们，犯人害怕，就跑到9监区的车间藏起来了。现在犯人已经被控制，当班民警也将按规定处理。我问，这事是否向石政委他们汇报？吕主任说汇报了。

回到房间已经将近晚上9点，青奥会开幕式已经开始。看到在自己家门口举办这样的盛事，心里还是挺自豪。

8月17日，星期天，多云转晴

早晨上班，经过监狱会见室时，看到有20多名犯人家属在门外排队，感觉很扎眼，不远处就是监狱大门，如果此时有人拍照，将照片上网，不明真相的人会认为有人在监狱门口上访或闹事。因此有必要把这情况向监狱反映。

上午在办公室看材料，并把这几天在监区、车间包括今天早上发现的问题进行整理，大大小小居然有11项，如监区和车间清扫工具普遍乱放，车间内的机修部位电线存在私搭乱拉现象，车间改造时暂停的监控探头未能及时复位，犯人的规范意识较差，要加强培养和训练，监内施工点多，要加强现场人员和工具、材料的管控等。

下午5点半去食堂吃饭碰到石栋政委，我们边吃边聊，我把这几天发现的一些问题向他作了简要汇报,他向我介绍了这两天监狱的情况,特别是今天上午,他召集值班领导和督察组成员以及基层值班领导,落实昨晚省局应急指挥中心指出的3个问题。说明监狱对上级指出的问题整改很及时,可以说是立说立行。还说,下午11监区有名犯人住院了,吃过饭准备过去看看。

又是11监区。我对石栋政委说,我也去吧。

犯人住在徐州二院,离监狱不远,2公里多,但在闹市区。6点20多分,我们来到徐州二院急诊室。刚才石栋已经把病犯的大概情况和我说了。犯人得的是静脉栓塞,病情严重,犯人是徐州本地邳州人,在看守所就曾发生过脱逃,监狱服刑期间因心脏病被“保外”,期间又实施犯罪被加刑而收监。这年头遇到犯人生病是特别头痛的事,我在南京监狱工作期间深有体会,更何况这犯人无论病情还是犯情都很特殊而棘手。

急诊室内人满为患,病犯就躺在入口处的一张病床上,表现得很痛苦,外表看上去身体很壮实,要不是躺在病床上,像我这样的文弱书生3个也不是他的对手。犯人已经戴了手铐和脚镣,移动监控也已经启用,现场除了4名执勤民警外,还有监狱医院的院长、教导员、狱政科科长小宋等在现场,本来在家休息的汤继乐副监狱长也已赶来。

石栋政委查看了犯人的身体,询问了一些基本情况,然后走出急诊室,召集我们一起来到一处楼梯拐弯处商量对策。不一会儿,年轻的主持医生小王和医院医护处的杨处长都来了。小王简单介绍了犯人的病情,认为比较危重,如果保守治疗可能效果较差,一旦血栓进入肺部就可能发生意外;如果手术介入,效果较好较快,但也存在死亡风险,手术治疗时间大概也需要半个月左右,目前没有病床,更不用说有特殊监管设施的病房了。

一旁的监狱医院院长介绍说,徐州监狱在三院有合作病房,遗憾的是,三院无法治疗这种毛病。

情况越来越复杂。我说床位紧张,能否请医院调剂下给予解决。王医生面露难色，而一旁的杨处长倒是很支持，说我来向领导汇报，争取明天能住到病房来。

我们表示感谢。

接着我们又来到急诊室，石政委要求现场民警一定要提高警惕，加强责任心。现场民警都表示一定完成任务。其余人员回监狱应急指挥中心，进一步研究有关治疗和民警值班等事项。会议结束，已经是晚上 9 点多了。

8 月 18 日，星期一，多云转阴，闷热

今天是周一，上午把我在监狱发现的一些问题向罗杰和石栋两位领导作了汇报，他们一一作了记录。罗杰监狱长当即要求石政委在下午召开的监狱党委会上进行通报，并落实到具体人头及时整改。

下午我被邀请列席了监狱党委会。党委会一共 5 项议题：(1)学习贯彻省局关于监狱领导进一步转变工作作风的通知精神；(2)根据工作需要，对党委成员的分工作了微调；(3)研究了几位民警的提前退休、工作调动等人事问题；(4)研究对部分民警因违反工作制度和规定的处理意见，其中，对我在周六督察中发现的 4 监区民警与犯人的问题，监区领导以及当班民警等一起受到了相应的处理；(5)对省厅局督察组在督察中发现的问题，以及我提出的 11 个问题进行整改。最后，罗杰监狱长作了讲话，他要求监狱领导率先垂范，从根本上转变作风，严格按照省局的通知精神要求落实到位；同时要加快选拔和培养年轻干部的成长，形成梯队，使监狱事业后继有人。

8 月 19 日，星期二，多云转阴，下午雷阵雨

今天下午在办公室与教改科吕家全科长进行了交流。

目前，监狱教改科只有 3 名同志，2 名男民警，1 名女内勤，心理中心有 2 名女同志，已经划归教改科，也只有 5 个人。吕科长说，人员紧张，很多工作

疲于应付。我在南京监狱工作时,教改科和心理中心两个部门加起来有10多个人,而且大部分是男民警。当然,不等于说人多就一定重要,关键是你做了什么,做得如何。我说,教改工作的核心依然是要为维护监狱的安全稳定发挥作用。现在的监狱设施越来越完善,但安全感不强,就像一只花瓶,不小心就会碰碎。究其原因,主要还是没有在犯人的思想上解决问题,也就是我们所说的本质安全没有解决。

吕科长说是这样的。

对当前的监狱和监狱工作,吕科长和我谈了很多。他对我说了一句让我颇为心动的话,基层民警对省局新一届领导班子还是充满期待的。我问,期待什么?他说,第一,用人要公道。第二,绩效考核要合理,尤其要考虑到单位的实际情况。徐州监狱的锻压机床曾经辉煌过,现在渐渐退出,辉煌不再,这不是徐州监狱的错,而是监狱发展的历史必然。和南方监狱比,我们的劳务加工差距很大,这也不是徐州监狱自身能解决的,但最终反映在绩效水平上,却是我们远远落后于南方,这很不合理。第三,对于提出的一些工作目标和要求还要更加务实。当前,省局提出的监区规范化建设和现代监狱建设,前面的比较受人欢迎,而建设现代监狱则相对空泛,还要加强宣传,要更加细化。无论做什么,基层民警都是建设主体,他们的积极性不能调动起来,都是难以实现的。第四,基层民警通过监狱作为跳板再考外面去当公务员,还有的民警在监狱实职岗位上主动要求退下来不干,这些都反映当前民警队伍中存在一定的苗头性问题。看起来吕科长是个善于动脑的人。

交流结束后,我们去监狱教学楼看了看。教学楼很大,但整个教学楼空空荡荡,没有人气,非常黯淡,让我很吃惊,这在一定程度上反映了监狱教改工作的现状。

8月20日,星期三,多云

今天上午和教改科吕科长约好去5监区去找一名省级挂牌的顽危犯张

某某谈话。找一两名省级挂牌的顽危犯谈话是这次蹲点工作中的内容之一。

在5监区车间警务室,我请内勤把张某某的副档取出来,对张犯的犯罪及家庭情况作初步了解,得知张犯是连云港灌云人,1997年作为盗窃团伙中的第一被告被判无期徒刑,1998年投入徐州监狱改造,2001年改判有期徒刑20年,2011年用筷子将罪犯黄某某的眼睛戳伤,黄某某几近失明,构成重伤,张犯被徐州市鼓楼区人民法院以故意伤害罪判处有期徒刑4年,到目前为止,余刑还有7年多。接着我又问该犯目前的表现和受奖励的情况。内勤说,自去年调入5监区来之后,表现比较稳定,目前有3个监狱表扬的行政奖励,到年底如果不出意外,再获得一个行政奖励就可以减刑2年。我说,如果2011年他不被加刑的话,那他现在该快刑满了吧?内勤说是的。那年被加刑时他就有3个监狱表扬,因为加刑被全部取消了。在一旁的吕科长说,这犯人他管过,比较邪,吃软不吃硬,与民警的矛盾比较尖锐,张犯有点破罐子破摔。到5监区来后民警在他身上做了大量工作,加之他原来的同犯大多刑满回家,这给他很大触动,所以目前比较稳定。

我说既然目前比较稳定那就不一定要见面了。如果我这个不速之客现在突然找他谈话,效果可能适得其反。个别谈话虽然重要,但恰当把握谈话时机更重要。

吕科长亦以为是。

中午吃饭时,石栋政委问我有没有去看看会见室,我说还没有呢。他说下午去看看。

下午3点我和石政委来到会见室。会见室的检查大厅面积不大,只有四五十平方米,里面放了几排座椅,按照4个人一排坐满的话也只能坐30多人,而一个监区会见日来会见的亲属正常都要80多人有时甚至更多,所以检查大厅显得很拥挤,而在围墙内的会见大厅里则相对宽敞。但为了把危险源控制在围墙外,所以省局要求会见家属必须在围墙外的检查大厅检查完毕后才能进会见大厅,这就很难把在外面检查大厅的人及时分流到会见大厅,特别是一早上班前,大多接见家属只能在门外等候。目前唯一的办法就是负责接见的民警提早上班,减少在外面等候的时间。总体来说,徐州监狱会见室建得不理想,现在要推倒重建估计不现实。

8月21日,星期四,晴转多云

今天又是全监民警周会,上午我和吕科长去9监区参加周分析。

上周六我到过9监区。当时陪我在现场检查的当班监区领导是教导员陈平,他也因为那次犯人躲藏问题而受到了处理,我心里戚戚的,不太好受。坐下后,陈教导员朝我笑笑,神情中也透着几分内疚。我不知说什么好,只是微笑致谢。

主持会议是监区的支部书记老祁。他是部队副团转业的,今年40岁,从事监狱工作才3年多时间,所以祁书记一开始就谦虚地说,对于监狱工作来说,他是个新兵。在对监区情况的分析和总结过程中,我感觉到此人不仅有工作热情,而且有创新,善管理。

9监区从事服装劳务,200名犯人,15位民警,各方面情况都还比较稳定。分管民警对重点人头进行了分析,分管改造的副监区长对如何加强监区的安全稳定工作提了具体要求。祁书记提了一些要求后希望我作些"指示"。其实我没什么要说的,就谈谈自己参加会议后的感受。最大感受有三点:一是觉得监区支部有战斗力,是一个有作为、敢担当的支部;二是监区采取的网格化管理很有特色,希望进一步探讨和完善,结合监区规范化建设,及时总结经验和成功做法,争取推而广之;三是在监区一线工作要做到"五勤":眼勤——勤看;嘴勤——勤问;手勤——勤记;腿勤——勤跑;心勤——勤思。做到这五勤,那么,直接管理也就落实在其中了。

8 月 22 日,星期五,阴转多云

上午约了 9 监区的祁书记到我办公室就监区的网格化管理进行交流。

9 点多,祁书记就来到我的临时办公室。给他倒了茶后,我们就开始聊起来。祁书记叫祁明德,1974 年生人,比我整整小一轮,属老虎的。2011 年部队副团职转业到监狱。他所在的部队是沈阳军区某机械化旅,长年驻扎在中朝边境,工作强度大,要求高,多年来自己在部队得到了很好的锻炼,他的成长也很顺利,30 多岁就走上了团领导岗位。到监狱后,本来想清静下来,好好照顾家庭,但性格使然,做什么事都喜欢琢磨,追求完美。转业不久就被任命为监狱生卫科副科长主持工作。去年 9 月,又被安排到 9 监区去担任支部书记兼教导员。

到监区工作后,祁明德一手抓队伍,一手抓管理,监区风气为之一变,各项工作成效明显。其中,最富有特色的做法就是网格化管理模式。所谓网格化管理就是以劳动生产线为监区最基本管理单元,将号房小组也纳入其中,3 个号房小组为一条生产线(约 45 名犯人),监区一共编成 5 条生产线,15 名民警全部编入线内,包括监区领导,甚至他本人也在线上承担相应的管理职责,接受“线长”监督和管理。这样就变成了全员参与,上下一心的局面,而监区领导则要承担更大的工作任务和压力,让其他民警学有榜样,干有奔头;职责明确,奖罚分明。半年下来,监区领导的绩效考核奖低于一般民警,祁书记倒数第三。

对这种管理模式,我建议他们结合监区规范化建设,进一步完善,这也许更具有典型意义。因为规范化的目的不仅仅是“规范”,而是要提高监区的创造力、凝聚力和战斗力,也就是监区软实力的全面提升,否则,规范化就可能成为形而上学的东西。

8月23日,星期六,多云转阴,有阵雨

早晨吃饭时又碰到11监区的范。已经比较熟悉了,他和我开起了玩笑,问我周末都不回去,不想媳妇?我说都老家伙了,哪像你年轻人啊。他乐了。我问他,今天值班吗?他说是的。我说那好,我到时来你监区看看。他咧了嘴笑笑说好的。

下午我去11监区找小范。去之前终于把他名字找到了,他叫范者盘。这名字,起得真够绝的,估计不会有重名。

到11监区时,正好碰到监狱督察组的2名同志在巡督察,其中一个是纪委的刘涌。天气很闷热,他们却佩戴警帽和全套装备在监内走动式巡查,衣服都湿透了。

看到我在11监区,他们想陪我,我说别陪。他们向我敬礼道别。我和小范边聊边走边查,上次检查出来的问题,都已整改到位。我表扬了小范,他开玩笑说,省局领导指示还敢不执行?在警务室,我和他聊得很多,从他的家庭情况到成长经历。这是个做事实在、肯动脑筋、作风果断、粗中有细的家伙,难怪把全监狱情最复杂的监区交给他来管理。

小范的老家在连云港东海县,父亲在学校工作,母亲是家庭妇女,同时做点小生意,家庭条件一直不错。他还有一妹妹,现在一家人全都到徐州来了。

小范虽然长得五大三粗,就是扣紧了警服扣子,他的胸毛也不时地露出头来,但他很有孝心,对老婆、女儿包括自己的妹妹,更是谦让,一点没有北方大男人的横气。

小范主要在监狱狱政科和狱内侦查科工作,平时也喜欢写写东西,他说都存在电脑里呢,有时给新民警上课就拿出来用。我说怎么不投稿?他又咧嘴笑笑说稿费太少了,我又被他逗笑了。

快到5点半时，我起身告辞。他送我到楼下大门外。路上，我对他说，水浒传里有两个人，一个李逵，一个鲁智深，外表你都像，但和你接触了就知道，你不像李逵，而像粗中有细的鲁智深。他一点也不谦虚，笑笑说，是的，俺们兄弟给我的外号就叫“花和尚”！

我又大笑起来。这兄弟，真可爱！

8月24日，星期日，中雨转阴转多云

早晨起来，听到外面滴滴答答的雨声不断。终于下雨了，我想，老听说南京雨水不断，心里羡慕着呢。对于我来说，雨水似乎总能激发一些灵感或者灵气来。上午在办公室写字，虽然室内还有点闷热，但听着外面的雨声，我一口气写了10多幅字，而且无论大字小字都比较满意，尤其小行书，融进了一点王羲之的兰亭笔法后感觉更加灵动、自信。

下午，监狱督察组的吕科长和小唐陪我进去进行了巡查。整体情况良好。今天大部分监区休息，4监区、9监区、12监区等几个监区加班，他们加班都是经过审批的。9监区、12监区和10监区(后勤监区)3个监区都有一把手在值班。其中9监区有2个监区领导，而祁书记只是作为线上普通民警值班，这再次让我感受到这个监区采取网格化管理的魅力。而10监区的一把手说，一周他只休息一天，几乎每天到监区来。有这样的中层骨干队伍，实乃监狱之幸。

8月25日，星期一，多云转晴

转眼蹲点时间还剩下4天了，如果周四回去，那还有3个工作日。这几天还有几件事情要做，一是给民警上一课；二是再找一名重危分子谈谈话；三是对9监区的网格化管理模式作进一步的调查采访；四是完成蹲点小结。今天一上班，我就安排狱政科宋科长和政治处陈主任把监狱在“青奥安保”

期间的监管安全情况和隐患整改情况，以及民警执法执勤情况作简要总结，为我写蹲点小结作准备。

下午在办公室，接到省局办公室赵玉珍副主任的电话，局领导要求所有蹲点处长一律29日(周五)回南京，而且要完成一篇完整的蹲点调查报告，内容包括三块：一是青奥安保及隐患整治情况；二是监狱整体工作评估；三是对局党委工作的意见建议。

接到通知后，我即向石栋政委作了汇报，对有关工作作了安排。

8月26日，星期二，多云转阴，有阵雨

考虑再三，还是准备给徐州监狱的民警讲一课。讲什么好呢？前几天准备给民警讲我的一些研究成果，如个别谈话，或者罪犯危机干预，等等，但这些话题总觉得不理想。最后决定结合现代监狱建设和监狱工作协会及本处室工作来做一个讲座，题目是《江苏监狱文化的创新与发展》。主要包括三个方面内容。一是机遇。重点讲建设现代监狱是江苏监狱文化创新与发展的良好机遇。二是方法。重点对基层监狱民警如何开展文化创新进行指导。三是保障。重点讲组织保障、制度保障和人才保障。

下午参加监狱长办公会，重点讨论一名叫徐峰的犯人保外就医和另外5名死缓刑囚犯改判情况，结束后又参加了由监狱领导、机关中层民警和一线民警参加的座谈会，重点对监狱发展和省局机关工作提意见和建议，十分热烈，效果良好。

我在开会的时候，张留保、马岩和刘颖到监狱来采访民警张恒进的事迹，同时安排马岩采访9监区网格化管理的经验。

8月27日，星期三，阴有阵雨

上午，张留保和刘颖去了张恒进的家里采访，马岩去9监区实地采访，我

在办公室备课和整理材料，把前几天写的字盖好章后交给索字人，算是了却一件心事。

下午张留保下监区，马岩和9监区的祁明德书记在我办公室，我们进一步讨论对9监区网格化管理的考察报告。经过讨论，思路逐步明朗。

8月28日，星期四，多云

昨天下了一场大雨，今天凉快多了，秋天的气息越来越浓。

今天忙了一整天。上午和教改科吕科长一起去8监区参加周分析，结束后，对一名叫李某某的反改造尖子进行了面谈，谈了将近一小时。这名犯人与民警产生对立情绪只是为了一次接见。对此我作了疏导，最后他表示不再纠缠，放下包袱积极改造。我说看你表现，回南京后我会继续关注你，通过监狱教改科来了解你的情况，希望你不要让我失望。他表示一定不让我失望，走出警务室后，他还回头看我。

准备离开监区时，一名叫夏绍航的民警又和我聊了起来。原来他是省司法学校85级学生，1986年年底，应司法学校邀请，少管所的周锡根政委带着我和王金泉两人去给他们作专业思想教育讲座，主要是希望他们热爱劳改专业，安心学习，将来为劳改事业作贡献云云。近30年过去，不禁令人感慨，而且居然还被人记得。

晚上，监狱在食堂安排了一桌便饭，罗杰、石栋等领导参加，算是为我们送行。这样简单清爽的道别比什么都好。明天就将回到南京，半个多月的“青奥安保”蹲点也将结束。对于我来说，与其说是蹲点检查，不如说是到基层学习取经，体验生活，并在我记忆的长河里又一次增添些许难以平复的涟漪。

2014年9月

匆匆巴黎

一进入巴黎城区,你的目光就不得不被那些闻名遐迩、如雷贯耳的标志性建筑或地名所吸引:埃菲尔铁塔、巴黎圣母院、凯旋门、罗浮宫、荣军院、塞纳河、香榭丽舍大街等。对这些名胜古迹,或许是太过神圣,或许是太过艺术,或许还因为于我这个地道的中国人而言太过西化,因而,对我而言,除了满足一下"就在眼前"的现实感之外,并没有生发太多的感慨。

但是,身处巴黎——尽管只是匆匆而过——当我"零距离"触碰这个浸润着启蒙思想的古典与浪漫共存的都市时,自然是不会了无心动的。

巴黎是秩序的。我这样的逻辑判断似乎与巴黎的外在形象很不相符。巴黎给人的印象是浪漫的、自由开放的、具有艺术特质的。秩序的标签更多地应该贴在德国、日本等崇尚理性与自律的国家。我没去过德国、日本,无从比较巴黎与柏林或东京在秩序上的差别,但和国内很多城市比,巴黎依然是一个讲规矩、守规则的很"秩序"的城市。

老马是北京人,曾在部队当过兵,还是中共党员,20 世纪 90 年代随妻儿来到巴黎,已在巴黎工作、生活了 20 多年,这次由他具体负责我们在巴黎的考察活动。那天早上,老马到戴高乐机场接我们,得知老马之前的生活经历后,我们这些“革命同志”在异国他乡感到特亲切,上了车就和他攀谈起来。交流中,老马最多的还是提醒我们需要注意的事项——虽然,他知道我们是搞司法的,如一上车老马就说,车上所有人都要系上安全带。我们问,后排也要吗？要。老马很肯定地说,后排不系安全带,被警察查到一样重罚。

在通往市区的路上遇到了早高峰,车子如蜗牛一般慢慢挪动,但井然有序,没有加塞抢道的,更没有占用应急车道的。其时,一个有趣的现象引起了我的注意,在左侧第一和第二两股车道中挤出了一股小道,很多摩托车从小道中间飞驰而过,成为一道奇特的风景。我感到纳闷,是不是巴黎的交通法规要求这么做的？请教老马,老马说,没人要求,靠彼此的自觉和体谅。

既按规则办事,又能在遵守规则的前提下相互关照和体谅,这也许就是巴黎或者所有秩序社会的本源所在——我这样暗自思忖。

巴黎是历史的。对于巴黎来说,这应该是一个毋庸置疑的命题。在巴黎老城区,用不着我们亲手去触摸埃菲尔铁塔,用不着去巴黎圣母院聆听天籁般的赞美诗,也用不着去罗浮宫欣赏镇馆之宝《蒙娜丽莎》,只需沿着窄窄的、用凹凸不平的石块砌成的街道,或驻足,或行走,仔细揣摩建筑物上的铜门牌、圆形门柱、栩栩如生的人物浮雕、别致的凉台和凉台上具有中世纪风格的乳白色栏杆等物件,就足够让你感受到巴黎甚或法兰西历史的辉煌与悠久。凉台上的花盆里,不知名的花花草草在主人的精心呵护下,悄然释放着生命的姿态——尽管纤小、孱弱,点缀在这古老的建筑物上,不仅让我感受到主人的用心和这小生命的灿烂与可爱,而且分明在告诉来到这里的每一位过客,这幢建筑虽有着久远的年代,主人换了一茬又一茬,但她依然是一座活着的建筑。

是的,历史本来就该是活的、有温度的和具有生命力的,巴黎的建筑是如此,不舍昼夜流淌着的塞纳河更是如此。塞纳河是巴黎的母亲河,更是巴黎乃至法兰西的灵魂所在。无论行走在塞纳河畔的河堤上或者站在塞纳河最古老的新桥上,落日的余晖,清凉的晚风,伴随不远处巴黎圣母院传来的钟声,你的思绪就不能不随之飞扬:路易十四、路易十六、拿破仑、巴黎公社、卢梭、伏尔泰、雨果、巴尔扎克、莫泊桑、左拉、萨特等,而此时,关于福楼拜与"塞纳河上灯塔"的传说更是牢固地占据着我的心灵。

那还是我在大学时代研习"外国文学"的时候,老师向我们讲述了福楼拜与"塞纳河上灯塔"的故事。老师说,福楼拜是19世纪法国伟大的批判现实主义作家,也是一位勤于笔耕的作家,年轻的莫泊桑写信询问福楼拜成功的秘诀,福楼拜回信告诉莫泊桑,年轻人,你永远不要忘记……才华就是长期的坚持不懈:你努力干吧!从此,在法兰西的文学土壤里造就了一位短篇小说大师。

老师继续对我们诉说福楼拜的故事,福楼拜一家居住在塞纳河畔,他一般从上午九十点钟开始工作,午饭一吃完便重新工作,直到第二天黎明,沿塞纳河顺流而下或逆水而上的水手,在远处把福楼拜先生的四扇窗户当作灯塔,这就是关于"塞纳河上的灯塔"的故事。如今,当我真真切切来到福楼拜曾经生活、写作和最后的归宿地,看着不舍昼夜流淌着的塞纳河水,我似乎明白,无论巴黎的历史还是法兰西的历史,乃至整个人类文明史,其实都是我们人类自身一代代人坚持不懈努力的结果。

巴黎是自然的——这样的感受源于我那天早上无意中的一个发现。那天一早,我和同行的"小帅锅"建忠一道去酒店附近散步,走到一座公路桥附近时,两侧路基上居然蔓延着枯黄的芦苇、不知名的小花和在风中摇曳摆动的狗尾巴草。看得出来,这些野生的芦苇和花草已经很有些岁月,无人打理，任其自生自灭。这不禁让我倍感亲切而且颇有些意外。要知道，这是法国，是巴黎，是举世闻名的、充满着现代气息和浪漫情怀的国际大都市，居然有这般纯自然的、看起来毫不起眼的景象。我在想，要是这些杂草和野花生长在国内某个城市的市区道路上，定然早就被“赶尽杀绝”，用上好的树木或修葺整齐的草坪取而代之了。

其实，巴黎的自然并不仅仅表现在对待这些野生花草的细节上，而是更多地表现在他们的心态和行为上。比如，法国禁止室内吸烟，所以，三三两两的男女青年就在路边一边抽烟，一边谈笑风生，显得轻松自在，还不违反法律规定；音乐发烧友则扛着大、小提琴甚至将钢琴架到塞纳河的人行桥上演奏起来，尽情释放内心跳动的音符，过往的路人谁也不会去打扰他们。至于临街或露天咖啡屋，更是有巴黎味的风景了，无论是在香榭丽舍大街还是紧靠“老佛爷”购物中心旁的小巷子，几乎随处可见，要一杯咖啡，透过袅袅热气，在迷迷离离中，你尽可以想或不想，看或不看，反正，那时的巴黎，是属于你的，那时的你，是属于巴黎的。

匆匆巴黎。假若下次还来，但愿我不再匆匆。

不得不留的补白：

我写完这篇短文正好是 2015 年 11 月 12 日晚上 9 点左右。一天以后的巴黎时间 13 日晚上 9 点左右，巴黎多地遭受恐怖袭击，其中巴塔克兰音乐厅最为惨烈，死伤超过数百人。举世惊骇。暴行当诛！相信每一颗有良知的心都在滴血！

愿死者安息！生者坚强！

塞纳河不哭！我们和你在一起！

2015 年 11 月

2015 年 9 月的巴黎圣母院一角。2019 年 4 月 16 日，
尖塔在一场莫名的大火中轰然倒塌(张建秋摄)

来自远方的阅读

现在,有时,还真的该感谢现代网络技术给人们带来的那种超时空的便捷与共享——尽管我始终对此抱有高度的警惕、怀疑,甚至恐惧,如同那个20世纪德国伟大哲学家本雅明在孩童时代就厌恶“被人群包围”一样,仅仅几天时间,我便与一群来自远方的阅读者融为了一体。

9月7日,一个阳光很不错的秋天的日子,中午时分,微信提示有一位叫“聪哥”的好友要加我。对方自我介绍说,他(或她)是四川女子监狱的王聪,最近在拜读我的大作《个别谈话——沟通心灵的艺术》。

看了留言,确信是自己人,便加了“聪哥”,并简单聊了几句。聪哥说,前不久她们监狱购买了一批《个别谈话——沟通心灵的艺术》,大家觉得这是一部可读性很强的业务书籍,从这个月(9月)起,由监狱领导导读这本书,大家一起学习一起讨论。我表示感谢,并请她们多提宝贵意见之类云云。

接着,聪哥把她们之前已经录播的节目通过微信发给我。我抱着几分好奇和欣喜打开APP,一段旋律舒缓而优美的钢琴曲后，是一位嗓音甜美自然的女性朗读者：

人类学和进化论的常识告诉我们，人类之所以是人类，一是能直立行走，二是能用语言交流。因为直立，所以能看得更远，发现更多的未知世界；因为有语言，所以能使弱小的单个的人变成一个强大的集体，战胜其他动物的进攻和恶劣的自然环境，并且在交流中促进思维的发展，使人越来越聪明……

这是《个别谈话——沟通心灵的艺术》开卷第一段的内容，听来很熟悉也很亲切，但当自己的文字被人通过如此现代的、感性的，既遥远又亲近的方式呈现在我面前的时候，我除了感到熟悉和亲切之外，还平添了几分怯意——我的文字值得她们如此这般郑重其事和兴师动众吗？

《个别谈话——沟通心灵的艺术》是我 10 多年前撰写的一部关于民警如何与服刑人员开展个别谈话的专著。囿于本人水平和写作偏好，这部专著其实并不很“专”，从形式到内容都没有严格按照专著要求予以创设。比如形式上，我没有设置“章”“节”“目”之类，内容上也没有单纯围绕“个别谈话”这个元概念展开，进行抽丝剥茧般地分析，然后对相关理论成果、方法技术等逐一叙述、解剖、逻辑演绎与归纳，成为标准的教科书式的专著，此书根据本人对个别谈话的理解和实践经验，归纳提炼了“说话与谈话”“个别谈话的类型”“与服刑人员谈话的‘难’与‘不难’”“寻找共同点”“理解的力量”等 20 个知识点，用散文化的结构和表达方式进行阐述，再把自己直接与服刑人员开展个别谈话的 8 个案例附录其后，构成了这部所谓的专著。书稿于 2008 年 8 月完成，10 月由江苏教育出版社出版，反映很不错，甚至出现多个盗版版本，监狱系统、戒毒（当时的劳教）系统、公安的看守所以及有些司法院校相关专业都要求订阅。2013 年 12 月，根据读者需要，我对书稿进行了修改，法律出版社出了修订版。四川女子监狱订阅的就是这个新版本。

傍晚 6 点多，聪哥又给我发来信息，邀请我参加她们的读书群，可以和书友们进行深度交流。

这是一个有300余人组成的微信群,也是四川女子监狱开设的空中书院。“木兰书院,心香玖阅”,短短的2句话8个字,既简洁明了,又有鲜明的女性色彩,淡雅脱俗,还透着满满的自信和贴心温馨的小清新。监狱长毛新是书院院长——据说,这种阅读方式由她一手策划创办,她本人就是个书蠹。今年,书院安排阅读12本书,每月一本,比方7月是美国著名心理医生M.斯科特·派克(M. Scott Peck)的《少有人走的路》,8月是《曾国藩家书》,9月便是《个别谈话——沟通心灵的艺术》。

进了群,各种个性化的微信名如缤纷落英,纷至沓来,“春姑娘”“青青草”“深深浅浅”“听雨的风”“玉兰”“胖菇凉”“浅笑如初”“女人咖啡”“陌上花”“小兮”“云彩朵朵”等,当然也有充满生活气息和川味十足的,比如“吃货在减肥”“一根辣条”,还有很平实直接的,如“七监区”“三监区”,另有少量“异性”混杂期间,如那位叫“修齐”的政委同志——吴坚,后来,听他说,十多年前他在南京监狱挂过职。那时,我刚从厅机关到监狱工作,这样说来,我们还曾在一个锅里抹勺子的。而我前面听到的朗读者,微信名是“snow wee”。端详半天,没敢猜想这“雪”的背后还何用意,但可以肯定的是,这名小警花的英文不会比中文差。

7点,书院的阅读准时开始,内容是第7章“说者不能‘无心’——个别谈话中的‘说’”。朗读者的嗓音同样柔美,像山间清泉,汩汩流入听众心间,接着便是书友们热烈的讨论,有认同的,有不解的,有比较的,有分享的,毛新也参与讨论,适时点拨提醒,吴坚则用标准的“川普”发声,偶尔发个红包刺激一下,赢得众警花的一片尖叫和阵阵掌声。

此时的我,打开书本,借助现代网络技术,和如此遥远却又如此亲近的木兰书院的书友们对接,一起阅读《个别谈话——沟通心灵的艺术》。不同的是,我除了为她们高端的读书品位和顽强的学习毅力所感动之外,剩下的是紧张和不安——尽管拙著已是修订再版，却依然担心谬种流传，误人子弟。若此，则罪莫大焉。

此后的日子，我都尽可能参加木兰书院的阅读，如果没时间也会回看留在群里成百上千条的信息，有的我还作了保存处理。因为，对于我来说，人是老人，书是旧书，但书童们的精彩朗读和深入讨论，总让我收获新感受、新思考，这正是我所需要的。当然，木兰书院里那种孜孜以求、坦诚务实、相互切磋、共同提高的良好氛围，更是强烈地感染着我、吸引着我。

9 月 16 日是星期六，临近晚上 7 点，我打开手机微信，进入“木兰书院”，微名“听雨的风”说：“大家周末愉快，今晚我们诚邀了女监第一女高音也是我监区第一女高音引读，精彩内容即将呈现。期待大家快乐分享。”

这次朗读的是第 16 章“坐着谈话的好处”。没多久，由“女监第一女高音”朗读的 3 节 APP 进入了微信群，嗓音果然不一般，端庄大气，有点像李娜，声调、语速也处理得恰到好处，书友们纷纷点赞、鼓掌、献花。微名“珊…小坑”则留言说是“自带慵懒的略微沙哑的性感迷人声线”，让人忍俊不禁。后来得知，这位叫“陈仪”的女监第一女高音，之所以“慵懒而略微沙哑”，是那天有点感冒，并且还是位“孕妈”。

接下来是书友们围绕“坐着谈话”的话题展开讨论。摘录几段如下：

医院刘钦：怪不得有一次我和某 zf（罪犯，下同）谈话的时候让她坐在沙发上，交谈效果很好，前后改变很大，原来这就是理论依据。

贺喜：特别是在这样的环境，她们的心理负担很多，很多时候她们希望有人理解她们的内心感受，如果我们从内心理解她们，她们可以感受到改造的力量！有时候只是一个关心，一个动作，拍拍肩膀，拍拍背，也能让她们得到安慰，她们非常看重民警的态度！可以和民警同坐，是一种被尊重的最直接的表现。

“珊…小坑”：前提还是需要我们客观、深入、正确的分析，作为民警对管理教育的谈话对象必须全面了解情况，性格的、改造的等综合因素，谈话时，要适时地给予非语言类的关怀和尊重，引起共鸣。这样，可以增加谈话效果，达到谈话目的。

曼：学习认真，解读深刻，真的为大家的晚自习点赞。本月刚开始时，很多人说，此书是业务书，太硬，参与讨论者少，没想到，这么好！

青衿：看了大家的讨论，是坐还是站，可以根据情况选择。但是蹲要慎用，若是惩罚性谈话，对抗性强，可以考虑令其面壁自省。

晚上8点50分，将近2个小时的阅读很快过去，“珊…小坑”对当天空中书院的阅读作了简要总结：

今日周六，由女监第一女高音陈仪书童用她慵懒又自带故事叙述性的独特嗓音，为大家引读了本书中第三篇“心灵篇”的第一章第一节“从蹲着谈话说起”、第二节“为什么不让服刑人员坐着谈话”、第三节“坐着谈话的好处”共计三节。让我们共同学习到：从蹲着谈话的现象引发的思考，围绕“不尊重服刑人员，习惯使然和安全因素”三方面分析了不让zf坐着谈话的原因，最后从体现平等对待zf的态度，有利于两者之间的视觉交流，有利于减轻zf身体疲劳和紧张心理三个方面总结了坐着谈话的好处。再次感谢各位书友们，在繁忙而丰富的周末还能一如既往地守候在木兰书院，共同学习和分享，大家棒棒哒！

是的，这就是我们的美丽警花。阅读，让她们更优雅，更美丽，更自信，如幽兰般馨香，如彩虹般绚烂，如玫瑰般铿锵。

人是需要阅读的，如同人需要呼吸空气一样。阅读父母，让我们懂得慈爱与艰辛，阅读孩子，让我们懂得责任与未来；阅读朋友，让我们懂得尊重与情谊，阅读自我，让我们懂得感恩与回报；阅读大山，让我们懂得山的无声与仁厚，阅读流水，让我们懂得水的旋律与灵动；阅读满天星斗，让我们懂得自己其实是浩瀚宇宙中的一粒尘埃，阅读暮春落红，让我们懂得生命不过是漫长岁月中的短短一瞬；而阅读人类的文字，更是让我们懂得诗、远方和“人之所以为人”。阅读，不是我们生活的全部，但生活中如果没有阅读，那一定不是完整的生活。阅读，也许不能为我们解决生活中的所有问题，但阅读，一定能让我们更加从容地面对一切！

2017 年，秋意渐浓的 9 月，我们未曾谋面的邂逅；我们如此遥远却又是如此亲近的阅读。

2017 年 9 月

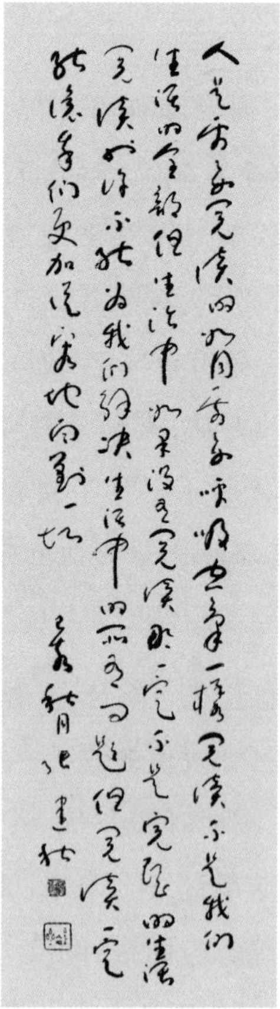

书法条幅（张建秋书）

跋

这本小册子共收录了散文随笔66篇，时间跨度从1989年至2018年，绝大多数文章已经在公开或内部报刊上发表，也有的收录在相关集子里，另有几篇是新收录的，大部分写于2014年后。因大多与监狱话题有关，故名《狱之语》。

2014年年初，我又回到局机关工作，并且负责《江苏警视》这份内部资料的编印工作，这对我来说颇多感慨。《江苏警视》原名《江苏劳改战线》，创办于1988年年初，5月，我走进编辑部成为这本内部刊物的编辑，那一年，我26岁。10年后的1997年，我离开编辑部，到司法部监狱局帮助创办《中国监狱》杂志（内部刊物），2000年年底回到南京，在省司法厅负责《法学天地》（后更名为《法治时代》）杂志社的工作，2005年7月到南京监狱后，原以为这辈子再不会与文字工作有什么交集了，结果，兜了一圈，又回来了。这一年，我已经52岁。三十年河东，三十年河西，不知道这算是缘分还是宿命。

《江苏警视》虽是一份内部读物，但是版式设计美观大方，内容丰富多彩，可以说图文并茂，刊物很受基层民警喜爱，在江苏乃至全国监狱系统颇有影响，很多监狱民警多年来一直守望着这份杂志。前年年初，我接到福建厦门的一个陌生电话，对方自报姓名，说是厦门监狱政委，姓王名桂茂。一听是自家兄弟，我赶紧问有何贵干？王政委告诉我，一段时间收不到《江苏警视》，不知何故？我请内勤把杂志补寄给政委。去年年初，杂志印刷单位变更后，王政委又看不到杂志，再次发信于我，希望不要断炊。前不久去金陵监狱，开座谈会时一位老民警告诉我，从《劳改战线》到《监狱通讯》，再到《江苏警视》，他都用心收藏着，多次搬家都没舍得扔。可见，一份好的杂志，在读者心目中就是一个无声的、值得信赖的朋友，不可或缺。

从2014年第7期开始，我对《江苏警视》稍作调整，增设了一些新的栏目，“微天下”是其中之一。设置这个栏目的初衷是希望刊登一些短小精悍的散文随笔和杂谈，以增强杂志的可读性和引导性。当时，我手上刚写了一篇小杂感《偶遇》，内容是有天早上“偶遇”公交司机礼让我过斑马线的事，作为“微天下”的开篇之作，期待抛砖引玉，引起关注，让更多的作者加入进来。此后数月，一月一篇，我又接连发了几篇，反映渐起，效果良好，时任监狱局局长姜金兵同志更是给予了充分肯定与鼓励。但是，作者的自由来稿中类似的千字短文却不多，我只得硬着头皮坚持下去，到2017年第6期止，暂时搁笔。3年36篇，几成专栏作家。这些稿件便是这本《狱之语》书稿的主体。

《学会感动》《知之为知之》《生存之美》《平等有时就是这么简单》《倒计时》《感受百年南京监狱》等作品是我在南京监狱工作期间写的，收在2010年出版的散文集《小镇上店》中。因为是与监狱相关的话题，写作风格也相近，我便把它们收进来放在一起，使这本小册子中围绕监狱话题展开的作品在内容上更丰满些。

还有几篇如《耕耘者之歌》《遥远的塘格木》《1998年：嫩江岸边的四方坨子》《到地球的另一半去》等，是我在《江苏劳改战线》编辑部、《中国监狱》

编辑部和司法厅《法学天地》杂志社工作期间采写的作品，这些作品既印刻着那个年代我的人生记忆，也从一个侧面记录了我国监狱及社会法治的发展与变迁，于是收录在此，留作存念。

人生就是一个不断告别的过程，但告别并不意味着消失。回望我们走过的岁月，看远山近水日落日升，春之勃发秋之萧瑟，夏之绚烂冬之沉默，在平凡至简的日子里，总有些记忆是值得珍藏和回味的。这就是我出这本小册子的初衷。

感谢高文兄在百忙中为我作序，文字简短却情深意长。

感谢南京市书协执行主席、著名书法家王刚先生为我题写书名，古朴而灵动，味道好极。感谢著明作家汤成难为我提供精美的小插图，精致而意境深远。

感谢法律出版社李宁同志和薛晗、肖越编辑对这本小册子的悉心指导、精心策划和编辑，使其得以顺利出版。

当然，我还要感谢我的亲人、朋友和同事，包括我曾经的工作对象——服刑人员，没有他们的关心、支持与存在，我将一事无成。

张建秋

2019 年 8 月于金陵河西

图书在版编目(CIP)数据

狱之语 / 张建秋著. -- 北京 : 法律出版社, 2020
ISBN 978 - 7 - 5197 - 4215 - 7

Ⅰ. ①狱… Ⅱ. ①张… Ⅲ. ①散文集 – 中国 – 当代
Ⅳ. ①I267

中国版本图书馆 CIP 数据核字(2020)第 022636 号

狱之语
YU ZHI YU

张建秋 著

策划编辑 肖 越
责任编辑 肖 越
装帧设计 汪奇峰

出版 法律出版社
总发行 中国法律图书有限公司
经销 新华书店
印刷 固安华明印业有限公司
责任校对 杨锦华
责任印制 胡晓雅

编辑统筹 法商出版分社
开本 710 毫米×1000 毫米 1/16
印张 19.75
字数 243 千
版本 2020 年 3 月第 1 版
印次 2020 年 3 月第 1 次印刷

法律出版社/北京市丰台区莲花池西里 7 号(100073)
网址/www. lawpress. com. cn
投稿邮箱/info@ lawpress. com. cn
举报维权邮箱/jbwq@ lawpress. com. cn
销售热线/400 – 660 – 8393
咨询电话/010 – 63939796

中国法律图书有限公司/北京市丰台区莲花池西里 7 号(100073)
全国各地中法图分、子公司销售电话：
统一销售客服/400 – 660 – 8393/6393
第一法律书店/010 – 83938432/8433
西安分公司/029 – 85330678
重庆分公司/023 – 67453036
上海分公司/021 – 62071639/1636
深圳分公司/0755 – 83072995

书号:ISBN 978 – 7 – 5197 – 4215 – 7
定价:60.00 元
(如有缺页或倒装,中国法律图书有限公司负责退换)